아아, 삼별초

아, 삼별초

오성찬 장편소설

三別抄

푸른사상

 작가의 말

1970년대 중반이었을 것이다. 나는 지방신문의 기자 신분으로 처음 항파두리 토성을 찾아가 현장을 취재한 적이 있다. 이때 취재한 내용은 그 날 치 신문의 사회면 톱기사가 됐는데, 지금도 기억에 뚜렷한 것은 복원하기 전 황폐한 토성 허리의 중간 중간에 죽은 짐승의 창자가 흘러나온 것처럼 붉은 흙들이 흩어져 있던 을씨년스런 장면이다. 지금 항몽순의비가 세워진 신단 동쪽 밭에서 밭을 갈고 있던 농부가 예전에 이 밭에서 불상佛像이 나왔으나 보존하지 못했다고 하며, '흙붉은밭'의 전설도 들려주었다.

나는 그때 이미 이 소설을 쓰기로 마음 속에 배었던 것이다. 그런데 여인들은 불과 열 달을 배고 아이를 낳지만 나는 벌써 30년도 넘게 참아왔으니 너무 오래 아기를 배속에 담아두고 있었던 셈이다.

그 동안 나는 일본 작가 이노우에 야스시井上 靖가 1964년에 독매문학상讀賣文學賞을 받은 삼별초 관련 소설 〈풍도風濤〉와, 요산樂山 김정한金廷漢 선생이 1977년 〈민족문학대계〉를 통해 발표한 〈삼별초〉, 그리고 유현종씨의 〈무인시대武人時代와 삼별초〉 등을 두루 읽어봤다. 그러나 이 소설들은 무슨 이유인지 한결같이 삼별초가 제주에 들어오기 전에 끝나고 있다. 제주의 작가인 나는 이것이 늘 아쉬운 점이었다.

두 번째의 계기는 지난해 8월, 강화와 진도, 항파두리가 있는 북제주군이 제4차 삼별초 학술세미나 '13세기 동아시아 역사와 삼별초 문화' 현장에 참여했던 일이다. 이날 나는 늦게 들어간 때문에 세미나의 기조발표를 한 공주대학교 윤용혁 교수의 옆자리에 앉게 되었는데, 그는 세미나가 끝나고 만찬자리에서 그가 애써 저술한 〈고려 삼별초의 대몽항쟁〉이라는 책 한 권을 내게 선물로 주고 갔다.

나는 돌아와 이 책을 정독하면서 이번에야 정말로 〈삼별초〉를 써야겠다는 생각을 굳히고 있었다. 그 동안 강화도를 세 번, 진도도 세 번을 다녀왔다. 그리고 제주와 대륙의 역사를 연결하는 최초의 장소인 항파두리는 기회 있을 때마다 갔다. 나는 간 때마다 정갈한 솔잎이 깔려있던 사색하기에 좋은 장소, 항파두리성 서남쪽 비탈길을 사랑하게끔 되었다.

이 소설을 위하여 나는 윤 교수의 위의 저서와 김일우金日宇 박사의 〈고려시대 탐라사 연구〉, 그리고 〈고려사〉 제주 관련 부분과 김봉옥金奉玉 선생의 〈제주통사〉, 진도를 지키는 소설가 곽의진郭義珍씨가 구해 보내준 진도의 기록인 〈옥주玉州의 얼〉과, 지난 4월 강화도를 방문했을 때 구한 〈삼별초 연구자료집〉과 〈강화 유적사료집〉 등 여러 자료를 참고했음을 밝힌다. 더구나 동향 출신 김일우 박사는 이 소설의 역사적 자문에 응해주었으며, 오랜 친구인 인천대학 인천학연구소의 강광姜光 소장 내외는 강화도에 대한 자료를 구해 보내주는 수고를 마다하지 않았다. 지면을 빌어 고마운 뜻을 전한다. 소설 작법은 되도록 역사기록에 충실하면서 필요한 대목을 창작, 보완하는 식으로 서술했음을 밝힌다.

그러나 이번 작품을 완성하는데는 무엇보다도 지난 6월 돌연 순직한 고 신철주申喆宙 북제주군수의 의지가 있었음을 밝힌다. 해당 지차체들이 참여로 드라마 〈해신〉과 〈토지〉, 〈불멸의 이순신〉 등이 인기가 충천한 바 있지만 제주에서는 이 작품이 최초로 북제주군의 지원으로 이뤄졌으니 참으로 고마운 일이다. 그리고 이 소설도 앞의 작품들처럼 강화와 진도, 북제주군의 협력으로 미래에 큰 문화적 활력을 얻게 되기를 비는 마음 간절하다.

연초 작업에 착수할 때는 마음이 무거웠으나 이제 참으로 홀가분하다. 이 소설을 쓰면서 시력이 형편없이 나빠지기도 했지만, 예정보다 작업이 빨리 이뤄진 것이 다행스럽다. 30년 넘게 배고있던 아기를 비로소 순산한 느낌이다.

선뜻 출판을 맡아준 푸른사상사의 한봉숙 사장님과 식구들에게도 고마움이 크다.

2005년 초겨울
오 성 찬

아아, 삼별초三別抄 　　　　　　　　차례

■ 작가의 말 • 3

폭풍우를 머금은 검은 구름 • 9
세력 잡기, 진흙탕싸움 • 22
무인정권의 종말 • 42
남천南遷 결의 • 59
출발 • 81
서해西海를 따라서 • 91
센바람 불어 안면도 표착 • 105
진도珍島 입성 • 129
반격 • 157
회유 • 169
다시래기와 진도만가 • 184
진도의 마지막 항전 • 192
왜 졌을까? • 205
제주 바다 • 212
항파두리의 사연 • 226
토성 쌓기와 신화 만들기 • 237
다시 반격 • 250
김통정과 김방경 • 267
슬픈 군인, 삼별초의 최후 • 289
에필로그 • 311

폭풍우를 머금은 검은 구름

그 무렵 북쪽에 몰려있는 검은 구름은 잔뜩 폭풍우를 머금고 있었다. 역사가 말해주듯이 한 사람이 욕심을 부리면 사해에 풍랑을 일으키고 폭풍을 동반하게 된다.

몽골은 중국 대륙을 손아귀에 넣은 후 고려마저 넘보고 있었다. 그들은 일본과 남송南宋을 정복하기 위한 교량으로서 마땅히 고려 땅 반도가 필요했기 때문이다. 고려와 몽골의 처음 만남, 그것은 애초 서로 협력하는 모양새로 이뤄졌다. 그 원초적 발단은 그 무렵 몽골이 동아시아 지역에서 일으킨 회오리바람의 여파로 해서 일어났다. 1216년 몽골과 금나라 군에 쫓긴 거란인 9만여 명이 압록강을 넘어 한반도로 들어온 것이다. 쫓긴 짐승처럼 한반도로 들어온 거란인들은 마구잡이 약탈을 일삼으며 고려 땅을 들쑤시고 다녔다. 그들의 행패가 계속되던 1218년. 몽골 군은 포선만노의 동진東鎭과 함께 "거란군을 토벌하고 고려를 구한다"는 명분을 내세우고 3만의 연합군을 이끌고 고려 땅으로 들어왔다. 그 무렵 몽골의 장수 카치운은 고려 서북면 원수부에 사신을 보내 군량미를 요구하면서 당당히 주장했다.

"우리 함께 거란을 소탕한 뒤에 형제의 의를 맺읍시다. 나는 칭기즈칸의 이름으로 이를 제안하는 바이오."

고려는 처음 주저했으나 당장 발등에 떨어진 불을 꺼야 했으므로 공동작전에 동의할 수밖에 없었다. 그리고 1219년 1월, 세 나라의 연합군은 거란인의 본거지였던 강동성을 거뜬히 함락시켰다. 그들이 압록강을 건너온 지 2년 반만의 일. 거란인들을 함락시킨 뒤 몽골군은 그들의 습성과는 예외로 약탈을 저지르지도 않았고, 조공을 요구하지도 않은 채 자기들 나라로 돌아갔다.

이 해에 고려에서는 최충헌崔忠獻이 죽자 아들 사이의 권력다툼 과정을 거쳐 국정에 관한 모든 권한이 최우崔瑀에게로 넘어간다. 그리고 몽골이 호레즘과 금나라 정벌에 힘을 기울이는 동안 고려는 비교적 평온한 시기를 보낸다. 다만 그 동안에도 몽골은 수시로 사신을 보내 공물을 요구했지만 고려는 코방귀만 뀌었다. 게다가 1224년 저고여著古與를 비롯한 몽골 사절단 열 명이 고려에 왔다가 돌아가는 길에 압록강 부근에서 피살당하는 사건이 벌어졌다. 동진국의 음모에 의한 짓이었다. 그로부터 3년 뒤 서하 원정 중에 칭기즈칸이 죽었다. 이런 소용돌이 속에 고려와 몽골은 7년 동안이나 내왕이 끊

긴 채 서로 멀뚱멀뚱 바라만 보고 있었다.

몽골군이 군사를 동원해 고려를 침공한 것은 사신 저고여가 피살된 지 7년이 지난 1231년, 고종 18년의 일이었다. 이때 대칸이 된 오고타이는 사르타크 코르치, 즉 살례탑撒禮塔으로 알려진 장수에게 3만 명의 기마병을 주어 고려를 정벌하도록 했다. 그로부터 42년 간 이어진 긴 전쟁의 시작이었던 셈. 이렇게 시작된 전쟁은 무려 일곱 차례에 걸쳐 공격한 뒤 물러가는 형태로 계속되었다. 몽골의 침공은 전면적인 공격이 아니라 파상적인 형태로 반드시 정복하겠다는 본새가 아니라 혼을 내서 복종시키겠다는 의도가 짙었다. 살례탑은 1차 공격 후 먼저 강화를 요청하면서 72명의 다루가치를 남겨두고 물러갔다.

그러나 고려의 무신정권은 그들이 남겨놓은 다루가치를 모조리 죽이고, 강화도로 천도를 하고 만다. 최씨 무신정권의 반몽골 노선은 고려가 몽골의 영향권 아래로 기어들면 무신정권은 궤멸할 수밖에 없을 것이라는 압박감을 강하게 받고 있었다. 떠나지 않으려는 고종을 억지로 설득하여 천도를 단행한 이유도 그 때문이었다.

강화도로 천도를 하던 1232년 6월. 개경과 강도에는 하늘이라도 터진 듯이 장대 같은 빗줄기가 무려 열흘 동안이나 쏟아졌다. 조정의 백관들과 그 가족들은 이런 빗속에 백여 대의 수레에 짐을 싣고 무릎까지 빠져드는 진흙탕 길을 헤치며 강화도로 길을 떠났다. 그러지 않아도 낯선 산하, 날씨까지 이래놓으니 정이 붙을 리 없었.

게다가 강화 천도 두 달 후인 그 해 8월, 물러갔던 살례탑은 고려인 홍복원洪福源을 길잡이로 앞세우고 다시 쳐들어왔다. 그러나 이 싸움은 총사령관 살례탑이 용인 처인성에서 승려 김윤후가 지휘하는 민중부대가 쏜 화살에 맞아 죽음으로 사실상 패전을 당하고 물러갔다.

몽골 장수 탕구가 이끄는 3차 침공은 그로부터 3년 후에 이뤄졌다. 그 후 5년에 걸친 싸움이 계속되는 동안 몽골군은 보라는 듯이 가는 곳마다 방화와 약탈, 살육을 일삼으며 고려 국토를 유린했다. 본토에서 백성들은 엄청난 고난을 받는데도 강화도에 들어간 고려 조정과 무신정권은 섬을 지키는 데만 급급할 뿐 아무 대책도 세우지 못했다. 그런데 소극적인 조정과는 달리 고려의 의병들은 곳곳에서 유격전을 벌여 몽골군을 괴롭혔다. 이 지경이 되자 몽골군 진영에서도 전쟁을 빨리 끝내고 싶어하는 분위기가 팽배했다. 고려 조정이 이런 분위기를 놓칠 리 없었다. 고려에서는 재빨리 몽골군에 사신을 보냈다.

"이제부터는 조공을 잘 바칠 터이니 제발 그만 전쟁을 끝내주세요."

"좋소. 그러면 고려의 왕이 몽골에 입조入朝를 할 수 있는 거지요?"

"아, 그러고 말고요."

그러나 다급한 때의 약속은 지켜지지 않았다. 몽골군이 철수 후에 고려는 조공도 바치지 않았고, 임금이 입조도 서둘지 않았다. 그러나 이 무렵에 몽골의 대칸 오고타이가 죽었으므로 권력 투쟁이 이어져 몽골은 고려에 신경을 쓸 여유가 없었다. 고려로서는 불안한 시기였지만 잠정적인 평화가 유지된 기간이기도 했다.

그러나 1246년, 구육이 대칸의 자리에 오르면서 이듬해 7월, 몽골군은 다시 고려를 침공했다. 이때 몽골군은 황해도까지 쳐들어왔다. 그러나 바투와의 갈등 때문에 서방 원정에 나섰던 구육이 갑자기 숨지자 몽골군은 곧바로 퇴각하고 말았다.

1251년, 뭉케가 대칸의 자리에 오르면서 몽골은 대대적인 고려 정벌을 준비하고 있었다. 마침내 1253년 예구也窟를 사령관으로 하는 몽골군이 다시 고려로 밀어닥치니 다섯 번째 침공이었다. 그러나 별다른 전과를 올리지 못하자 몽골군은 퇴각할 명분이 필요했다. 그래서 고려 조정에 화의를 위한 회담을 제의했다.

"이번에는 꼭 왕이 입조를 해야 하는 것이오. 그리고 강화도에서 나와서 개경으로 천도를 하시오."

고려 조정은 이 요구를 들어줄 것처럼 해서 일단 몽골군을 물러가게 했다. 그러나 이번에도 고려 조정은 의견 통일을 못하고 식언을 하고 말았다. 그러자 1254년 차라타이車羅大가 이끄는 몽골군이 여섯 번째로 다시 고려를 침공해왔다. 차라타이는 이번에는 꼭 항복을 받아내겠다는 태세로 전국을 유린하기 시작했다. 그들의 행동에는 그 동안의 괘씸함에 대한 보복도 포함되어 있었다. 이때 포로로 붙잡힌 고려인만도 20만 명 이상, 도처에서 살육된 사람은 그보다 훨씬 더 많았다.

1255년. 드디어 고종이 몽골에 입조를 하고, 고려 조정도 강화도에서 나갈 것을 약속했다. 그러자 차라타이는 압록강 남쪽으로 물러나 고려가 이번에는 과연 약속을 지킬 것인가 지켜봤다. 그러나 고려는 아니나 다를까 이번에도 약속을 지키지 않았다. 반년을 기다린 끝에 다시 쳐들어온 몽골군은 이번에는 광주와 목포, 신안 등 반도 남쪽 지방까지 내려와 전 국토를 무참히 짓밟았다.

몽골의 6차 침공이 있을 무렵 60년에 이른 최씨의 무신정권이 뿌리부터 흔들리기 시작했다. 최씨 정권이 흔들리면서 고려 조정에서는 몽골과 화친해야 살아 남을 수 있다는 주장이 강력하게 대두되고 있었다. 전쟁은 그 동안 무려 28년이나 계속되고 있었기 때문이다.

그런데, 이제부터 이야기는 몽골군의 고려 침공 초기, 강화도로 조정을 옮길 무렵으로 되돌아간다. 그 무렵 고려 조정에는 나라를 걱정하는 용감한 장수도, 꾀를 낼 줄 아는 지혜로운 신하도 부재했다. 그 시절의 나약함이 오늘날까지도 고려의 후예들을 슬프게 하는 것이다.

"이 지경이 되었으니 대신들의 생각에는 어찌 하면 좋겠오?"

고종은 대신들을 불러 모아놓고 부들부들 떨면서 물었다. 이런 경우 누가 뾰족한 수를 낼 수가 있겠는가. 그러나 국록國祿으로 배에 기름이 낀 신하들은 묵묵 부답이었다.

"말들을 좀 해보시오. 평소에는 그렇게 잘하던 말들이 다 어디로 들어갔단 말이오?"

왕은 슬프기도 하고 짜증이 나기도 했다.

"전하."

그때 문하시중門下侍中 이장용李藏用이 마지못한 듯 고개를 들었다.

"그래요. 어디 시중께서 한 말씀 해보시지."

"옛날에도 똥이 무서워서 피하느냐, 더러워서 피하는 거라는 말씀이 전해옵지요. 그러니 그 승냥이 같은 것들에게 먹을거나 후하게 주어서 쫓아 버리도록 하시는 게 어떠하올지요…"

"시중께서 아주 적절한 말씀을 해주셨습니다."

우복시右僕射가 맞장구를 쳤다.

"소장도 대찬성입니다. 그게 좋겠습니다."

칼이나 쓸 줄 알았지 아무 것도 모르는 병부상서도 거들고 나섰다.

왕은 속으로 탄식했지만 신하들의 의견이 이렇듯 일치하니 자기로서도 어쩔 도리가 없었다.

"도대체 이 일을 어찌 하면 좋단 말이오?"

집정관 최우의 사저에서도 임금의 주재 하에 다시 재추회의가 열렸다. 그런데 이번에는 얼른 고개를 들고나서는 사람이 있었다.

땅딸막한 몸집의 교정별감이란 직책을 가진 무인 집정자 최우였다. 그는 아버지를 이어 무관의 우두머리가 되어 있었는데, 그에게는 쨍쨍한 힘이 실려있었으므로 임금으로서도 제어하기가 어려운 처지였다.

"최 집정께서 어서 말씀을 해 보시지요."

"이렇게 우리가 앉아서 당할 수만은 없잖습니까? 그러니 밀이나 탈 줄 알았지, 해전에 약한 기마족인 그들을 따돌리고 강화도로 천도를 하여 일단 한판 싸움을 벌여보는 것이 가한 줄로 아룁니다."

"우리 모두가 강화도로 옮겨간단 말이오?"

임금은 대번에 불만인 모양이었다. 사실 아무라도 궁궐에만 앉아 있던 사람을 강화도 같은 바람 거센 섬으로 내몬다는 것은 쉬운 일이 아니었다. 그리고 임금 뿐 아니라 이 의견에는 반대도 만만치 않았다.

먼저 반대를 하고 나선 사람은 유승단이었다.

"아니 되옵니다. 강화 천도를 한다고 하나 이는 소수 권력층과 관인들의 피란 행위로 전락할 가능성이 높으며 결과적으로 백성들만 도탄에 빠질 위험이 있습니다. 바라옵기는 몽골과의 의례적인 사대 관계 수립으로 안전을 도모하심이 가한 줄로 아뢰옵니다."

이어서 야별초 지유 김세충도 자기 의견을 제시했다.

"소장 역시 전쟁의 불가피성을 인정하면서도 강화로 수도를 옮기는 것은 다시 한번 생각해야 하리라고 여겨집니다."

그러나 바로 지유 김세충은 자기가 뱉은 이 한마디 때문에 최우의 부하들에 의해 밖으로 내쳐진다. 그리고 집정자 최우는 반대론자의 1인자인 김세충을 바로 참형에 처함으로 반대론이 이는 것을 아예 사전에 봉쇄해버렸다.

최우는 매우 치밀하고 무서운 사람이었다. 그는 강화도에 관해서도 사전 조사를 하여 만반 대비를 해놓고 있었다.

"전하. 강화도는 섬이라고 하지만 여러 가지 조건으로 이런 때를 대비하여 하늘이 내린 땅임이 분명합니다. 그 섬은 단군이 내린 신단이 있으며, 사철 나락과 온갖 곡식들이 잘 자라 아무 걱정이 없음이옵니다."

김세충이 눈앞에서 당하는 꼴을 보고 났으니 이제 감히 그의 의견에 토를 달 대신들은 아무도 없었다. 왕도 내심 마음이 편치만은 않았지만 할 수 없이 끌려가는 꼴이 되어 있었다.

그리하여 고려 조정은 이듬해인 고종 19년(1232) 6월 수도를 강화도로 옮겼으며 이후 원종 11년(1270) 5월까지 38년 동안 수도로서 기능하게 된다. 이렇듯 강도시대는 고려가 제1차 몽골 침략군에게 패해 수도 개경을 포위 당한 바 있는 무인정권이 강화도로 천도하면서 시작되었다. 그들은 강화도로 옮기면서 궁여지책으로 지방 백성들에게는 방을 붙여 섬이나 산으로 옮기라는 명령을 내렸다.

　　오늘 우리는 일전을 각오하고 조정을 강도로 옮기는 바이노라.
　　이 급박한 때를 당하여 백성들은 섬이나 산, 어디나 적들이 미치지 못할 곳으로 피신하여 생명과 재산을 도모하기 바라노라.

말도 안 되는 일이 이 시대, 무인들에게는 가능했던 것이다.

그들이 어렵게 옮겨온 강화도는 산맥이 북쪽에서 남쪽으로 중앙을 질러 내려오면서 고려산과 화산, 혈구산, 불운산, 진강산, 정족산, 마리산 등을 줄줄이 일으키고 있었다. 그 무렵의 이름난 풍수지리사

폭풍우를 머금은 검은 구름　17

최자는 그의 '삼도부三都賦'에서 강화에 대해 "바다 가운데 화산花山 하나가 있는데, 금오金鰲가 우뚝 떠받들고 있다."고 노래한 바 있었다. 여기서 물론 화산은 강화도를 가리키고, 금오는 신선세계를 떠받치는 자리를 일컬음이니 강화도가 바로 이상향으로 인식되었음을 알 수 있다. 이어 이 입심 좋은 풍수사는 "신악神岳이 꽃술처럼 열리고, 영구靈丘가 꽃받침처럼 받들었는데, 이 꽃술과 꽃받침에 걸쳐서 황거제실皇居帝室과 공경사서公卿士庶의 집들이 늘어서리라"고 예언했다. 또한 안으로 마리산과 혈구산이 중잡重匝에 의지하고, 밖으로 동진童津·통진通津과 백마산의 사새四塞를 경계로 하였으며, 안의 자루紫壘와 밖의 분첩粉堞으로 둘러싸이고, 물이 빙 둘러 돌고, 산이 험준해 누구도 넘볼 수 없으니 "바로 금탕金湯으로 만세 제왕의 도都"라고 극찬했다. 그는 강도를 풍수지리로도 명당이며, 군사지리로도 난공불락의 요새로서 만 대까지 번창하는 제왕의 도읍으로 간주했던 것이다.

무인들은 이런 땅에 수도를 옮기고, 고종 20년(1233)과 22년, 24년에 걸쳐 강화 외성外城을 쌓았으며, 한참 후인 고종 37년(1250)에는 중성中城을 쌓았다. 이처럼 강도는 여러 해, 여러 단계에 걸쳐서 준비되고 있었으며, 그들이 쌓은 성곽은 궁성宮城과 중성, 외성으로 외적으로부터 완전 방비를 기하고자 했던 셈이었다.

일이 이렇게 되자 몽골은 같은 해 12월, 살례탑을 재차 침입시켜 강화도에서 나와서 항복하라고 강요했다. 그러나 고려 조정은 섬에 들어앉은 채 코웃음만 쳤다. 해전에 약한 그들이 이 섬까지는 오지 못하리라는 걸 그들은 미리 알고 있었던 것이다. 뿔이 난 살례탑은 그대로 남하하여 한양성을 함락시킨 뒤 여세를 몰아 처인성處仁城(지금의 용인)까지 쳐들어갔다. 그러나 어디나 거치는 돌은 있게 마련, 당시 처인성은 승병의 대장 김윤후가 눈 부라리고 지키고 있었다. 그는 활쏘기가 이름난 명수였다. 김윤후는 숨을 죽이고 숨어서 살례탑이 가까이 오는 것을 기다렸다가 화살을 퐁, 날려 단번에 그 거구를 쓰러뜨렸다.

초장에 싸워보지도 못하고 장수가 어이없이 죽자 그의 군대는 겁을 집어먹고 일단 철수하고 말았다.

경주 황룡사 9층 석탑은 신라 2대 선덕여왕善德女王 때에 일본과 중국秦과 오·월吳·越과 탁라乇羅 등 외적을 불력佛力으로 물리쳐 평안하게 해주소서 하는 발원에서 이룩된 탑이었다. 그런데 몽골군은 이 탑도 불질러 버렸다. 몽골은 계속하여 1259년(고종 46)까지 28년 동안에 무려 11차례의 침략과 유린으로 전국은 시체 안 누운 자리가 없는 쑥밭이 돼버렸다.

더구나 이들은 씨 멸족 작전을 써, 미래의 복수를 차단한다는 명목으로 어린 사내애들까지 무참히 죽였으니 이들의 손에 죽은 고려 백성은 이루 헤아릴 수가 없었던 것이다.

이런 상황에서 불교 국가였던 당시 그들이 의지할 데가 어디였겠는가. 절을 짓고, 부처에 의지하는 수밖에 없었을 터이다. 그러니 이 시대 강도에는 봉은사와 법왕사, 현성사, 왕륜사를 비롯하여 묘통사, 의제석원, 흥국사, 건성사, 복령사, 보제사, 흥왕사 등 개경 권에 있던 사원들이 그대로 강화로 옮겨 재현되었으며, 선원사, 정업원, 혈구사 등 강도에서 새로 생겨난 사원들도 있었다.

    높은 곳에 오르지 않아도 스스로 광연曠然하네/ 변두리는 모두 채마밭이고
    바다는 내를 이루었네/ 돛단배 정겹게 지나가고/ 들은 산을 감싼 듯
    산은 들을 감싼 듯/ 하늘이 물을 삼킨 듯/물이 하늘을 삼킨 듯…

이 무렵의 승려 달전達全은 '선원사 청원루淸遠樓'라는 시에서 위와 같이 아리송하게 읊고 있으니 가히 이 시대에 선원사 주변의 풍광을 엿볼 만하다.

이보다 한참 앞서 1170년(毅宗 24) 무신 '정중부鄭仲夫의 난' 이후 고려는 무신 간에 반복되는 정변으로 사회가 불안했다. 무신들은 스스로 자기 신변을 보호하지 않으면 안 되는 불안한 상황이 되풀이되었다. 그들은 사회 질서를 바로잡는다는 명목으로 힘세고 용감한 젊은이들을 특별히 골라 야간 경계를 맡겼는데, 이들을 야별초夜別抄라고 불렀으며, 이들이 후일 삼별초의 모태가 되었다.

이런 일은 최충헌이 정권을 잡은 후에 비롯되었는데, 그의 아들 최우의 시대에 와서는 이들을 지방에까지도 파견하여 도적을 잡는 일을 담당하게 했다. 이 무렵 야별초의 수가 예상보다 많아졌으므로 편의상 좌별초左別抄와 우별초右別抄로 나누었다.

1231년부터 고려는 몽골군의 침략을 받게 되는데, 나가 그들과 맞서 싸우다가 포로가 됐던 고려 군인들이 기회를 엿보다가 탈출해오는 사람들이 많아졌다. 최가에서는 이들을 따로 모아 몽골군과 싸우는데 앞장서도록 내세웠는데, 이들을 신의군新義軍이라 불렀으며, 이들 삼별초의 기능은 다음과 같았다.

1, 국내 치안과 도둑을 잡는 일,
2, 폭행을 막는 일, 감옥을 지키는 일.
3, 서울을 지키는 일과 무인들의 친위대 업무
4, 몽골군과 싸우는 데 전위대 역할 등이었다.

그러나 이들은 고려 조정이 몽골에 빌붙게 되면서 국내, 국외적으로 천애고아처럼 내버려졌다. 버려진 고아들은 스스로 살 길을 찾노라고 했으나 마침내는 외딴 섬으로 와서 고혼이 되어야 했던 것이다.

세력 잡기, 진흙탕싸움

강화로 천도를 한 최우의 정권은 수십 년 권세와 영화를 누렸다. 그리고 최우가 죽은 다음 무인정권은 그의 아들 최의崔竩에게로 넘겨져 있었다. 예로부터 화무십일홍花無十日紅이라고 했지만 그들은 4대, 40년을 버티고 있었던 것이다.

그러나 꽃은 언제나 떨어질 준비를 하고 있는 법이었다. 1258년(고종 45) 3월 대사성大司成 유경柳璥과 별장別將 김준金俊 등이 삼별초의 무력을 동원하여 쇠약해진 무인정권의 집정자 최의崔竩의 비대한 몸집을 개처럼 끌어내어 죽였다. 그리고 그 추종 세력을 제거하는 정변을 성공시켰으니, 이른바 무오정변戊午政變이었다.

이때 그들의 주장은 1세기 가깝게 지속된 무인정권으로부터 국왕의 정치권을 회복시켜 사직을 보호한다는 '복정우왕復政于王'이었다.

약아빠진 그들은 친위 쿠데타를 표방하고 있었던 것이다. 이 무렵 오랜 전란 속에서 무인정권의 집권력은 약화되어 있었으며, 강도 정부 내부에서는 몽골에 대한 화친론이 봄날 땅속에서 따뜻한 기운이 솟아나 듯 솔솔 불어오고 있었다.

'복정우왕', 참으로 60여 년 최씨 정권으로부터 왕위를 되찾은 날, 백관들은 곧바로 왕에게 즉위식과 같은 하례식賀禮式을 행하고, 공신들은 좌우별초와 신의군, 집권자의 사병인 도방都房 등의 군사를 거느리고 대궐 뜰에서 군왕 만세를 외쳤다.

"복정우왕 만세!"

"만세! 만세!"

이 무렵 한 동안 삼별초의 군사들은 왕의 행차 시에 호위를 거들기도 했다.

정변이 성공적으로 끝나고, 고종은 태자가 몽골로 들어갈 때 다음과 같은 황제께 올리는 표문表文을 보냈다.

우리나라는 일찍이 군 통제권을 가진 권신이 오래 동안 무단으로 국사를 자행하여 왔는데, 이를 누르지 못했기 때문에 몽골의 요구를 이행하지 못한 바가 많았습니다. 다행히 하늘의 도움으로 흉악한 무리들을 쉽게 처단하게 되었으므로 이제는 영원토록 일심으로 진력할 것입니다. 근자에 섬으로 들어온 백성들은 모두 옛 곳으로 돌아가게 했습니다. 불행히 제가 늙고 병이 중해진 것은 당신께서도 잘 아실 터이므로 오늘 직접 친조親朝하지 못하고 태자를 보내오니 부디 용서하옵소서.

정변의 공신은 위사공신衛社功臣으로 추대되었으며, 그때까지 최씨의 사저에 정방政房을 두어 관리의 고과표를 매기고, 인사 업무를 관장하던 일도 이내 편전으로 옮겨졌다.

그러나 권력은 누룩과 같은 것이었다. 얼마 없어 정변 주동자의 1인자인 김준에게 힘이 실리면서 그의 생각은 달라지기 시작했다. 더구나 권력의 주변에는 언제나 아첨하기 좋아하는 소인배들이 모여들끓게 마련이었다.

"대인, 유경을 조심하옵소서. 그는 왕정 복고의 명분에 힘입어 적극적 움직임을 보이며 하늘 높은 줄을 모르고 있습니다."

따져보니까 그랬다. 그가 요즘 맘이 편치 못했던 것도 딴은 그 탓이었다. 순간 김준은 유경 세력에게 제동을 걸어야겠다는 생각을 했다. 그는 성질이 급한 사람이어서 그 구상을 바로 실행에 옮겼다.

그는 바로 부하들에게 명하여 유경의 손발로 여겨지는 장군 우득규禹得圭, 지유 김득룡金得龍, 별장 양화梁和 등을 끌어내어 참수하고, 낭장 경원록慶元祿을 외딴 섬으로 유배 보내 버렸다.

그리고 김준은 고종을 찾아가 그 동안 되어진 일들을 통고했다.

"유경의 부하들이 발칙한 생각을 하므로 제가 아랫것들을 시켜 처리를 했습니다. 바라옵건대 유경의 승선 직을 파직하시고, 첨서추밀원사簽書樞密院事로 내치소서."

왕은 그의 말을 아니 따를 수 없었다. 이 무렵 김준의 세력은 거칠 것이 없었다.

고종이 승하했을 때 김준의 우려는 태자 전이 몽골에 입조해 있었기 때문에 그와 몽골이 직접적인 관계를 맺게 되는 것이었다. 몽골에 대한 출항론出降論을 누르면서 항전의 입장을 견지하고 있던 그로서는 몽골에 입조하는 등의 외교 관계 진전이 결과적으로 부몽론附蒙論을 부추길 수 있다고 여겨졌기 때문이다. 김준은 그것을 미리 예측하고 방해 공작을 위해서 자기 동생 김승준金承俊을 태자의 몽골 입조 수행단에 동참토록 조치해놓고 있었다. 그런데 태자가 입조 중이던 6월 고종이 유경柳璥의 저택에서 죽음을 맞은 것이 아닌가. 이 갑작스런 임금의 사망으로 일은 급박하게 돌아갔다. 이미 몽골과 태자 전이 가까워졌다는 것을 눈치챈 김준은 어쨌든 그의 왕위 계승을 막을 필요가 있었다.

그는 고종의 사망 소식을 듣자마자 태손 심諶을 대궐로 호위하여 들어갔다. 그리고 입조 중인 태자를 대신하여 임시 국사를 담당케 함으로 자신의 입지를 고수하고자 시도했다. 그러나 이런 그의 의도는 분명한 고종의 유지遺旨가 대신들에 의해 밝혀지면서 좌절되고 만다. 더구나 이제 세조로 등극한 홀필열忽必烈은 자기의 공식 입장을 고려에 전달해왔다.

"고려에서 왕을 반대하는 것은 몽골 황제에 대한 저항이다"

원종 5년 몽골이 원종의 친조를 요구해 왔을 때도 김준은 '국왕의 신변 위협'을 이유로 반대하고 나섰다. 그러나 이때도 화의론자인 시중 이장용李藏用이 반대로 무산되고 말았다.

"그것은 염려 놓으시옵소서. 왕의 신변 위험에 대한 책임은 소신이 지겠습니다."

이장용은 이미 몽골로부터도, 백관들로부터도 그 정도의 신임을 얻어놓고 있었다.

이 무렵부터 왕권과 무인정권은 상호 공존하면서 일정한 긴장 관계를 유지할 수밖에 없게 되었다. 그러나 이 무렵 이미 원종은 마음속으로 눈에 가시 같은 김준을 제거해야 자기가 버틸 수 있다는 생각을 품게 된다.

왕권과 김준 정권의 갈등은 1268년(원종 9) 3월 몽골이 남송 정벌을 앞두고 고려에 대하여 출륙, 환도와 군사 동원 등의 문제를 강력히 요구하면서 다시 한 번 표면화했다. 고려의 국내에서 많은 정보를 갖고 있었던 몽골은 고려가 말을 잘 듣지 않는 이유가 무인정권의 영향 탓이라는 것을 앉아 있으면서도 알고 있었다.

"고려에 김준이라는 무인 놈이 도대체 어떻게 생겨 먹은 놈이야? 어디 그 놈의 상판대기를 한 번 보자. 그놈과 그의 일족을 직접 한 번 불러들여 봐라."

세조의 명령이 떨어졌다. 그리고 이 명령은 곧 고려 왕실을 통해 김준에게 전달되었다. 김준은 일이 자꾸 꼬이는 것이 속상하고 골치가 지끈거렸다. 고려에서는 그에게 안 되는 일이 없는데, 몽골이라는 거대한 나라는 그로서도 움직일 수 없는 존재라는 걸 그는 실감하고 있었다.

"병법에도 삼십육계라고 했는데, 마지막 방법은 피하는 수밖에 없습니다."

그의 귓가에 다시 속삭이는 소리가 있었다. 그 소리가 아니어도 김준은 몽골과의 재결전이 불가피하다고 판단하고 있었다. 그렇다면 강화도보다 더 먼 제주도 같은 섬으로 옮겨 한판 붙는 수밖에 없었다. 그를 따르는 무인들 간에 이른바 '해도재천론海島再遷論'의 대두되었다.

"여차하면 원종 임금도 폐위하는 거지 뭐."

그들의 거사 계획은 점차 강도가 높아져 갔다.

그런데 그 해 11월, 김준의 아들 애噯가 임금에게 들어가는 진귀한 물건을 임의로 빼돌려 벗들과 먹어 치운 사건이 발생했다. 그것을 임금이 알게 되고, 아비가 그렇게 시켰을 것이라고 굳게 믿게 되어 버렸다.

'이놈이 결국은 왕권을 능멸했어.'

원종은 분노로 치를 떨었다. 소년기에 몽골로 잡혀가 궂은 경우를 많이 보고 고초를 겪어 온왕은 복수심이 강한 사람이었다. 한 번 밉게 본 사람을 가슴에서 지우지도 못했다. 그런 왕의 뇌리에 문득 임연林衍이 스치고 지나갔다.

김준의 무인정권은 최씨 정권에 대한 부정에도 불구하고 내부에서는 강경한 항몽책을 그대로 고수하는 입장이었다. 그는 원종 3년에 작성한 공신녹권 중에서 최씨 정권의 실정에 대해 비판을 하면서도 최우의 강화 천도에 대해서만은 '나라를 보익輔翊한' 공신으로 평가하고 있었다. 그리고 두 달 후 공신당功臣堂을 미륵사에 다시 짓고 김준, 박희실 등 무오정변 13공신의 초상을 벽에 내걸면서 최우에 대해서도 '임진년 천도공신'이라는 명분으로 함께 벽에 내걸 정도였다.

더구나 무오정변이 일어난 두 해 후의 6월 조정은 무오정변으로 서훈된 위사공신의 서열을 조정하면서 서열 1위였던 문신 유경을 5위로 떨어뜨리고, 2위였던 김준이 서열 1위로 올라간다. 서열 3위는 박희실朴希實이었다. 그러나 며칠 후 김준은 추밀원 부사에 임명되니 원종의 즉위를 전후하여 오히려 김준의 정치 권력 장악은 공식화되었던 셈이다.

'복정우왕'의 거사 명분에도 불구하고 그 후 권력은 최씨 정권 하에서 양성된 무인 김준에게 집중되었으며 나중 추가된 공신의 대부분은 김준의 동생과 아들 등 친분이 있는 자들로 채워져 있었다.

김준의 관직도 정변 당시 무반의 정6품 별장의 자리에서 원종 원년에는 정3품인 추밀원 부사, 그리고 곧 이어 동지추밀원사, 추밀원사, 참지정사로 오르더니 원종 6년에는 드디어 문하시중의 자리까지 올라버렸다. 또 같은 해 해양후海陽候로 봉해지고, 부府가 설치되더니 왕으로부터 교정별감敎定別監에 임명됨으로 그 형식에 있어서 전혀 전대의 무인정권과 비슷한 모양을 갖추게 되었다.

그럼에도 김준 정권은 태자의 입조 등에 의해 이미 새로운 단계로 진전된 여몽 외교 관계를 현실적으로 수용하는 입장을 취하고 있었다. 원종 2년에는 태자 심이, 그리고 5년 8월에는 원종의 친조親朝가 몽골의 요구로 이뤄졌으며, 그 무렵에 연 3회 내외의 공식적 사신 교환이 이뤄지기 시작했다.

그러나 출륙, 환도 조처만은 거의 10년 동안 진전 없이 지지부진이었다. 이 같은 고려의 조치에 대해 다시 몽골이 강경한 요구를 하게 된 것은 원종 9년 남송 정벌을 앞둔 시점이었다. 그 해 3월 몽골은 북경로총관北京路總管 우야손탈于也孫脫과 예부낭중禮部郞中 맹갑孟甲 등을 시켜 전달한 조서에서 고려에 대한 불만을 노골적으로 나타냈다.

"우리군이 철수하면 3년 안에 출륙 환도한다는 약속은 어떻게 되었는가?"

"민생이 안정되면 이행하겠다고 한 토산물을 바치는 것과 군사를 돕는 일 등 여섯 가지 사항은 어찌 되었는가?"

그리고 곧 있게 될 남송과의 전쟁에서 고려가 군사와 병선, 그리고 적정량의 군량미를 미리 준비하여 조달할 것을 요구해왔다.

당시 이 조서의 내용은 표면적으로는 대 남송전에 고려를 끌어들인다는 것이었으나 그러나 이 조서의 더 중요한 목적은 내부의 권력을 장악하여 항몽책을 유지하고 있는 김준 정권을 직접 다루겠다는 의지가 실려 있었다.

몽골은 앞의 조서에 대한 답변을 가지고 시중 이장용과 김준이 함께 직접 들어올 것을 지시하고 있었다. 그리고 별도로 김준 부자와 아우 승준을 몽골에 입조하라고 명령하고 있었다. 김준으로서는 빼도 박도 못하게 되어 버렸다. 이제까지 임금을 표면에 내세워 몽골의 요구를 얼버무리며 지연시켜왔던 그의 계책은 이제 중대한 고비를 맞고 있었다. 김준은 그 대책을 마련하고자 자기 참모들과 은

밀히 회의를 열었다.

이 자리에서 김준 정권의 핵심인물인 차송우車松祐 장군이 격한 음성으로 자기 의견을 내놨다.

"몽골이 저렇게 나오는 것은 우리를 직접 간섭하겠다는 의도가 분명합니다. 나는 이 시점에서 몽골의 의견을 정면으로 거부하고, 향후의 대몽전에 대비, 강화도보다 더 먼 섬으로 해도재천 하는 것이 바람직하다고 주장합니다."

차송우는 자기 의견을 내놓고도 김준의 표정을 살피며 내면의 불을 끄지 못해 불쑥거리고 있었다. 그는 무오정변 당시 낭장동정郎將同正으로 거사에 앞장섰던 김준의 심복이었다. 그러기에 아무도 섣불리 그의 말에 반대를 못하고 있었다. 그는 정변 후 바로 위사공신 책봉에는 포함되지 않았으나 나중 김준의 아들과 함께 추가 책봉된 인물이기도 했다.

그러나 이 시점에서 해도재천을 단행하기 위해서는 형식상 원종의 승인과 재추회의 결정이 이뤄지지 않으면 안 되었다. 김준은 아니꼬왔지만 절차를 밟지 않을 수도 없었다.

"아니 될 말이오. 몽골의 자세를 보지 않았습니까? 이 시점에 해도재천이라니 아니됩니다."

김준이 해도재천론을 임금에게로 가지고 갔을 때 원종은 한마디로 거부했다.

"전하, 몽골이 우리 부자와 동생까지 들어오라는 마당에 할 수 있는 일이 도대체 무엇이 있겠습니까? 다시 한번 숙고해 주옵소서."

"그러나 해도재천은 재추회의에서도 가결이 안 될 것입니다. 이 점을 고려하셔야 합니다."

이번엔 왕은 재추회의를 들먹거렸다.

왕실 뜰에서 김준이 풀이 죽어 나오는 것을 기다렸다가 차송우가 은근히 제의했다.

"이는 분명 우리 정권에 대한 중대한 반란입니다. 과거엔 이런 일이 없었잖습니까? 여차하면 왕을 폐위하고, 직접 왕위에 오르십시오. 허울뿐인 왕, 그거 별 겁니까?"

몽골이 직접 무인정권을 겨냥하여 압력을 가했으므로 김준 정권의 입지는 매우 위축되었다.

게다가 강도 정부는 이 무렵 옛 도읍 개경으로의 출륙을 준비한다는 출배도감을 설치하고, 시중 이장용에게는 표문을 가지고 몽골 사신과 함께 들어가도록 했다. 이장용이 들고 간 표문에 강도 정부는 다음과 같이 썼다.

출륙, 환도 문제는 목하 건축작업을 진행 중에 있는 바 이 건축이 이뤄지면 바로 옮길 것임을 밝힙니다. 남송 정벌에 있어서 군사와 병선, 식량의 조달 문제는 가능한껏 힘을 다 쏟겠으며, 다루가치와 호적 등의 문제는 향후 형편이 닿는 대로 곧 추진할 것을 약속드립니다.

더불어 김준 일족을 몽골에 들이라는 요구만은 참아 주시옵소서. 그가 지금 출륙, 환도의 업무를 총괄하고 있기 때문이옵니다. 차후 지의 입조 시에 동행하도록 하겠습니다.

김준이 해도재천 계획과 몽골과의 정면대결을 포기하면서 몽골이 제시한 환도 문제와 남송 정벌의 참여 요구를 수용하지 않을 수 없었다. 남송과의 싸움에 몽골이 고려에 요구한 것은 군사 4만 명과 전함 1천 척으로 고려로서는 벅찬 것이었다. 몽골에 파견된 이장용은 고려가 30년 전쟁으로 이미 군사가 극도로 피폐함을 이유로 들어 동원 군사의 최대 인원을 1만 명으로 조절하려고 애를 쓰고 있었다.

몽골에서는 이런 일이 벌어지는 가운데 원종은 측근 환관들과 김준을 모해할 계략을 은연중에 꾸미고 있었다. 이 일에 앞장선 것이 환관 강윤소康允紹였다. 이 노회한 환관은 자기 임금이 김준 때문에 골치를 앓는 걸 가까이서 지켜봐 온 터였다. 그가 은밀한 중에 임금께 간했다.

"임연林衍은 김준의 심복으로 그를 아비라 부르는 자이옵니다. 그러나 김이 집권 이후 권력이 그 일족에 의해 전횡되면서 그는 소외되어 있습니다. 이 내버려진 도끼를 이용하면 쉽게 김준을 제거할 수 있을 것이옵니다."

"어찌 임연이 아비라고 부르는 자를 격살하겠느냐?"

원종은 돌다리도 두들겨보고 건너려는 신중함을 보였다.

"그를 어르는 것은 저희들이 할 터이니 나중에 상만 후히 내리시옵소서."

"그건 내 장담하마. 너희들의 공덕을 저버리겠느냐?"

강윤소는 왕실을 빠져 나오는 길로 같은 환관인 최은, 김경, 김자연 등과 은밀히 연락하고, 임연과도 기별하여 만났다.

"상제와 밀약이 다 된 일입니다. 며칠 후에 몽골 사신을 떠나 보내는 행사가 있을 터인데, 임금님은 물론 그 자도 틀림없이 나올 것입니다. 그때를 기회로 삼으시지요."

"알았오. 누구도 눈치를 채지 못하게 잘 단속을 하시오."

그러나 예정된 날 김준은 어쩐 일인지 사신을 전송하는 현장에 나오지 않았다. 이 때문에 거사는 수포로 돌아가는가 싶었다. 원종은 계획이 누설된 줄 알고 그 날 밤새도록 잠을 이루지 못했다. 뜬눈으로 밤을 지샌 원종은 이튿날 새벽같이 강윤소를 불러들였다.

"어찌 된 영문이냐? 들통이 난 것이냐?"

"전하, 염려하지 마옵소서. 그럴 리가 없습니다. 전하, 오늘 김준을 궁궐로 부르시옵소서. 늦출 수는 없으니 바로 처리할 수밖에 없습니다."

이렇게 해서 그 날 오후에 임금의 부름을 받고 궁궐로 들어오던 김준은 문밖에서 미리 대기하고 있던 영초奔抄 김상정金尙挺 등에게 철퇴로 한 방에 머리를 맞고 즉사하고 말았다. 뒤따라 오던 동생 김충은 환관 김자연의 동생 자후子厚가 칼을 빼어 대번에 가슴을 찔렀다. 칼을 맞은 김충은 푸들푸들 몸을 떨다가 이내 사지를 뻗어 버렸다.

김준을 따라온 추종 세력들이 있었으나 이들은 임연의 군사들이 제거해 버렸다. 이것이 이른바 무진정변戊辰政變. 이 정변으로 위사공

세력 잡기, 진흙탕싸움 33

신 〈가〉에는 임연, 임유무林惟茂 부자가 올라간다.

그러나 원종은 오래 전부터 임연을 주요 경계 대상 인물로 치부하고 있었다. 임연의 성공은 왕정의 복고를 의미하기보다는 새로운 무인 집정자의 출현으로 이어지게 되어 또 한번의 갈등을 부르게 되어 있었기 때문이었다. 임연도 그런 사실을 모르고 있지 않았다.

임연은 정변 이후 세가勢家의 자제들로 '후벽後壁'이라고 무장한 채 궁궐 안을 지키게 하는 새로운 제도를 고안해냈다. 그런데 이 후벽들 중에 임연의 둘째 아들인 임유무와 사위 최종소崔宗紹 등이 들어있었다.

그것도 모자라 1269년(원종 10) 6월 임연은 야별초군을 동원하여 새로 원종의 핵심 측근으로 부상하는 환관 출신 김경과 최은, 최기를 체포하여 죽이고, 역시 원종의 신임이 돈독한 어사대부 장계열張季烈과 대장군 기온奇蘊을 반역죄로 몰아 먼 섬으로 귀양을 보내 버렸다.

이렇듯 임연이 김준 제거에 함께 참여한 세력들을 일거에 처리한 데 대해 임연은 자기 심경을 다음과 같이 토로했다.

"내가 왕실을 위해 권신을 제거했는데도 왕이 김경 등과 더불어 나를 죽이려고 하니 내가 어찌 앉아서 죽임을 당하고만 있겠는가."

권력의 정상에 머물러 있는 사람들이 흔히 그렇듯 그는 이미 이때부터 심한 정신적 갈등을 겪고 있었다. 다만 김준 제거에 공헌한

핵심인물인 강윤소의 경우 정변이 성공한 후 바로 임연에게 기울어져 있었다. 임연이 미리 반격을 가할 수 있는 정보도 어쩌면 윤소에게서 나왔을 수도 있었다.

원종의 측근 세력들을 제거한 후 임연은 곧바로 재추회의를 소집했다. 그는 미리 가까운 구정毬庭에 삼별초와 6번 도방都房 등 강화도의 군사력을 집결시켜 위압적인 분위기를 조성한 가운데 회의를 소집하여 회의 결과를 자기 의도대로 끌고 가려고 했다.

당연히 회의는 임연에 의하여 일방적으로 진행되었다.

"이 지경이 되었으니 왕을 더 이상 왕이라 할 수 없음입니다. 우선 원종을 폐위하고, 주살하거나 귀양을 보낼 것을 제안합니다."

재추회의는 초장부터 엄청난 안건이 대두되었다. 회의장 안은 긴장이 감돌고 아무도 다른 의견을 내놓지 못했다. 다만 문하시중 이장용만이 한참 기다린 후에야 입을 열었다.

"아무리 왕이 잘못을 저질렀다 해도 주살하거나 귀양을 보내는 것은 백성들도 지켜보고 있으니 다시 생각할 필요가 있습니다. 일단 손위遜位를 하는 선에서 그치는 게 어떨는지요? 나는 이 안을 제안합니다."

그는 과연 외교와 내치에 있어 노련한 권위자였다. 그러나 이 자리에서는 그것도 통하지 않았다.

그때 참지정사 유천우兪千遇가 벌떡 일어났던 것이다.

"안 될 말입니다. 그런 정도로는 일의 해결이 어렵습니다. 왕은 주살되거나 귀양을 보내는 조치가 당연합니다."

이렇게 해서 원종의 폐위 문제는 결론을 못 내린 채 회의가 끝이 났다.

화가 머리끝까지 치솟은 임연은 이튿날 애꿎게 전 장군 권수균權守鈞, 대경大卿 이서李敍, 장군 김신우金信祐 등을 체포하여 처단해 버렸다. 자기편이 아닌 사람을 숙청하는 것은 물론 반대론을 위압적으로 봉쇄해 버리기 위한 사전조치였다.

그리고 며칠 후 임연은 원종에 대신하는 안경공安慶公 창淐의 집으로 문무백관을 소집했다.

"무슨 일로 안경공의 집으로 우릴 모이라는 것인가요?"

"글쎄, 세상이 하 수상하니 어디 오라는 대로 가 보기나 하십시다."

대신들은 회의를 참석하러 가면서도 이유를 알지 못해 궁금해했다. 임연은 용의주도하게 지난 번처럼 삼별초와 6번 도방들을 안경공의 집 주위에 운집시켜 놓고 있는 것이 눈에 띄었다.

문무백관들이 다 모이자 임연이 전면에 나섰다.

"자, 여러분. 원종이 유고하기 때문에 지금 우리는 안경공 창을 새 임금으로 추대하는 즉위식을 가지려고 합니다. 끝까지 엄숙하게 이 예식에 참여해 주기를 바랍니다."

얼떨떨한 표정의 안경공 부부가 새 예복을 입고 나오고, 즉위식은 바로 거행되었다. 간략하게 줄여 거행하는 것이라 시간도 길게 소요되지 않았다.

진암궁辰巖宮에 거처하고 있던 원종은 임연에 의해 그대로 쫓겨나는 수모를 겪어야만 했다. 임연의 원종 폐위는 자신의 권력 기반 유지를 위한 마지막 승부수라고 할 것이었다.

문무백관들에게는 청천벽력 같은 선언이었으나 요즘 들어서 드물지 않게 일어나는 사건이기도 했다.

그러나 원종의 폐위는 몽골의 완강한 반대에 부딪쳐 단 5개월만에 왕을 복위시키지 않을 수 없는 난관에 봉착했다. 원종 10년 8월 몽골은 조서를 통해 원종의 폐위는 불법이며 있을 수 없는 일인 바 사태의 전말을 자세히 보고하라고 요구해왔다.

9월 임연은 추밀원 부사 김방경金方慶 등을 통해 원종의 손위가 건강으로 인한 부득이한 조처였다고 답을 보냈다. 그러나 11월 다시 몽골은 사실 확인을 위해 임연 및 안경공의 입조를 요구하고, 응하지 않을 경우 무력으로 조처할 것임을 통보해왔다.

임연은 자기 발등을 찍은 꼴이 됐다. 궁지에 몰린 그는 이번에는 안경공을 퇴위케 하고, 원종을 다시 복위시키는 해프닝을 벌였다. 원종의 복위 직후 정치적으로 위기에 처한 임연을 제거하려는 움직임이 있었으나 모의에 참여했던 자들의 밀고로 되레 타진되고 말았다.

그해 12월 원종은 하례를 명분으로 몽골 입조의 길에 오르는데, 이번 길에는 그 나름의 계산이 있었다. 이때 몽골로 간 원종은 고려 왕실의 몽골과의 통혼과, 몽골 군사력의 지원을 공식적으로 요청했다. 몽골의 힘을 빌어 왕실을 지키고, 고려 내부에서 정치적

주도권을 쥐고자 하는 그 나름의 계략이었던 것이다.

이듬해 2월 원종은 몽골병의 호위를 받으며 연경燕京을 출발하여 5월 개경에 도착했다. 이제 그에게는 몽골 황제의 더욱 강력한 후원 약속이 있었으며, 몽골병의 호위는 그 구체적 상징이었다.

그런데 세월은 누구도 이뤄놓지 못하는 일을 혼자 이뤄놓고 있었다. 그가 연경을 출발하던 2월에 임연이 심리적 압박감을 이기지 못하여 이미 죽어버렸으며, 대신 그 아들 유무惟茂가 집정자의 지위를 계승하고 있었던 것이다.

이 무렵 귀국 도상에 있던 원종은 몽골군 야속달로부터 다시 출륙, 환도를 재촉 받게 된다.

이에 따라 3월 초에는 대장군 김방경金方慶, 장군 김승준金承俊 급사중給事中 조문주趙文冑 중승中丞 김홍취金洪就 등을 출륙 준비를 위한 출배별감出排別監에 임명하고, 왕족과 관원들에게도 1인당 쌀 1곡斛씩을 보조하도록 한 바 있었다.

귀로의 원종은 몽사 속리대束里大와 함께 먼저 개경에 들러 그 동안 개경의 건축 진행 상황을 돌아봤다.

"보십시오. 우리가 그냥 하노라고만 하는 게 아닙니다. 이렇게 궁궐을 짓고 있지 않소? 황제에게 잘 말씀드려 주시오."

"그렇군요. 와 보니 일이 많이 진행되었구려. 내 황제께 잘 보고를 하리다."

그리고 강도에 돌아온 원종은 대신들과 문무 백관들을 궁궐로 불러모았다.

"대신들도 잘 아는 바와 같이 몽골에서 자꾸 출륙을 재촉하니 저들을 달랠 무슨 묘수가 없겠오?"

"그것이 어디 어제오늘의 일입니까? 허나 가만히 앉아 있을 수는 없는 일입니다."

"전하, 불민한 이 신하가 한 가지 제안을 올리겠습니다. 번거럽지만 우리 문무 백관과 군사들을 세 교대로 나누어 개경을 왕래시키도록 하는 것입니다. 그렇게 해서라도 개경에의 환도 의사를 나타내는 것이지요."

동지원사同知院事가 한 마디 했다.

"그도 그럴 듯 합니다. 그렇게라도 눈속임을 할 수 있다면 해야지요."

대신들은 진저리가 나고 지쳐 있었다. 그래서 그 안이 받아들여졌다.

그리하여 그 해 4월 3일에 초번 문무 양반과 16령領의 군사가 개경으로 나갔다. 이렇게 해서 그 후 2년 동안에 출륙 환도 문제는 일정한 조처가 취해지고 있었으며, 공식적으로 환도는 기정사실 화하는 것처럼 보였다.

새로 등극한 세조는 그때가지의 강경한 대 고려 정책을 다소 누그러뜨려 고려에 대하여 유연한 입장을 취한다.

고려에서는 서경에 주둔중인 몽골군을 철수하여 줄 것과 근자에 붙잡히거나 항부降附하여 들어간 고려민을 놓아달라는 요구를 했다. 이에 세조는 원종 4월 몽사 기다대其多大 편의 조서에서 고려의 요구를 수용한다는 사실을 전달해왔다. 이렇게 해서 서경 주둔의 몽골군은 물러 갔으며, 3월 초부터는 몽골군이 붙들고 있던 포로들에 대해서도 몇 차례 석방이 이뤄졌다.

이어 원종 원년 8월에는 영안공永安公 희僖 편에 전달된 세조의 조서에서 몽골군과 다루가치의 철수 문제 외에 의관이나 풍속은 고려의 것을 하나도 바꿀 필요가 없다는 것과 개경으로의 환도 문제도 그 시기는 고려 측이 알아서 정하도록 한다는 극히 유연한 대 고려정책이 천명되었다.

한편 강화도 정부는 최근에 섬으로 들어온 사람들을 육지로 내몰았다.

그리고 같은 해 6월 몽골 원수 송길대왕松吉大王이 보낸 주자周者와 도고陶高란 자들이 강도의 내성과 외성을 허물기 시작한데 이어 12월에는 왕의 둘째아들 안경공安慶公 창淐이 몽골에 들어갔으며, 4년 후에도 다시 안경공을 몽골에 보냈다. 그런 판에 이듬해 4월 몽골군이 출륙 상황을 직접 점검할 것이라는 정보가 고려 조정에 들어왔다.

왕은 대신들을 모아놓고 말했다.

"이번에는 몽골가 우리의 출륙 상황을 직접 돌아본다는 겁니다. 그러니 어찌하겠소? 저자 가게를 그리로 옮기고, 관리들의 가옥을 수리토록 하세요. 그리고 문무백관은 그 날 모조리 나와서 그 사람들의 눈에 거슬리지 않도록 하세요."

"예, 전하. 그리하겠나이다."

그 해 5월 고종이 바다를 건너서 승천부로 나가고, 문무백관들도 나가서 몽골의 사신들을 맞았다.

고려는 지겹게도 무려 30년 동안 이런 미봉책으로 몽골의 눈을 속여오고 있었던 것이다.

무인정권의 종말

봄은 한없이 사람을 노곤하게 만들 때가 있다. 그런 봄날의 하루 해가 지고, 이제 노을만이 남았다. 서녘 하늘의 붉은 빛이 차츰 누렇게 바래어지고, 다만 하늘 위 구름장들만이 뚜렷한 원색을 유지하고 있다. 내일 날씨가 궂겠다는 징조다. 이분성李汾成은 원종의 부름을 받고 궁궐로 들어가며 이상하게 마음 한구석이 켕겼다.

관복은 위엄이 있지만 언제 입어도 거추장스러웠다. 섬의 저녁바람 한 가락이 불어와 관복 자락을 들췄다.

'대체 무슨 일일까. 어두워 가는 이 시각에 왜 임금님께서 나를 보자는 것일까?'

그는 요즘 들어 임금이 자기에게 은근히 관심을 두고 있는 것을 느끼고 있었다. 그런 눈길을 임금은 가끔 그에게로 보내왔던 것이다. 부르는 음성도 부드러워졌다. 누구에게나 속해 있는 사람들은 그 우두머리의 마음의 각도를 면밀하게 읽을 줄 알게 마련이었다. 그래서 그 각도가 자기와 약간만 빗나가도 금세 오줌이 마렵고, 목이 마르고, 속이 타들어가던 것이었다. 그것은 또한 권력 주변의 속성이기도 했다.

궁궐 안팎의 경비는 더 굳어져 있는 느낌이었다. 그것이 예사 때와 다르다는 것이 체감되었다. 그러나 그가 광화문光化門으로 들어서자 초병들은 금세 그를 알아보고 길을 비켜주었다. 초승달이 걸려있는 가을 밤 연경궁延慶宮 뜰은 적막했다. 어디서 불어오는 바람에 나뭇잎 떨어지는 소리라도 들려올 것처럼 적막했다.

상선이 문가에 읍하고 섰다가 그를 맞았다. 임금은 옥좌에 앉은 채 그가 들어오는 것을 그윽한 눈빛으로 내려다보고 있었다. 원종은 그가 비록 직위가 높지 못하나 모사인 것을 잘 알고 있었다. 그러기에 몇 번이나 머릿속으로 신하들 이름을 훑은 끝에 그를 점찍은 것이었다. 분성이 안으로 들어가 인사를 드리고 자리를 잡고 앉자 원종이 더 가까이 다가앉으라는 손짓을 했다. 그가 한 발짝 앞으로 나아가자 이번에는 상선을 보며 엄하게 지시했다.

"이 후로는 잡인을 물리라."

"예, 전하."

상선은 한 마디 대답을 하곤 그 자신도 문밖으로 나갔다. 그제서야 임금이 옥좌에서 내려와 자리를 잡으며 이분성에게 말했다.

"그대는 이 나라 사직의 안위가 든든하다고 생각히는가?"

분성은 일순 당황했다. 이 어인 분부이신가. 그가 다시 한번 머리를 조아리며 임금께 아뢰었다.
"소인이 나라의 안위를 걱정하고 있음을 전하께서 잘 아십니다."
"초적들로 하여 나라의 안위가 풍전등화인데, 누구도 걱정하는 신하가 없으니 이것이 짐의 한이로다."
"전하, 무슨 말씀이시온지… 하교만 내리시옵소서. 제 힘이 비록 미약하오나 온 힘을 다하여 보필하겠나이다."
그 말에 임금은 대답은 않고 깊은 한숨만 내쉬었다. 분성은 잡인을 물리라고 호령할 때부터 심상치 않은 일이 있구나 했는데, 이제 임금의 한숨까지 듣고 보니 더 가슴이 움츠러들었다.
"이것은 그대와 나만의 밀계인데, 잘 지킬 수 있겠는가?"
"무슨 말씀 이시온지 하교만 하옵소서."
"그러면 내가 자네만 믿고 이 일을 맡기겠네."
"예. 전하."
"그대 어사중승 홍문계(洪文系)를 잘 알 터이지?"
"예. 그리하옵지요. 홍문계라면 누구보다 제 말을 잘 들을 것입니다."
"그렇지? 응당 그러리라고 믿었네."
"예. 그 일이라면 걱정 놓으시옵소서."
"임유무가 홍문계의 처남인 것도 알고 있을 터?"
"예. 그러하옵니다."
분성은 그제야 임금이 자기를 부른 이유를 손톱만큼은 알 것 같앉다.

"임연의 아들 임유무가 초적을 이끌고 나라에 반역을 하려 드니 이 일을 어찌하면 좋은가?"

원종의 말투는 탄식 조였다.

분성은 대답은 않고 수없이 고개를 끄덕였다.

"전하 무슨 말씀 이시온지 내용을 알겠사옵니다. 모든 것을 소인에게 맡기시옵소서."

"고맙네. 이후의 모든 일은 자네만 믿네. 내 상은 후히 내릴테야."

원종이 그의 손을 더듬어 잡았다. 부드러운 손이다. 그런데 전하는 이 손을 가지고 이제부터 엄청난 일을 벌이려 하고 있었다.

궁궐을 빠져 나오며 분성의 뇌리는 잽싸게 돌아갔다. 문계를 만나 어떤 말로 설득시키고, 또 어떻게 군사를 동원하여 유무를 들이칠 것인지 면밀하게 계략을 꾸미고 있었다. 그는 무엇보다 임금이 이렇게 엄청난 일을 자기에게 사주하고, 신뢰해준 것이 기쁘고 감읍했다. 이런 엄청난 일을 자기만 믿고 맡기다니…

그러나 한편 가슴이 떨렸다. 만에 하나 거사가 실패하면 그것으로 그의 일생은 벼랑으로 굴러 떨어지는 것이었다. 그것을 그는 누구보다 빠삭하게 알고 있었다. 그러나 무엇보다 그는 꾀보라는 자기 주머니의 꾀와 달변을 믿었다. 게다가 그는 이제까지 맘먹고 한 일을 한번도 실패한 적이 없었다. 그러나 이번 일은 너무 엄청난 밀계인데다 사안이 복잡했다.

이튿날은 아침부터 가을 날씨답지 않게 음침했다. 그는 하루 종일 사랑에서 끙끙거리며 이 생각 저 생각 하다가 저물 녘에 홍문계의 집으로 향하여 가며 기분이 착잡했다. '화무십일홍'이라고 하지만 최씨 정권이 무너져 가는 것을 떠올리면 권력의 무상함을 새삼 느끼게 했다.

　서슬 퍼렇던 최씨의 무인정권이 부하 장수들인 대사성 유경柳璥과 별장 김준金俊에 의해 몰락하기 시작했다. 그러더니 이번에는 정권을 이어 쥔 김준이 원종의 사주를 받은 임연에게 살해 당하고 만 것이다. 임연은 그 정권을 누려오다가 아들 유무에게 계승시켰으나 그는 이제 단 석 달 정권을 유지해오고 있는 터에 다시 원종이 한 차례 맛들인 수법대로 그를 제거하려 하고 있는 것이다. 어떻게 생각하면 권력은 본래부터 무자비한 속성이 있는 건지도 몰랐다. 유무를 이번에는 왕명을 받은 그 자신이 해치우려고 계략을 꾸미고 있는 것이다. 그 동안 나라에는 해가 둘 떠있었던 셈이었다. 하늘에 해도 달도 두 개 떠있을 수 없는 것처럼 지상에도 해나 달이 두 개 떠있어서는 안 되는 법이었다. 그러니 이제 그가 어느 지방의 당 신화에서처럼 그 나머지 해를 쏘아 떨어뜨리려 하고 있는 것이었다.

　그러나 아버지에게서 권력 유지 방법을 배워온 임유무도 만만치 않은 상대였다. 탐문한 바에 따르면 자기 사병인 6번 도방을 집합시켜 겹겹으로 집을 지키고 있다는 소문이었다. 그러나 이런 장치 자체가 벌써 겁을 집어먹고 있다는 말이었다. 게다가 삼별초 군은 애초부터 통일된 조직이 아닌 데다 이제까지 지휘체제도 일원화 되어 있지 않았다. 야별초는 그들 성격대로, 신의군은 신의군 대로 따로 놀았다. 이것이 이번 일에 이들을 이용할 좋은 빌미가 될 것이라고 그는 생각했다.
"이리 오너라!"
홍문계의 대문에 이르러 그는 큰소리로 불렀다. 이내 하인이 다가와서 그를 알아보고 문을 열어주자 그는 하인을 따라 전에도 여러 번 와봤던 사랑채 앞으로 갔다. 하인이 그가 온 것을 알리고, 그가 안으로 들어서자 문갑 위에 칼을 올려놓아 닦고 있던 어사중승 홍문계가 일어나 반갑게 맞았다.
"이거 어쩐 일이요? 귀하신 분께서 누추한 데를 찾아와 주시니 해가 서쪽에서 뜨겠오이다 그려."
"지상에 해가 둘이니 그럴 만도 하지요. 칼을 닦고 있었오이까?"
"오래 칼을 안 쓰니 녹이 슬어서…"
"그렇지요. 칼은 간간 써야 맛이지요…"
이분성은 꺼낸 김에 아주 말을 할까 하다가 그만 두었다. 돌다리도 두들겨보고 건너랬다고, 한번 두들겨 보고 건널 셈이었다.
몸종이 술과 안주를 들여왔다. 오랜만에 만났으니 그럴 만도 했다.
"하, 세상이 뒤숭숭하니 술이나 마십시다. 자, 이리 가까이 다가앉으시지요."
"고맙소이다."
이분성은 밀계를 가슴에 품고 온 터라 술을 한두 잔 마시는 것도 그것을 풀어놓기에 도움이 될 듯하다고 마음속으로 계산했다. 주인인 홍문계가 먼저 손님의 술잔에 술을 따랐다. 이분성도 주인의 술잔에 공손히 술을 따랐다. 술은 향기롭고, 안주는 풍성했다. 문계가 닭다리 하나를 뜯어 손님에게 건넸다. 그리고 나서 자기도 하나 뜯어 우적우적 씹는다. 술자리는 주거니 받거니 이어져갔다.

안주가 아무리 풍성해도 이런 자리에서는 자연스레 눈에 가시가 되는 사람들이 술안주로 오르게 되어 있었다. 그리고 권세의 중간에 있는 사람들은 으레 자기들 보다 위엣 사람이 거치는 돌이 되는 것이었다.

"거 당신의 처남이긴 하지만 임유무가 아버지 덕분에 권좌에 올라 너무 콧대가 세어진 것 아닙니까?"

이분성이 슬그머니 표적을 향해 시위를 당겼다. 그러나 주인은 대답은 않고 으음, 신음 소리를 내더니 술잔을 들어 홀짝 마셨다. 손님은 그만 해놓고 뜸을 들인다. 이번에야 주인의 본심을 알 수 있는 절호의 기회였기 때문이었다.

"내 매부여서 말을 아껴왔지만 그 아버지에 대면 두령 감은 아니지요. 세월이 좋아서 그 자리에 앉아 있는 거지."

옳지 됐다. 이 정도면 이번 일에 승산은 있는 셈이다. 홍문계는 임유무에게 감정이 안 좋은 것이 분명했다. 풍문이 들어맞았다. 그들 처남 매부 사이에 틈이 벌어졌다는 것은 맞는 말이었다. 그는 이쯤에서 쐐기를 박아도 무방하겠다고 계산했다.

"어사중승께서는 여러 대 벼슬을 살아온 뼈대있는 집안이 아닙니까? 마땅히 난세에 분별력이 있어야 할 것이오. 의리를 따지고, 사직을 이롭게 도와 조상의 이름을 더럽히지 말아야 할 것이오."

"맞는 말입니다. 헌데 경의 생각에는 이 나라 사직이 도대체 어디로 기울어질 것 같소이까?"

"이미 사직의 막대는 몽골을 돕는 부몽附蒙 쪽으로 기울여져 있소이다. 심지어 태자를 입조시키고 세답 쥐어짜듯 조이는 판이니 힘없는 조정이 도대체 뭘 어쩐다는 말입니까?"

"허헛, 경도 그렇게 봤단 말입니까?"

"그러니 삼별초 임유무의 세력이 아무리 항몽抗蒙을 부르짖어 봤자 이미 허사입니다. 그 엄청난 세력의 나라를 어떻게 한다는 말입니까. 경은 그들을 버리고 마땅히 사직을 도우세요."

홍문계는 그제서야 이 사람이 온 것이 예사 걸음이 아니라는 것을 느꼈다. 그가 옷깃을 가다듬었다. 그리고 자리를 고쳐 앉으며 창밖으로 귀를 세웠다.

"그러면 이제 소생이 어떻게 해야 하겠소이까?"

그것은 거의 귓속말이었다.

"안 됐지만, 그 시건방진 매부를 제거하세요."

분성의 대답은 낮은 음성이었지만 단호했다.

"…경의 말이 무슨 뜻인지 잘 알아들었습니다."

"그럼 난 이만 일어나겠습니다. 일은 빠를수록 좋을 것입니다."

분성은 자기 앞의 잔도 그냥 놔둔 채 우끈 일어났다. 두 사람은 이미 술기운이 확 달아나 있었다.

무인정권의 종말 49

이분성이 나가버리자 홍문계는 기분이 착잡했다. 그러나 이제 큰 칼자루가 자기 손에 쥐어져 있었다. 술을 서너 잔 더 마시고 자리에 들었으나 잠이 안 들어 이리 저리 뒤채었다.

이튿날 해가 떠오르자 홍문계는 서둘러 장수복장으로 나들이 채비를 하고, 삼별초 군막 안의 송송례宋松禮를 찾아갔다. 송송례는 같은 군막 안의 삼별초 상장군이었다. 더구나 그의 아들 송분宋玢은 신의군神義軍에 대한 지휘권을 갖고 있는 장군이며, 담琰 역시 위사장衛士長이었다. 그가 움직여 주기만 한다면 일의 반은 성사한 거나 다름이 없었다. 홍문계는 그가 단순한 성격의 무관인 것을 잘 알고 있었다. 그러기에 단번에 눕혀야지 미적거리다가는 아무 일도 안 된다고 계산했다.

노곤한 봄날 오후인데도 장군의 군막 입구에는 창 든 보초들이 긴장한 얼굴로 지키고 서 있다가 그가 다가가자 최경례를 했다.

"상장군 안에 계신가?"

"예, 후원에서 활쏘기를 하고 계십니다."

그는 보초의 안내를 받아 후원 쪽으로 가는데, 핑, 하고 화살 날아가는 소리가 들렸다. 그가 다가가면서 보니까 송례가 화살을 다시 활시위에 싣고 있다. 그는 상장군이 화살을 날릴 때까지 기다리고 서있었다. 그리고 화살이 명중하기를 빌었다. 저 화살이 명중하면 우리의 거사도 성공할 것이다. 그렇지 않으면… 핑, 다시 화살이 날아가는 소리 저쪽에서 과녁을 지키고 있는 병사가 깃발을 들어 한 바퀴 휘둘렀다. 명중이었다.

"상장군, 명중이오!"

그는 속으로 쾌재를 부르며 나직이 부르짖었다.

"아니, 상장군께서. 언제 오셨오이까?"

"지금 막 온 길이오. 상장군의 활 솜씨는 여전하구려. 활을 쏘는 것이 덕을 닦는 것이라고 했거늘…"

"그저 소일 삼아 해보는 것이지요. 상장군의 솜씨에 대면 아직…"

"겸양의 말씀…"

송송례는 한 수 내기를 할까 하다가 그의 표정을 보고 이내 그만둔다. 그리고 쏘던 활을 그 자리에 놓고, 천천히 군막 쪽으로 손님을 이끌었다.

군막 안은 밀폐된 공간이었다. 그들은 차를 마시며 마주 앉았다.

"어인 일이십니까? 소생을 다 찾아 주시고…"

"거 새삼스럽기는… 언제 내가 상장군을 안 찾은 적이 있었던가?"

"그게 아니라 얼굴에 무슨 일이 있는 것처럼 쓰여 있어서 말입니다."

"하하, 본래 무관들이 문관과는 다른 점이 있지 않소. 앞에서 복종하는 체 하고 뒤에서는 배반하는 그런 사람들과는 다른 게 우리들 성정 아니오. 그런데 요새 불순한 세력 때문에 사직의 안위가 걱정돼서 말입니다."

"허긴 도대체 체계가 안 서 있어서 심통이 날 때가 있습니다. 되는 것도 없고 안 되는 것도 없는 것 같아서요."

"그러게 장차 이 나라 사직이 어떻게 되어갈지 그것이 걱정입니다. 허긴 콧대만 높은 쓰레기 같은 놈들을 없애버려야 하는데…"

"도대체 그 쓰레기 같은 놈들이 누구란 말입니까?"

송송례가 성격대로 펄쩍 뛰었다.

"단도직입적으로 말하겠는데, 임유무는 두령 감이 아니에요. 그런 자들이 사직을 위태롭게 하는 자가 아니고 무엇입니까. 이 시점에 그것들을 싹 없애야 하는데…, 여기 상장군과 그 자제들의 힘이 필요한 겁니다."

송송례는 그 한 마디에 일순 얼굴이 굳어졌다. 자기의 처남에 대해 내 앞에서 이런 말을 할 수가 있는가.

"사나이는 사사로운 이해 관계 보다는 사직, 즉 대아를 우선 생각해야 하는 거 아닙니까? 물론 나도 내 누이와 조카들을 생각하면 가슴이 아픕니다."

"어려운 결단을 하셨오이다. 왜 그런 결단을 하게 됐는지도 알만 하구요."

"그래요. 이제는 상장군의 결단만 남아 있습니다."

사사로운 것과 사직과 대의, 도대체 그것이 무엇이란 말인가.

"알았어요. 내 아이들에게 지시해서 신의군을 동원하고 빠른 시일 안에 처단하도록 하지요."

이렇게 해서 송송례는 두 아들과 함께 그날 오후에 곧바로 삼별초의 신의군을 집합시키고, 왜 이 거사가 필요한 것인지 이유를 역설했다. 유무는 지 아버지 때에 불충하게 권력을 잡았잖으냐. 그런 그가 권세를 잡은 후에는 그걸 누리기에만 급급했지 우리에게 해준 것이 무엇이냐. 그리고 큰 핑계는 역시 새로 세운 왕권을 옹호한다는 '대의'였다. 그들은 노상 그런 일에 동원돼 왔으며, 누차 우두머리가 제거되는 거사에 익숙해져 있었다. 다만 군졸들은 언제나 직속 상관의 명령에 따르게 마련이었다.

거사는 모의가 싹튼 지 사흘째 날 밤. 달도 없는 캄캄한 밤중에 한 무리의 군사가 어디론가 이동하고 있었다. 송송례와 그 아들들을 따르는 장졸들이 거사에 동원된 것이었다. 군사의 선봉은 송례, 거사의 목적은 임유무를 사로잡는 것이었다. 그들 사이의 암호는 '밤중'과 '달밤'이었다.

"임유무는 지금 집에 있다! 그의 집을 사방에서 에워싸고 담장을 허물기만 하면 독 안에 든 쥐다! 담을 허무는데 드는 장비를 소홀히 하지 말라!"

출발에 앞서 송송례는 단단히 일러두었다.

"그는 결코 만만한 상대가 아니다! 도방 6번으로 집을 지키고 있다는 소문이니 명심하고 사로잡도록 해라! 잡은 자에게 큰 상급이 주어질 것이다!"

신의군의 대장 송 분도 거들었다.

비가 오려는지 하늘은 구름이 낮게 드리워 음침했다. 병사들은 걸어가며 봄 풀의 향긋한 냄새들이 풀풀 날아와 코끝에 닿는 것을 느꼈다.

그의 집은 강도江都의 중심부에 궁궐과 같이 들어앉아 있었다. 돌담으로 높직이 쌓은 겹성이었다.

"문은 남쪽이다. 그러나 우리는 동쪽에 있는 후문을 부순다. 자, 여기서 전후대로 분산하라!"

이미 돌담 안은 정보를 알아차리기라도 한 듯 불이 환하게 켜져 있었다. 그 불이 가끔 가리어지는 것은 병사들이 순시를 돌며 몸으로 가리우기 때문일 것이다. 그러나 그들은 충분히 대비할 만큼 시간을 벌지는 못했을 것이다. 동문 쪽으로 다가간 돌격대가 미리 마련한 기둥 만한 굵기의 나무 둥치를 장정들이 모여들어 어깨에 메고 대문짝을 냅다 질렀다. 둔탁한 물건이 서로 부딪치는 소리가 쿵, 하고 났으나 단단한 나무와 쇠로 만들어진 문은 쉽게 부서질 것 같지 않았다.

누구냐! 하는 고함소리가 안에서 들렸으나 한두 사람의 목소리였다. 예상대로 후문을 소홀히 한 것이었다. 문은 두 번 세 번 냅다 지르자 돌쩌귀 쪽에서 우지끈거리는 소리가 났다. 그 소리에 힘을 얻어 돌격대는 더욱 세게 나무 둥치를 내질렀다. 그 바람에 한쪽 문이 뿌지직 소리를 내며 무너졌다. 그 틈을 비집고 성안으로 들어간 병사가 얼른 빗장을 벗기고 문을 활짝 열어제꼈다.

뒤따라오던 돌격대가 맞선 적들에게 달려들어 일격에 목줄을 땄다. 소동을 알고 달려오는 적들은 창을 날려 해치웠다. 그 사이에 앞서 들어간 병사들이 칼과 창으로 닥치는 대로 적들을 베고 찔렀다. 횃불을 든 부대가 성안으로 뛰어들었다. 처음 적들은 맞서 보려고 덤볐으나 그 어마어마한 기세에 이미 기가 질려 있었다.

대청 앞에 두 군데 장작불이 활활 타오르고 있었다. 그것은 보초를 서던 불빛이나 틈입한 병사들에게는 오히려 좋은 표적이 되었다. 횃불 든 병사들이 일제히 건물 안으로 스며들었다.

"안으로 들어가서 임유무를 붙잡아라!"

"한 놈도 살려 보내지 말아!"

상장군 송송례는 목청껏 소리 질렀다. 와아! 군사들은 언제 한번 와보지도 못했던 어마어마한 집안으로 몰려 들어가며 소리 질렀다. 그들은 횃불을 앞세우고 샅샅이 방안을 뒤지고 다녔다. 그러나 그는 어디에야 숨었는지 침실은 비어 있었다. 호위군대도 보이지 않았다.

"이 쥐새끼 같은 놈, 어디로 샜구나!"

하는 참에 고방 쪽을 뒤지던 병사가 크게 소리를 질렀다.

"여기 있다!"

그 소리에 횃불 든 병사들이 몰려들어 그를 눌렀다. 잡혀 나오는 임유무를 보니까 금빛 찬란한 잠옷을 입은 채였다. 그 금빛이 횃불빛을 받아 출렁거렸다.

"이 더러운 배반자! 퉤!"

부하 장군인 송례를 보자 임유무는 침을 뱉으며 이를 갈았다.

"평소에 덕을 닦지 않으면 한 배 안에 타고 있는 사람들이 다 적일 수 있다는 고서도 못 읽었느냐, 이놈아?"

송례가 대거리를 했다. 임유무는 잡히는 과정에 다친 것인지 광대뼈의 스친 자국에서 피를 흘리고 있었다. 여자들도 잡혀 나왔다.

"최종소崔宗紹도 잡았다!"

정문 쪽에서 외치는 소리가 났다. 최종소는 임유무의 매부로 그

역시 삼별초의 대장군이었다. 집을 지키는 병사들은 진압 과정에 베이거나 흩어져 달아났는지 대항하는 자가 없었다. 포박 당한 임유무와 최종소를 그 집 앞에 세워둔 채 거사를 일으킨 장병들은 뜰에 모여 창과 칼을 높이 들고 만세를 부르며 환호했다. 붙잡혀온 자들은 한 시간 전까지는 그들의 상관이었으나 이제는 사직을 어지럽히는 역도들에 불과했다.

거사의 성공 소식은 이내 이분성을 통하여 원종에게 보고되었다. 원종은 이튿날 밝는 대로 잡힌 자들과 그를 추종하는 장수들을 일제히 붙잡아 저자 거리에 내어 처단하라고 명했다.

그들이 처형되는 날은 마침 장날이어서 새벽부터 저자거리에 사람들이 북적거렸다. 임유무, 최종소 무리들이 이날 오시에 저자거리에서 처형된다는 방이 붙어 있었으므로 사람들은 더욱 웅성거리고 그 시간이 되자 사방에서 저자거리로 모여들었다. 술이 거나한 사내들도 보였다.

시간이 되자 사람들이 북적거리는 저자 중심거리에 거사를 주동한 삼별초 군사들이 거리를 정리하는 가운데 오늘 처형될 임유무와 최종소가 이미 파김치가 되어서 수레에 실려 끌려왔다. 처형자들은 광장 한가운데 묶여 있고, 거행은 어사중승 홍문계가 지휘를 하고 있었다. 이분성도 병사들의 호위 아래 멀찍이 지켜보고 서있었다. 직접 거사를 맡았던 송송례는 기세가 등등해서 군중들 사이를 왔다 갔다 하며 거들먹거렸다.

길고 덩이진 머리가 어깨까지 흩어지고, 검고 붉은 복장의 칼잡이 둘이 어슬렁거리며 광장 가운데로 나왔다. 사람들의 술렁거리는 소리가 잠잠해지고 군중들의 시선이 일제히 그들에게로 쏠렸다. 그 중 한 놈이 곁에 놓인 동이에서 막걸리 한 사발을 떠서 단숨에 들이키더니 입에 머금은 것을 자기가 들고 있는 긴칼에 훅 하고 뿌렸다. 다른 한 놈도 먼저 놈처럼 막걸리 한 사발을 떠서 꿀꺽꿀꺽 마시고는 먼저 놈처럼 칼날을 향해 훅, 뿌렸다. 어디선가 둥둥둥둥, 북소리가 울렸다.

그 북소리에 맞추어 그들이 덩실덩실 춤을 추기 시작했다. 그러나 사람들은 그들의 춤에서 천형의 슬픔을 읽고 있었다. 북소리가 더 빨라지고, 그들의 춤사위도 민첩해졌다. 군중들 사이에서는 부스럭거리는 소리도 들리지 않았다. 북소리가 최고조에 이르렀다고 여겨졌을 때였다.

야앗!

부르짖는 고함소리가 일제히 났다. 가까이 둘러섰던 군중들은 무의식적으로 고개를 숙인 상태에서 저마다 코에 피비린내를 맡았다. 그리고 고개를 쳐들었을 때 광장 한가운데 피가 낭자한 시체들을 보았다. 광장 가운데 꿇어앉아 있던 두 처형자가 순식간에 두 동강이 나고 한 발 거리에 머리통이 굴러있었다.

군중들은 다시 일을 마친 칼잡이들이 천천히 막걸리 동이 쪽으로 걸어가는 것을 보았다.

그날 오후에 송송례의 장병들은 평소 그를 따르던 이응렬李應烈과 송군비宋君斐, 그리고 그의 족숙族叔 송방예宋邦乂와 이성로李成老, 외

사촌 아우 이황채李黃綵 등을 붙잡아 절도 유배를 보냈다. 아예 역도의 싹을 자르는 마지막 작업이었다.

　이로써 고려시대 1백년을 유지해오던 무인정권은 막을 내렸다. 권불십년權不十年이라더니, 그러나 무인정권은 그 열 배나 버틴 셈이었다.

남천南遷 결의

사안은 급박하게 돌아갔다. 몽골에 입조入朝했다가 돌아와 임금이 된 원종의 생각은 이미 부몽주의附蒙主義로 굳어져 있었다. 게다가 아들 심諶을 몽골 황제 세조의 부마로 내심 정해놓고 있기도 했다. 임유무 일당의 처단으로 왕은 이제 40년 항몽전쟁抗蒙戰爭을 끝냈다고 계산하고 있음이 분명했다. 그렇다면 굳이 몽골의 눈치를 봐가며 강화도에 머물러 있을 필요가 없게 되었다. 더구나 몽골은 질긴 사냥개처럼 지속적으로 물고 늘어져 개경으로의 환도를 재촉하고 있었다.

왕은 친히 대신과 상장군들까지 이궁으로 불러모아 확대 조정회의를 주재하고 환도를 결의한 다음, 그 일정을 모든 백성에게 고시토록 지시했다. 그는 이제 무인 놈들은 이빨 빠진 곰이라고 괄시했다.

강화도에도 그런 공고는 나붙었다. 네거리 담벼락에 나붙은 고시 앞에 순라를 돌던 병사들 서넛이 지켜 서서 초서로 갈겨쓴 글씨를 더듬어 읽고 있었다.

"그러니까 이 거이 강화도를 버리고 개경으로 옮긴단 말 아니여? 시방."

"난 까막눈이어서 이게 무슨 뜻인지 모르지만 그게 말이나 되는 소린가?"

"세상이 변해도 한참 변해부렸네. 아, 똥 싸러 갈 때 맘하고 올 때 맘이 다르다더니 그게 무슨 말이여. 그러면 40년 항몽으로 버틴 우리는 뭐가 되느냔 말이여?"

"아, 조정은 그러니 이제 나 죽었소 하고 승냥이 입 속으로 대가리를 디미는 꼴이구만…"

"난 몽골에 수자리를 한 원종이 임금이 될 때부터 알아 보았다니께."

"세상 참 많이 변해부렸네."

"두고 보더라고. 위엣 사람들이 어떻게 결정할지. 우리 같은 졸개들이야 늘 위에서 하는 대로 움직여 왔으니까…"

"그래도 신의군인 넌 다르지 않아? 저지른 짓이 있으니 겁도 나겠는걸."

그들은 그만 하고 자리를 떠나 다시 순라를 돌기 시작했다. 개경으로 환도한다는 방이 나붙어서인지 거리엔 인적도 드물고, 집 나온

개들만 어슬렁거리고 있었다.

같은 시각 야별초 장군 배중손裵仲孫의 막사에서는 삼별초 각 부대의 장수들이 모여 긴급회의를 하고 있었다. 야별초 지유指諭 노영희盧永禧와 신의군 지유 김통정金通精도 그 자리에 끼어 있었다. 자리의 중심에 앉은 배중손의 얼굴은 긴장해 있었는데, 장수들이 자리를 잡고 앉자 그가 한숨 섞어 입을 열었다.

"여러분도 보아 알고 있을 터이지만, 조정회의가 결국 개경으로의 환도를 결의하고 말았습니다. 이는 몽골 승냥이들의 명령에 따라 개경으로 옮기고, 그들의 속국이 되겠다는 약조와 다를 것이 없습니다. 여러분! 40년 항몽정신이 이로 하여 끝장이 나려 하고 있습니다. 이것을 앉아서 보고만 있을 수는 없습니다. 오늘 이 자리에 모인 것도 그 때문인데, 여러분의 기탄 없는 논의가 있어지기를 바랍니다."

"논의고 말고 할 것도 없습니다. 우리는 고려 조정이 멋대로 하는 짓을 그냥 따를 수가 없습니다. 조정회의에 참가했던 대신들이 어떤 놈들입니까? 그것들부터 모가지를 싹 베어버려야 합니다. 어떻게 제 멋대로 이 따위 결정을 한단 말입니까? 우리는 절대로 그 결정에 따를 수가 없습니다."

지유 김통정이 얼굴을 붉히고 열변을 토했다.

"그렇습니다. 언제부터 삼별초, 우리들을 제치고 그런 회의를 한단 말입니까?"

누군가 호응하는 소리를 내질렀다.

"문제는 우리 속에서 분열이 없게 해야 하는 건데, 홍문계, 송송례 같은 무리들 때문에 임유무 장군이 처참하게 죽고, 그로부터 우리 세력이 약해져 버린 건 부인할 수가 없어요. 조정이 우리 무인들을 가볍게 보는 이유도 거기 있습니다."

지난 일을 후회하는 소리들도 터져 나왔다. 그 말을 하고 나자 장내는 침울해져 버렸다. 그들은 바로 며칠 전까지 그들을 호령하던 상장군 임유무의 처형 장면을 직접 지켜보았던 것이다. 어쩌면 그로부터 단추가 잘 못 채워지고 있었는지도 모른다. 자기 수족에 의해 자기 머리를 자르는 꼴이 되었던 것이 아닌가.

한참 침묵이 흐르고 다시 김통정이 입을 열었다.

"이제 지나간 일을 후회해 봐도 돌이킬 수는 없는 일입니다. 문제는 급박하게 돌아가는 이 현실 속에서 어떻게 우리 자신을 추스르고 재결속하느냐 하는 것이 첫째 문제이고, 둘째는 조정이 결정한 개경으로의 환도를 어떻게 저지하느냐 하는 것입니다. 그리고 한 가지는 이런 기회에 오래 전부터 은밀히 논의돼온 남천의 문제도 다시 생각해 볼 때라는 것이 제 의견입니다."

"오른 말씀이오. 문제는 우리가 끝까지 뭉쳐 있어야 한다는 것입니다. 그것이 우리가 사는 유일한 방법이에요. 그리고 조정이 앞으로 우리에게 반드시 어떤 조치가 있어질 것입니다. 환도 문제를 저들끼리 해결할 수는 없을 테니까. 그러면 오늘은 이 정도로 서로의 마음을 확인하고, 그 조치를 봐가면서 차츰 대비해 나가기로 하면 어떨는지요?"

김통정의 말을 받아 배중손이 정리했다.

"그게 좋겠습니다. 어쨌든 우리는 조정의 부몽정책을 그대로 따를 수는 없는 처지니까요."

그들은 서로 굳게 손을 마주잡고 군막에서 나와 헤어졌다.

그러나 이날 그들의 모임은 즉각 원종에게 보고 되었다. 임금으로서는 내심 자신이 있었으나 그러나 함부로 밀고 나갈 상황은 아니었다.

왕은 상장군 정자여鄭子與를 연경궁延慶宮으로 불러들였다.

"삼별초 '임연의 척당'들이 강도에 머물러 있으면서 반역을 꾀할 기미가 보이니 상장군이 들어가서 문제가 커지지 않도록 위무하라!"

"예. 전하, 분부 받자와 거행하겠나이다."

"조정의 지시에 따르는 자는 계속 군사로서 대우할 터이나 만약 그렇지 않으면 적으로 맞설 수밖에 없다고 타이르고, 지체 없이 거행하렷다."

"예. 전하!"

정자여는 장졸들을 거느리고 강화도로 들어가 먼저 은밀하게 상황을 알아보았다. 그런데 일은 이미 만만치 않게 어긋나 있었다. 야별초의 배중손과 노영희, 김통정들이 모여 반기를 들기로 결의를 했다는 후문이 아닌가.

정자여는 야별초의 군막을 찾아가 배중손도 만나보고, 노영희도 만나보았다. 그러나 그들은 이미 예전 사람들이 아니었다.

"장군, 아랫것들을 잘 달래 주시오. 우리 함께 손잡고 개경으로 돌아가 튼실한 새 나라를 이룩해 봅시다."

"잘못 찾아 오셨소. 우리는 이미 개경으로는 안 돌아가기로 결의를 다졌오이다."

"원종 임금께서 나를 보내며 마음을 바꾸기만 한다면 계속 군사로서 대우하고 군신 관계를 유지하겠다고 약속하셨오. 나를 한 번 믿어봐 주시오."

"그러면 왜 재추회의는 저들끼리만 했단 말이요? 그것부터가 우리 무관들을 무시한 것 아닙니까?"

"그건 잘못 되었오. 그 점은 내가 대신 사과하리다. 그러니 다시 한 번 생각해 봅시다."

"이제 그것은 나와 당신이 결정할 수 있는 문제가 아닙니다. 장수회의에서 결정을 한 문제예요. 우리 장수들 아무나 붙들고 물어 보세요. 선뜻 개경으로 돌아가겠다고 하는가."

정자여는 영리한 사람이었다. 삼별초가 잔뜩 흥분해 있는 이 섬에 더 머물러 있다가는 망신만 당하겠다는 생각이 들고, 은근히 위기감도 느껴졌다.

"알았오. 나도 무관으로서 소신내로 못하고 조정의 대의를 좇는 것을 미안하게 생각합니다. 정 그렇다면 그런 대로 임금님께 보고를 하리다."

그는 호위하는 장졸들과 함께 배중손의 군막을 벗어났다. 안에 있는 사람들은 밖으로 나가는 그를 내다보지도 않았다. 정자여는 군막을 나온 다음에야 등받이가 땀으로 흥건하게 젖어 있는 것을 알았다. 사실 이런 담판이란 생명을 걸어놓고 하는 것이었다. 잘못하다가는 흥분한 삼별초의 장졸들이 무슨 짓을 할지 아무도 몰랐기 때문이다.

 그는 말에 올라 부대 밖으로 나오며 그러나 이 지경이 된 이제 빈손으로 왕에게 돌아갈 수는 없다고 생각했다. 그때 얼른 떠오른 것이 삼별초의 명부였다. 그것만 손에 넣을 수 있다면 왕에게도 체면이 설 뿐 아니라 그들의 멱살을 틀어잡는 꼴이 될 터였다. 도대체 그것이 어디 있단 말인가. 그렇다. 어쩌면 그것은 아직 죽은 임유무의 집에나 그의 군막에 있을 지도 모른다. 그 생각을 하자 그의 가슴은 주체하지 못하게 뛰기 시작했다. 그는 뒤따르는 부하장군에게 은근히 일렀다.

 "이 길로 장군은 일군을 거느리고 죽은 임유무의 집으로 가라!"
 "예"
 일이 잘 안되고 나오는 길이라 부하들은 긴장해 있었다.
 "가서 어떤 상황인지를 알아보고, 세간을 뒤져 다른 건 다 제쳐두고 삼별초의 명부가 남아 있거든 찾아 그걸 은밀하게 취해 오라!"
 "알겠습니다."
 "나는 일군을 거느리고 그의 군막으로 가겠다. 적들이 흥분해 있으니 되도록 부딪치지 말아. 갈등은 피하는 게 좋겠다."
 "예. 알겠습니다."
 부하 장군은 낮은 소리로 대답했다.
 정자여는 부하들을 이끌고 임유무의 군막으로 달려갔다. 그는 어떤 일이 있더라도 그것만은 취해 가지고 가야 한다고 다짐하며…

삼별초 장병들을 설득시키지 못한 데다 왕 앞에 빈손으로 돌아갈 수는 없다는 것이 그의 생각이었다. 그것은 우선 체면에 관한 문제였으며 믿고 보내준 임금에게 배신하는 거나 매한가지였기 때문이다.

임유무의 군막에는 풀이 죽은 그의 부하들이 보초를 서고 있었으나 그는 아무 저지도 받지 않고 안으로 들어갈 수 있었다. 졸개들은 어미 잃은 새끼들처럼 의기소침해서 싸울 기력조차 없어 보였다. 그는 뒤따라온 부하들에게 임유무의 군막을 뒤지도록 지시했다.

"다른 건 다 필요 없다. 다만 삼별초의 명부가 어디 있을 것이다. 샅샅이 뒤져라!"

군막의 물건들이란 그리 많은 분량이 아니었다. 복잡하게 어질어져 있지도 않았다. 부하 하나가 임유무의 문갑 서랍에서 부피가 꽤 되는 필사의 책 한 권을 찾아들었다. 그들이 눈에 심지를 켜고 찾던 〈삼별초 명부〉임이 분명했다.

정자여는 사방을 살피며 그것을 얼른 자기 품안에 넣었다. 이제는 저들이 눈치채지 않게 섬 밖으로 빠져나가는 일만이 급선무였다. 저들이 지금 그가 하고 있는 일을 알아차린다면 꼼짝없이 독 안에 든 쥐 꼴이 된다. 가슴이 쿵쿵 소리를 내며 뛰었다. 그들은 임유무의 군막을 급히 빠져 나왔다.

"너는 바로 임유무의 집으로 달려가서 거기 있는 장졸들에게 무조건 하던 일을 그만 두고, 배를 댄 나루터로 달려오라고 일러라!"

그는 서둘러 심복을 임유무의 집으로 보냈다. 그렇게 해서 나루터에서 합류한 그들 일행은 그 날 저녁에 무사히 강화도를 빠져 나갔다.

 북새통에 섬을 빠져나온 원종은 5월 23일에 개경에 도착하여 사판궁沙坂宮에 처소를 잡았다. 뒤따라 온 정자여가 서둘러 궁으로 들어갔다. 궁궐은 섬에서 보다 컸으나 낯설어 보였다.
 "전하, 명에 따라 강화도엘 다녀왔나이다."
 "수고했다. 결과가 어떻게 되었느냐?"
 임금은 마음이 다급해져 있었다.
 "예. 배중손의 무리를 만났으나 놈들은 생각이 아주 달라져 있었습니다."
 "그게 무슨 소리야? 어서 직고하라."
 "그놈들은 반역의 마음을 품고 있었습니다. 부몽은 곧 배반이라는 생각을 갖고 있었습니다."
 "부몽이 배반이라? 살려두려고 했더니 안 되겠구나!"
 "전하, 저들을 회유하지는 못했으나 여기 목숨을 걸고 저놈들의 명부를 구해 왔나이다. 이것이면 놈들의 발목을 잡을 수 있을 것입니다."
 정자여는 품에 품고 간 보자기 속의 물건을 꺼내어 임금에게로 내밀었다.
 "어디 보자. 좌우간 그것은 놈들을 척결하는데 좋은 자료가 되겠구나. 수고했다."

"소장 신명을 바쳐 전하의 뜻을 전했으나 이루지 못하여 황송하옵니다."

"그만 됐다. 물러가 있거라."

"예. 전하, 성은이 망극하옵니다."

물러가는 정자여의 뒷모습을 바라보며 왕은 노골적인 반란을 봉쇄하기 위해 삼별초의 해산을 생각하고 있었다.

임금은 바로 상선을 불러 대신들을 궁궐로 들라 일렀다. 급한 기별을 받고 대신들이 서둘러 궁 안으로 들어왔다. 대신들도 누구나 피난지 강도江都보다는 사판궁이 훨씬 제 모습을 갖추고 있어 좋다고 생각했다.

"일전에 짐이 삼별초를 어르기 위하여 장군 정자여를 섬으로 들여보냈으나 소득 없이 그들의 명부만 얻고 돌아왔소. 개경으로의 환도가 분명해진 이상 놈들이 노골적으로 반란을 일으킬 수도 있겠으니 도대체 이 일을 어찌했으면 좋겠오?"

"전하, 가당치 않습니다. 저들이 신하된 입장에서 전하의 결정에 불복하는 것은 곧 반역입니다."

문하시중이 먼저 입을 열었다.

"그렇소. 있을 수 없는 일이 일어나고 있으니 하는 말이오."

"전하, 소신의 생각으로는 우리의 병력을 모아 힘으로 밀어붙이는 방수밖에 없다고 사료되옵니다. 이제 오합지졸이 된 그들을 치는 것은 시간 문제이옵니다."

이번에는 상서병부령尚書兵部令이 나서서 자기 의견을 개진했다.

"전하, 소신이 생각에는 삼별초가 자중지란이 일어 수령을 잃고 지리멸렬해 있는 상황이므로 그보다는 이 기회에 해산 명령을 내리심이 가한 줄로 아룁니다. 농부였던 자는 다시 농부로 들어가고, 장사꾼이었던 자들은 그 자리로 돌아가게 하고, 중이었던 자들도 다 제 자리로 돌아가게 조치한다면 저들도 밑질 것이 없잖습니까. 더구나 그들의 명부도 얻었으니 천군만마를 얻은 것이나 다름이 없습니다."

묵주를 헤아리며 머리 쪽에 앉아있던 자문승려인 사담史淡이 어렵게 입을 열었다. 그러자 그 말이 임금의 마음에 쏙 들었다.

"여러분의 의견을 잘 들었으니 이제 짐이 결정을 내리겠소. 삼별초는 이로부터 해산을 명한다. 장군 김지저金之氐로 하여 강화도로 들여보내어 삼별초를 해산시키도록 하라!"

원종은 이미 어느 정도는 권위를 회복하고 있었다. 모두 원나라에 입조한 후 배웠던 잔꾀가 얻어준 결과물들이었다.

"전하, 성은이 망극하여이다."

이렇게 하여 김지저 장군은 일군의 군사들을 거느리고 강화도로 들어갔다. 손을 내밀어서 잡지 않으니까 칼을 들이댄 꼴이었다.

장군 김지저가 삼별초를 해산하기 위해 군사를 이끌고 강화도로 들어왔다는 소식은 삽시간에 온 섬 안에 퍼졌다. 그로 하여 온 섬 안이 벌집 쑤신 꼴이 되었다.

한편 배중손 장군을 비롯한 노영희, 김통정 등 삼별초 군은 은밀하게 반몽 세력들을 규합하고 있었다. 그들의 주장은 이랬다. 40년을 지탱해오던 항몽을 하루 아침에 손바닥 뒤집듯 하는 것은 분명 배반 행위이다. 군사는 어디까지나 불사이군이어야 하는데, 부도덕한 임금이 이끄는 대로 해산하고 나면 종살이밖에 더 하겠느냐. 그리고 그들은 지난번에 화친을 위해 왔던 정자여가 삼별초의 명부를 가져간 사실을 뒤늦게 알아챘다. 이제 그들은 죽기 아니면 싸우는 길밖에 다른 길이 막혀 있었다. 더구나 삼별초의 신의군은 한 번 몽골에 잡혀갔던 경험이 있어 무조건 몽골 놈이라면 치를 떨었다.

일단의 군인들이 새벽 미명의 어스름 속에 어딘가를 향해 급히 가고 있었다. 그 무리를 신의군의 지유 김통정이 이끌고 있었다.

"서둘러라. 조금 있으면 날이 밝아온다!"

그들이 향해 가는 곳은 무기를 넣어둔 금강고가 위치한 장소였다. 삼별초의 군인들이 아직 금강고를 지키고 있었다. 보초들은 한꺼번에 많은 군사들이 쳐들어오자 어쩔 줄을 몰라 창을 든 채 우두커니 서있었다.

"수고들 한다. 우리는 삼별초 신의군의 군사들이다. 세상은 바뀌었다. 이 시간부터 이 무기고는 우리가 접수한다!"

김통정이 썩 앞으로 나서며 보초에게 말했다.

"그래도 우리는 보초의 명을 받았기 때문에…"

보초가 미적거리며 말했다. 그때 김통정의 별장別將 강달구가 썩 나서며 보초 중 상급자인 듯한 자의 가슴을 호되게 한방 먹였다. 보초가 되게 얻어맞고 휘청거리며 물러섰다. 강달구는 구레나룻이 뒤

덮이고 인상이 험상궂은 몰골이었다.

"세상이 바뀌었다는 데도 이 놈이 … 썩 금강고 문을 못 열까?"

그제야 놈은 기름 먹인 가죽처럼 수굴수굴 해져서 열쇠 꾸러미를 찾아 들고 금강고의 철문 쪽으로 다가갔다. 그리고는 덜덜 떨리는 손으로 자물쇠를 열려고 했으나 쉽게 구멍을 찾지 못해 자꾸만 헛손질이었다.

"장가를 갔어야 구멍을 찾지… 이리 내. 내가 열지."

성질 급한 강달구가 참지 못하고 열쇠 꾸러미를 뺏아서는 단번에 자물쇠를 땄다. 문을 열어제치자 어둑한 창고 안에 창과 칼과 활, 화살촉 같은 것들이 가득 진열되어 있었다.

"자, 안으로 들어가서 무기들을 꺼내 모두 부대로 옮긴다. 서둘라! 그리고 부대 안의 군사들을 모두 이리로 불러 오라!"

김통정이 지시했다. 그는 무기고 안으로 들어가 다른 방의 문도 열어 보았다. 거기에는 서가의 칸을 가르고 각종 서류들이 가득 쌓여 있었다. 이것들이 그 동안 국가의 주요 통치 관련 문서라는 것을 그는 대번에 알아차렸다. 여기에는 토지와 노비 관련 문서도 들어 있을 터였다.

"강 별장! 군사들을 몇 사람 데리고 이 안으로 들어 오라!"

"예! 얘들아, 안으로 들어오랍신다."

"자, 이것들이 그 동안 우리들을 옭아매 온 노비 문서들이다. 하나도 빠짐없이 밖으로 내다 불을 질러라!"

"괜찮겠습니까?"

남천南遷 결의

뱃심 좋은 강 별장도 서고 안의 서류들을 보고는 겁이 나는 모양이었다.

"상관없다. 다 불태워! 우리가 지금 혁명을 하는 거다!"

군사들이 한지로 된 묶은 서적들을 안으며 밖으로 내다 금강고 마당에 수북히 쌓아 놓았다. 그리고 부싯돌을 두들겨 불을 일으키고 한지 불쏘시개에 옮겨 붙였다. 불이 활활 붙기 시작했다. 마침내 불은 연기를 내며 기세 좋게 타올랐다.

이렇게 하여 이 날 미명의 작전은 대성공이었다. 동쪽에서 여명이 훤하게 밝아오고 있었다. 그것이 6월 초하루의 일이었다.

무기를 손에 넣은 그들은 기세 등등했다. 그런 가운데 배중손은 엉겁결에 승화후承化候 온溫을 왕으로 받들어 추대했다. 그리고 대장군 유존혁劉存奕을 상서좌승에, 이신손李信孫을 상서우승으로 임명하여 독자적인 반몽 정부를 공식적으로 선언했다.

그러나 이런 과정이 원만한 것은 아니었다. 조각을 하는 과정에 직학直學 정문감鄭文鑑 역시 승선承宣으로 임명하여 정사를 담당하도록 했으나 그는 잠자코 물러 나오더니 바다에 몸을 던져 저 세상으로 떠나버렸다. 그리고 그의 집에서 "역적들과 일을 같이 도모하여 부귀를 누리는 것보다 차라리 죽어 몸을 깨끗이 하겠다."는 유서가 나왔다. 그런데 딱한 것은 그 날 밤에 그의 부인 변씨마저 같은 바다에 빠져 죽어버린 것이었다. 삼별초로서는 시초에 부딪친 큰 시련이며 슬픔이었다.

그러나 어쨌든 이날 개경의 정부와 맞서 다른 하나의 정부를 세운 것이니 부몽 국가와 반몽 국가가 각각 자기 길을 가기 시작한 것이었다.

어엿한 반몽 정부가 세워진 이상 이제 옛 터전인 강도에 그냥 머물러 있을 수도 없었다. 그날 밤에 반몽 정부의 각료들이 유존혁의 집에서 회의를 열었다. 승화후 온의 거처에 준비가 충분하지 못했기 때문이었다.

이날 김통정은 유존혁의 딸 현랑賢郎의 얼굴을 볼 수 있을까 하여 미리 그 집으로 갔다. 그러나 그녀는 어디 있는지 얼굴을 볼 수가 없었다. 김통정은 그녀의 미모와 현숙함에 반해 있었다. 할 수만 있으면 그녀와 깊은 관계를 맺고 싶었다. 그녀도 자기에게 보내는 눈빛이 다르다는 것을 그는 언제부턴가 느끼고 있었다. 이날 모임은 앞으로의 진로에 대해 결의를 하기 위함이었는데, 회의가 시작될 때까지도 그녀는 나타나지 않았다.

승화후 온이 어색하게 왕의 자리에 앉고, 그 양쪽 머리에 상서좌승 유존혁과 우승 이신손이 앉았다. 배중손과 노영희, 김통정 등도 상의 좌우에 자리를 잡고 앉았다.

"나는 절차를 잘 모르니 회의 진행을 상서좌승께서 해주시오."

승화후 온은 모든 걸 밑엣 사람들에게 일임했다. 그로서는 그럴 수밖에 없는 일이었다. 그 지시를 기다렸다는 듯이 상서좌승 유존혁이 말을 꺼냈다.

"이제까지 우리는 강도에서 버틸 만큼 버텼습니다. 더구나 개경 정부가 이 섬의 지리에 대해서는 너무 잘 아는 터라 여기 더 머문다는 것은 전략상으로도 여러 가지 불리한 점이 있습니다. 게다가 만일 개경 정부가 몽골군과 연합을 한다면 우리로서는 중과부적입니다. 우리 보다 앞서의 어른들도 과거에 해도재천론海島再遷論을 심심지 않게 거론해 왔습니다. 여러분들의 기탄 없는 의견을 제시해주기 바랍니다."

유존혁은 말을 끝내며 배중손에게로 시선을 돌렸다. 네가 이어받아 의견을 내라는 재촉이었다.

"지금 상장군께서도 말씀이 있었습니다만 여기는 한 시라도 빨리 떠나는 것이 좋겠습니다. 개경 정부가 이미 우리더러 해산을 명했으니 바로 무슨 후속조치가 있을 것이 분명합니다. 한시라도 빨리 이 섬을 떠나는 것이 상책인데, 따른 식구가 1만 명이 넘으니 움직이는 것도 쉬운 일은 아닙니다. 어떻게 하는 게 좋은지 본인도 얼른 판단이 안 섭니다."

그때 김통정이 배중손의 말을 받았다.

"우리가 소원하는 최고이며 최후의 목표는 어디까지나 거진巨鎭으로 가서 해상왕국을 세우는 것입니다. 이 일은 오래 전부터 논의가 되어온 바이며, 우리 뇌리 속에 인박혀 있는 사안이기도 합니다. 그러니 망설일 것은 아무 것도 없습니다. 여기서는 남천을 하되 어디로 어떻게 떠나느냐, 그 의논을 하는 게 중요하다고 생각합니다."

김통정의 말은 조리가 있었다. 그의 열변을 노영희가 받았다.

"소장의 생각도 김 지유와 같습니다. 우리가 여기서 버틴다는 것은 힘의 소모를 가져올 따름입니다. 그러니 서둘러 남천을 하는 게 좋겠습니다. 저들은 우리가 해산 명령을 듣지 않으면 몽골군과 연합하여 바로 쳐들어올 것이 분명합니다. 그들이 손을 쓰기 전에 서두르지 않으면 안 됩니다. 그러니 남하하는 일정은 오는 6월 3일로 못 박는 것이 좋겠습니다. 이제 닷새 여유가 남아 있습니다."

"그건 무리가 아닐까? 그 동안에 준비를 할 수 있을까?"

이제까지 잠자코 듣고만 있던 우승 이신손이 우려를 표명했다. 그러나 그 말을 반박하듯 김통정이 다시 입을 열었다.

"늘 떠돌아다닌 피난살이에 무슨 준비가 그리 필요하겠습니까? 다만 배에 날라다 싣는 것이 문제인데, 마차와 장정들이 충분하니 그것도 가능할 것입니다. 길은 갑곶나루와 구갯골 두 포구가 있습니다. 그러나 갑곶은 본토에 주둔한 여몽군을 자극할 수가 있고, 더러 자의에 반하여 휩쓸려 가는 자들이 본토로 상륙하여 달아날 우려도 있습니다. 그에 비해 구갯골은 강도와 근거리에 있는 데다 적들의 눈에 뜨일 염려도 없습니다. 그러니 이곳으로 결정을 하면 어떨는지요?"

"내 생각도 갑곶나루는 부적당합니다. 개경으로 들어간 군인들이 예전부터 노리고 있다는 보고가 있어요. 당연히 서쪽 포구인 구갯골을 택하는 것이 옳습니다. 왕께서 허락해 주신다면 이제 결정을 내릴 단계라고 생각합니다만…"

유존혁이 온왕의 얼굴을 우러러 쳐다봤다. 다른 신하들도 왕의 얼굴을 쳐다봤다. 그러나 왕은 즉위라는 형식을 가지긴 했으나 모든 게 생소하고 얼떨떨할 뿐이었다.

"장군들께서 그렇다면 나야 그리 따르리다. 그렇게 하도록 하시지요."

이로써 오래 끌어온 남천결의南遷決意가 드디어 이루어졌다.

그런 통에 강화도에 남겨져 있던 관가의 사람들은 어떻게든 개경으로 빠져나가려고 기회를 엿보고 있었다. 도병마록사都兵馬錄事 이승휴李承休는 꾀가 있는 사람이었다. 처음 삼별초 군들과 같이 행동할 것처럼 보이다가 그날 밤중에 개경으로 줄행랑을 쳤다. 참지정사參知政事 채정蔡楨, 추밀원樞密院 부사副使 김연金鍊, 도병마록사 강지소康之邵 등은 삼별초 군이 봉기하자 교포橋浦 쪽으로 도망하여 섬을 빠져나갔다.

현문혁玄文奕도 몰래 탈출하려고 배를 타고 내빼던 참이었다. 이때 삼별초군의 배 다섯 척이 학의 날개 모양으로 대오를 지어 쫓아갔다. 그가 달아나며 계속 활을 쏘는데, 그와 함께 배에 타고있던 그의 아내가 연방 화살을 뽑아 대어주었기 때문에 화살이 연이어 날아와 삼별초 군사들이 감히 다가가지 못했다. 그런 중에 애꿎게 문혁들의 탄 배가 얕은 여울에 얹히는 바람에 삼별초 군사들이 쫓아가 화살을 날려 그의 오른 쪽 팔에 명중시켰다.

이 판이 되자 그의 아내는 용감하게 부르짖었다.

"내가 쥐새끼 같은 놈들에게 욕을 당할 수는 없다!"

그리고 두 딸을 양팔에 껴안은 채 바다에 뛰어들어 죽어버렸다.

삼별초 군사들이 문혁과 그 아내의 용감함을 아깝게 여겨 문혁을 죽이지 않고 같이 일하고자 달랬으나 그들은 얼마 후에 도망하여 개경으로 달아나 버렸다.

그러나 이백기李白起는 삼별초의 봉기에 노골적으로 반기를 들었다가 몽골에서 파견된 사신 일행과 함께 지난 번 임유무들을 잡아 처단했던 그 저자거리에서 비참하게 목이 잘려 죽었다.

그렇거나 말거나 삼별초는 적극적으로 남천을 준비하고 있었다. 그 해 6월 1일에는 남천에 따른 구체적인 작전회의가 열렸다. 모인 사람들의 얼굴에는 저마다 긴장감이 감돌았다. 회의의 주재는 상서 좌승 유존혁이 하고 있었다.

"이 자리는 우리가 남천을 하는데 따른 구체적인 작전을 세우는 자리가 되겠습니다. 배가 천여 척이나 되고, 거기 타야 하는 사람도 어림잡아 1만5천 명 정도가 됩니다. 또 거기 따른 식량과 무기들도 있습니다. 그러기에 이번 일은 결코 세밀한 계획 없이 이루어질 수는 없는 일입니다. 이제부터 우리는 총 비상입니다. 각자 맡은 분야에서 준비와 확인을 소홀히 해서는 안 될 것입니다."

그는 자기 나름으로 꾸며온 계획서를 상 위에 펼쳐놓았다.

"출발하는 포구는 일단 강도와 거리가 가까운 구갯골 일대로 하고, 그밖에 섬의 북쪽 해안에 위치한 인화포, 창후포 등도 모두 우리가 사용할 수 있는 포구들이라고 생각합니다. 그러나 거기까지 물자를 나르는 데는 작은 선박들을 이용해야 하겠지요. 몽골이나 개경군을 자극할 필요는 없으니 그렇게 섬의 서북쪽으로 빠져서 항파강缸破江을 지나서 외포리나 교동도와 석모도 사이로 빠져서 서해로 나

남천南遷 결의 77

가는 게 어떨는지요?"

　유존혁은 형식상 모인 장군들에게 묻고 있었으나 거기에는 자기 의지가 포함되어 있었다.

　"인화포, 창후포 뿐만 아니라 그 쪽에는 개경과의 주요 통로였던 승천포도 있습니다. 그쪽도 이용이 가능하겠지요."

　지유 김통정이 자기 의사를 보탰다.

　"그도 그렇겠군요."

　"대충 한 배에 타는 것은 큰배는 30명에서 50명까지, 중선은 20명 정도씩, 작은 배에는 열 명에서 다섯 명까지 형편에 맞게 태우는 것이 좋겠습니다. 우선 며칠씩 먹을 양식도 그 배에 함께 실어 두는 것이 좋겠지요. 군대는 따로 태우되 노젓기를 교대해 줄 병사들은 배마다 미리 배정하여 분승시키는 것이 좋겠습니다."

　배중손이 먼저 자기의 복안을 털어놨다.

　"각 동네와 부대마다 다소 차이가 있긴 할 것입니다만 사람들이 포구까지 닿는 데는 그리 많은 시간이 소요되는 건 아닐 것입니다. 성안에서 서문을 빠져서 나래현을 통과하여 질러 나가면 서너 참 거리니까요. 그러나 문제는 양식과 집기들, 그리고 장기간 이동하는 데 필요한 가구들이 있을 것입니다. 그런 것들은 각자 챙기도록 해야 할 터인데, 각 부대의 낭장郞將들로 동네 별 편성을 해서 독려와 재촉을 하도록 하는 것이 좋겠다고 여겨집니다."

　지유 노영희도 자기 의사를 밝혔다.

　"미리 준비를 했다가 이날은 미명부터 출발을 시작하되 맨 머리의 선박에는 깃발과 불상을 모시도록 하고, 온 임금 일행은 열 척 후에 상서좌우승과 함께 모시도록 하겠습니다. 우리 뱃길인 항파강은 폭이 배 여러 척이 지나갈 만하나 바다 가운데로 나갈 동안은 질서를 지키도록 하는 것이 좋겠습니다. 이를 위해서는 점심 후에 현장으로 가서 면밀하게 살펴보도록 하겠습니다."

다시 유존혁의 말했다.

"군사들은 저마다 무기를 소유하도록 하는데, 이번에 금강고에서 탈취한 무기들을 매 척마다 적절하게 배분하는 것이 좋겠습니다. 그런 일이야 없겠지만 만일의 경우 일전을 불사할 준비를 해야 할 것입니다."

노영희도 의견을 내놨다.

"물이 들고 나는 간만의 차이도 파악을 해두는 게 좋을 것입니다. 썰물 때는 연안에 올려있는 작은 배들이 움직이기가 곤란하기 때문입니다. 그리고 우리와 함께 동거동락 해온 짐승들은 어떻게 하면 좋을지 그 대책도 의논할 필요가 있습니다."

김통정이 말했다.

"그 말들이 대체 몇 마리나 됩니까?"

유존혁이 물었다.

"목자장에게 물어봐야 정확한 것을 알겠지만 말이 아마도 백 마리는 넘을 것입니다."

"그것들도 싣고 가야지요. 임금님 행차에도 필요하니… 그러려면 먹이도 실어야 할 것 아닙니까?"

"우리가 탐라까지 도착하는데, 대체 며칠이나 걸릴는지요?"

배중손이 중간에 끼어 들었다.

"그걸 누가 압니까? 바다의 일은 하느님과 부처님밖에 아무도 알 수가 없어요. 파도가 높거나 날씨가 궂으면 후풍처를 찾아 쉬어야 하고 날이 좋아지면 다시 항진해야 하는 것이니 그 날짜를 정할 수는 없는 일입니다."

유존혁이 짜증이 나는 듯 대답했다. 그리고 이어 말했다.

"오후에는 현장으로 가서 선장과 수부들, 목자장까지 관계관들을 만나서 격려도 하고, 확인을 합시다. 출발 날짜는 바짝 다가왔는데, 하여튼 모든 것은 확인 또 확인입니다. 그것만이 이제 우리가 무사할 수 있는 방법이에요."

그들은 일어나 점심을 먹기 위하여 군막 안의 식당으로 갔다. 거기서 김통정은 비로소 배시시 웃음을 깨물고 있는 현랑 아가씨를 만날 수가 있었다. 그녀는 하녀들과 함께 음식 나르는 일을 돕고 있었는데, 그를 한번 보았으나 내색은 하지 않고 푸짐한 반찬 그릇을 그 앞에부터 갖다 놓는 것이 아닌가. 김통정은 다른 사람들이 눈치 챌까 보아 조마조마했으나 현랑의 표정은 시침을 뚝 떼고 있었다.

출발

 6월 3일, 드디어 남쪽으로 떠나는 날이 밝았다. 하늘의 도움인지 새벽부터 바람 한 점 없는 안온한 봄 날씨. 출발에는 적격이었다.
 미명에 선원사禪原社의 뜰에서는 불상과 범종을 가마에 옮겨 싣는 작업이 한창 벌어지고 있었다. 이 높은 지대에서는 호수를 이룬 듯한 사방의 바다가 한눈에 들어왔다. 높고 낮은 산들도 이 지대를 우러르는 듯 늘어서 있었다. 그러나 앞으로 이 지대가 어떻게 변할지는 누구도 예측하지 못했다.
 가사장삼 차림의 주지 석파石坡스님은 독경을 하며 속으로 이제부터 벌어질 긴 여정이 무사하기를 빌고 있었다. 그러나 그의 예감은 좋지가 않았다. 도대체 의지가지 없고 전혀 알지도 못하는 세계로 무작정 떠나는 길이 막연하기만 했다. 그러나 사람은 가끔 전혀 앞이 안 보이는 캄캄한 길을 걸어가야 할 수밖에 없을 때가 있다는 것도 그는 잘 알고 있었다. 이런 상황에서 모든 것은 그저 부처님 손에 맡길 수밖에 없다고 그는 생각했다.

　드디어 불상과 범종을 싣는 가마가 다 꾸려져서 그걸 군인들이 메고 앞장을 섰다.

　"나무관세음보살…"

　석파 스님은 뒤따르며 깊은 속에서 기도했다. 실구름 몇 오리 너풀거리는 푸른 하늘에 선원사의 단청 입은 처마가 까마득히 쳐들려 보였다. 골목을 빠져 나와 큰길로 나서자 너도나도 떠날 채비를 하고 기다리고 있었다. 애초부터 불상과 범종을 맨 선두에 모시고, 최선단의 배에 올리기로 되어 있었기 때문이다. 희망이 없을 때에 유일하게 희망을 걸 수 있는 곳, 그게 부처라는 것을 군사들도 알고 있었다. 그러기에 불상을 맨 앞장에 세우기로 한 것일 터였다.

　따라 나서는 사람들의 표정은 하나같이 흙빛이었다. 어른들 얼굴이 어두우니 아이들이라고 밝을 수가 없었다. 푸근한 봄 날씨인데도 사람들은 겹겹 겨울옷들을 껴입었다. 그런 사람들이 꾸역꾸역 서문을 빠져나와 어깨에, 등에 짐들을 지고, 손에도 뭔가를 들고 부처를 실은 가마의 뒤를 따라간다. 서문을 빠져 나래현까지는 제법 가파른 언덕길이다. 가끔 군인들의 안내와 호령이 들려올 뿐, 그들은 말소리도 크게 내지 않았다.

　각 별장들은 삼별초의 동네마다 파견되어 출발을 서두르게 재촉하거나 짐을 꾸리는 걸 도와주고 있었다.

　"자, 빨리 빨리 짐을 꾸리고 나오세요. 불필요한 것들은 내버리고,

꼭 필요한 것들만 챙기세요. 우리가 시방 더 좋은 세상으로 가는 겁니다."

"빨리 안가면 배가 떠나 버립니다! 어서 서두르세요!"

별장들은 한 사람도 마을 안에 떨어지는 사람이 없이 인솔하도록 명 받았기 때문에 집집을 돌며 독려하고 있었다.

한편 출발지인 구갯골 포구에서는 부처님을 모신 배를 선두에서 출발시키는 출정식이 간단하게 치러지고 있었다. 온왕과 대신들, 상장군들이 모두 미리 나와 도열해 있었다. 불상을 안은 승려가 먼저 배에 오르고, 뒤이어 범종을 멘 군인들도 올라갔다. 그들은 그걸 한지를 깔아 미리 마련해둔 선실 머리에 좌정시켰다. 석파 스님의 요령과 독경소리가 한층 높아지고 삼별초 깃발을 높이 단 선두 배는 닻을 걷고 이물을 포구 어귀로 향하고 있었다. 그리고 배가 포구를 벗어날 때까지도 요령 소리는 바닷바람을 타고 사방으로 퍼져나갔다. 만이 섬 안으로 깊숙이 파고 들어온 구개포구는 포구라기보다 오히려 호수를 닮아 있었다. 호수 안의 뜨물 같은 흐린 수면에 주위의 산천을 거꾸로 담고 있다가 배가 지나갈 때마다 흔들리며 깨졌다.

거리에서는 거리대로의 풍경이 벌어지고 있었다. 거의 폐마廢馬가 다 된 말이 이끄는 마차에 양식을 잔뜩 실어놨는데, 그 말이 나래현 언덕길을 기를 쓰고 올라가고 있었다. 말의 고삐를 바투 잡고 있는 마병은 채찍으로 말의 엉덩판을 사정없이 때렸다. 그러나 힘이 부친 걸 어찌할 것인가. 말은 비탈길 위에 드디어 툭툭 불거진 앞 무릎을

끓고 만다. 마병이 계속 채찍을 내려치지만 말은 사지를 움찔거릴 뿐 일어나지를 못한다.

"짐을 너무 많이 실었어!"

지나가던 군사가 한 마디 거든다.

"그래도 다 날라 가야 하는 걸 어째유? 자, 가지말고 이 마차를 좀 밀어 줘유."

지나치려던 병사는 그만 혹 하나를 매단 꼴이 되었다. 뒤따라서 한 무리의 삼별초들이 부두로 나가다가 달려들어서 마차의 뒤를 밀어준다. 그 서슬에 말이 힘겹게 일어나서 다시 마차를 끌기 시작했다. 병사들은 이제 아예 마차의 꽁무니에 달라붙었다. 그들은 자기들이 먹을 쌀이니 같이 힘을 합쳐 날라 가는 건 당연하다고 여기게 되었다. 길가에는 어디서부터인지 가마니가 터져서 줄줄 흘려놓은 곡물들이 끝도 없이 널려 있었다. 이 정도라면 도착지에 다다랐을 때는 빈 가마니만 남았을 것이다.

해가 떠올 무렵이 되면서 포구로 이어진 길은 이제 인산인해를 이루고 있었다. 등에 새끼로 얽어 짐을 지거나 머리에 이거나 손에 든 사람들. 흰옷 입은 무리들이 지천으로 깔려 그 행렬이 보는 이들 마음을 슬프게 했다.

그러나 아이들은 길에 나서자 신이 났다. 아이들은 언제나 좌우간 낯선 곳으로 가는 것이 즐거운가 보았다. 그래서 앞서거니 뒤서거니 달린다. 어른들이 걱정을 해도 막무가내다. 그들은 한참 앞으로 달려갔다가는 다시 걱정하는 가족들 곁으로 달려오기도 했다.

새벽에 시작한 일이 사시가 가까워오자 구갯골 포구가 사람들로 시끌벅적했다. 배가 벌써 여러 척 사람과 짐을 싣고 포구를 벗어나 항파강으로 나갔다. 온왕과 대신들이 탄 배도 이미 구갯골을 벗어나 보이지 않게 됐다.

배중손과 노영희, 김통정 등 지휘관들은 높직한 축대 위에 서서 별장과 낭장들에게 지시를 내리고 있었다. 김통정은 가까이 부락산을 바라보고 섰다. 그 산이 나직한 모습으로 그들을 전송하는 듯하고, 깃발을 단 선두 배는 이미 보이지 않은 데까지 가버렸다. 선두 배들이 나가는 방향은 안전한 수로와 같은 항파강 뱃길이다. 이 뱃길은 강화도와 맞은편의 석모도, 교동도들까지 에워싸 있어 호수처럼 잔잔하다.

그는 손을 주머니 속으로 넣어 미리 마련해 둔 은장도를 만지작거려 보았다. 사람들 속을 찬찬히 훑어보았으나 어디에도 현랑 아가씨는 보이지 않았다. 그녀는 가족들과 함께 움직여야 할 터이니 만나기가 쉽지 않을 수도 있었다. 그러나 언제 어디서든 만나게는 될 것이다. 그는 그 희망을 버리지 않았다.

일이 이렇게 벌어진 이상 서둘러야 한다. 만일 삼별초가 떠나는 것을 탐지한 조정에서 몽골병들과 연합하여 쫓아온다면 초반에 낭패를 볼 수도 있다. 이제도 포구와 포구 주변에 남아있는 배들은 수백 척이나 된다. 더러 빠지는 사람이 있다 해도 그들과 함께 떠나는 사람들이 대략 일만 오천 명은 될 것이다.

떠올려보면 강화 천도는 몽골군의 침입 이듬해인 고종 19년(1232)

에 무인정권의 지도자 최우의 결단으로 전격적으로 단행되었었다. 그 무렵 그는 몽골에 포로가 되어 끌려가 있다가 후에 도망쳐 나와 삼별초에 가담했다. 신의군神義軍이 창설된 것은 그 후의 일이었다. 그 후 40년 동안 여러 차례 몽골의 침략을 받으면서도 무인 집정자에 의한 정권과, 항몽 정책이 유지된 것은 강화도로 옮겨와서 방어가 가능했기 때문이었다.

그러나 몽골군은 지독하고 끈질겼다. 고종 40년 이후 몽골군은 거의 휴식기 없이 내리 7년 동안 침략을 되풀이했다. 그로 인해 나라 안은 황폐할 대로 황폐하고 백성들은 유리 걸식하여 그 참상을 차마 볼 수가 없었다. 최우에 이어 최항이 집권하다가 그를 계승했던 최의는 왕정 복고를 표방한 대사성大司成 유경柳璥과 별장 김준金俊 등 친위세력에 의해 무너지고, 그 후부터 과거 고려 조정 내에 용납되지 않았던 대몽 화의론자들이 등장하게 되었다. 화무십일홍이라더니 그 서슬 퍼렇던 최씨 정권이 그렇게 무너질 줄을 누가 알았으랴. 이제 방도는 오직 해도재천으로 다시 해상왕국을 건설하는 길밖에 없다고 그는 단단히 마음을 굳혔다.

낭장들은 아래 군사들과 더불어 배에 오르는 사람들을 붙들어주고 짐도 올려주고 있었다. 온왕과 대신들이 오르는 배에 현랑, 그녀가 아버지 유존혁과 함께 타는 것을 그는 먼 발치서 배웅했다. 그리고 그는 아내와 아들놈도 그 배에 태워 보내고 난 참이었다.

"한 배에 타는 사람들을 큰배에는 쉰 명까지 제한하고, 중간 배에는 스무 명, 작은 배에는 열 명으로 한다. 어느 배도 사고가 나서는 안 되기 때문이다!"

배중손이 아래쪽을 향해 소리 질렀다.

"서둘러라, 서둘러! 이러다가는 며칠이 걸리겠다!"

김통정도 소리를 질렀다.

배들은 이물을 틀고 어귀를 빠져나갈 때면 아슬아슬하게 비켜갔다. 그럴 때마다 감독하는 사람들의 가슴이 바작바작 졸아들었다.

그렇거나 말거나 물양장 한 쪽에서는 어떤 놈의 물구나무서는 마술이 신나게 벌어지고 있었다. 김통정은 놈이 자기 부대의 군졸 배 방실이라는 것을 멀리서 보아서도 곧 알 수 있었다. 놈은 가끔 심각한 자리에서도 마술을 부려 사람들을 웃기곤 했다. 이놈은 자기 나름대로 이제 떠나는 섬에 대한 마지막 인사를 하고 있는 것일 터였다. 놈은 사람들이 몰리자 자기 자랑을 하고 싶은 욕구를 이기지 못한 듯 놈은 물구나무를 선 채 춤을 추듯이 사방으로 돌았다. 둘러서서 지켜보던 사람들이 짝짝짝 박수를 쳤다. 놈은 이 마술을 신의군의 일원으로 몽골에 잡혀갔을 때 거기서 하는 걸 보고 배운 것이라고 했다. 그는 사람들이 더 모여들자 이번에는 각설이 타령을 부르기 시작했다.

    작년에 왔던 각설이
    죽지도 않고 또 왔네
    품바 품바 품바야
    품바야 하고 잘한다

그리고 놈은 발목 잡힌 방아깨비가 절을 하듯 팔과 다리가 제 각각 노는 시늉을 하며 자기가 쓰고 있던 모자를 벗어 돌렸으나 아무도 거기 돈을 넣는 사람은 없었다.

사람들을 한데 모아놓으니까 벼라 별 일들이 다 벌어졌다. 그러기에 사람들은 가족끼리 나눠 살 때가 가장 행복한 것인지도 몰랐다. 아픈 사람, 다리가 아파 몸을 잘 가누지 못하는 사람, 젖먹이 아이가 열이 팔팔 끓어서 어쩔 줄을 모르는 사람, 닥치는 사람마다 딱한 경우들이었다. 그러나 그런 사람이라고 내버리고 갈 수는 없는 일이었다. 병사들에게 그들을 부축하게 해서 모두 배에 태웠다. 사람을 상대하는 일이 얼마나 어려운가 뼈속 깊이 익혀버린 하루였다.

그런 가운데 서서히 길고 긴 하루해가 지고 있었다. 새벽부터 상선 작업을 시작했지만 저물 때까지 작업을 마칠 수가 없었다. 여기저기 방파제 위에 횃불을 켜놓고 작업은 밤에도 계속되었다. 꼬박 밤을 새우면서 작업을 하고, 이튿날까지도 계속했다. 가족들을 먼저 승선시킨 삼별초 군인들은 최후까지 필요한 물건들을 날라 오는 작업을 계속했다.

이틀째 날 오시쯤에야 마지막으로 말을 싣는 작업을 하고 있었다. 생물인 말들은 낯선 상황에 부딪치자 목자의 지시도 잘 따르지 않았다. 결국 상판을 넓히고 나서야 목자의 손에 이끌려 배로 오르기 시작했으며, 한 두 마리를 태우자 다른 놈들은 수굴수굴 따라 올라갔다. 결국 백여 마리의 말 중 젊고 실한 말로 오십 마리쯤을 큰배 두 척에 나눠 싣고 나머지는 섬에 내버리기로 최종 결정을 내렸다.

섬에 내버려진 짐승들이 더듬는 발길로 다시 섬으로 올라가는 것이 보였다.

그런데 짐승들을 실은 마지막 배가 막 출발하려는 참이었다. 상선 작업 중 내내 우려하던 일이 드디어 벌어졌다.
"서라! 거기 삼별초!"
"너희들은 독 안에 든 쥐다!"
일단의 무리들이 말을 타고 쫓아오고 있었다. 알고 보니 전 중서상 이숙진李淑眞과 낭장 윤길보尹吉甫의 무리였다. 무모한 놈들이 노예들을 모아 그들을 치러 쫓아온 것이었다. 그들은 마지막 배가 떠나는 것을 바라보며 멈칫해 서 있다가 남아있는 작은 배 한 척에 올라타고 삼별초를 쫓기 시작했다. 그들은 마지막 배에 탔던 삼별초군 너 댓 명을 칼로 쳐 바다에 빠뜨리기까지 했다. 그 때문에 바다가 피로 물들었다. 삼별초 한 놈을 자기들이 탄 배로 끌어내리기도 했다. 삼별초로서는 출발 막판에 당한 작은 위기였다.

그때였다. 저만치 앞서 갔던 삼별초 군사들의 배가 후미에서 일어난 소란을 보고 급하게 선수를 돌려 쏜 쌀 같이 노를 저어 달려왔다. 그 배에서 화살이 바람 부는 날 굵은 비 뿌리듯이 쏟아졌다. 그 바람에 놈들은 허겁지겁 뱃머리를 돌려 육지로 도망치고 말았다. 군사들은 부상당하거나 죽은 삼별초들을 배 위로 끌어올리고, 선단의 후미에 달라붙었다. 그만하길 천만 다행이었다.

그 시간 망양산望洋山 중허리에서 소를 먹이던 강화도의 목동 하나가 우연히 바다 가운데를 바라보았다. 납빛 바다에 시커멓게 메뚜기 떼 같은 것들이 보였다. 이상하다. 그것은 이제까지 전혀 보지 못했던 장면이었다. 내가 헛것을 보았나. 그는 눈을 쓸고 또 보았다. 자세히 바라보니 그것들은 돛을 달기 전의 배들이었다. 개미떼 같은 사람들을 잔뜩 실은 크고 작은 배들.

그것들이 일정한 간격을 유지하며 바다에 떠있고, 그것들이 쏟아져 나오는 곳은 항파강 쪽이었다. 그 구멍에서 꾸역꾸역 나온 배들이 외포리를 지나 넓은 바다를 향해 화살 방향으로 퍼져나가고 있는 것이었다. 아니 어디, 이 섬 어느 포구에 저렇게 많은 배들이 숨겨져 있더란 말인가.

바라보고 있는 순간, 그 배들이 앞에서부터 일제히 돛을 올렸다. 그것은 대단히 놀라운 장면이었다.

초부는 가슴이 쿵쿵 뛰었다. 이것은 그가 태어나서 그때까지 한 번도 보지 못했던 장면이었기 때문이다.

'이것은 이변이다. 틀림없이 무슨 변이 일어난 것이다.'

그는 줄달음쳐 마을로 내려가 보았다. 그러나 섬은 이미 동네마다 텅텅 비어 있었다.

서해西海를 따라서

바다는 넓었다. 그 많은 배들을 한꺼번에 내몰았으나 바다는 아직도 넉넉하고 여유가 있었다. 배들은 적당한 거리를 유지하며 돛과 각종 기를 달고 남하하기 시작했다. 멀리 북쪽으로 아득하게 보이는 것은 마항반도일 것이었다. 그리고 저쪽은 주문도리, 이편 것은 아마도 영종도일 것이다.

배는 좀 더 바다 가운데로 나아가야 할 터인데 왜 낮은 바다, 섬들을 끼고 가려는 것인가. 섬 가까이로 내려간다면 관군이나 몽골군의 눈에 뜨일 염려도 있고, 괜히 그들을 자극시킬 수도 있었다. 상장군 배중손은 선단의 후미에서 지유 노영희와 함께 맨 후미의 배를 타고 이물에 앉아 사방 섬들을 돌아보며 여러 가지 생각에 잠겨있었다. 그리고 옆을 지나는 척후선을 불러 큰 소리로 지시했다.

"맨 앞으로 저어가서 선두 배를 바다 가운데로 가게 하라! 반도에서 바라볼 때는 수평선 상에 아득하게 떠 있게 해야 하는 게야. 괜히 적들에게 자극을 줄 필요는 없다고 말야. 그리고 가면서 바다 가운데의 큰 섬들은 더러 돌아보면서 가자고 말야."

"예, 알았습니다."

군사들 대여섯이 탄 척후선이 재빠르게 배들 사이를 앞질러 간다.

그러나 그는 착잡했다. 최씨 가문에 들어 야별초가 되고, 그들의 결정에 따라 개경을 떠나 강화도로 들어온 지도 어언 40년이다. 그러나 그 동안 이룬 것이 도대체 뭐란 말인가. 해마다 침입하는 몽골군의 침략 속에 겨우 지켜낸 것은 상처뿐인 작은 섬 강화도뿐이다. 그런 가운데도 혈육끼리의 싸움은 계속됐고, 따지고 보면 서로 이용하고, 이용당하고 그것뿐 아닌가. 한 가문이 쓰러지면 다시 다른 가문이 일어났지만 어렵게 일어났던 가문은 다시 다른 힘에 의해 쓰러졌다. 그것은 마치 거친 들판의 풀밭에서 철 따라 풀이 돋아나고, 그것이 무성했다가 다시 쇠잔해지는 것과 방불했다. 이렇듯 무인정권 40년은 어떻게 보면 들풀과 같은 꼴이었다.

그리고 그런 가운데 어부지리를 얻은 것은 오직 원종 임금뿐이다. 그렇다면 결국 그에게 진 것이 아닌가.

그런데 이제 우리는 이 무리를 이끌고 소문으로만 들어온 해도로 가고 있다. '해도재천海島再遷'의 논의가 있어온 것은 벌써 10년도 더 된다. 그것이 비로소 실행되고 있는 것이니 이제 그 기초단계에 들었다고나 할 것이다. 그런데 나는 왜 이렇듯 자신이 없고 불안한 것일까. 이런 상태로 어떻게 이 숱한 무리, 이 많은 배들을 인솔하고 수륙 수천 리를 간단 말인가.
 그는 멀리 가까이 흩어져 떠가고 있는 배들을 바라보며 하염없이 울고만 싶었다.

 천여 척 배들의 선두에는 척후선과 온왕이 타고 있는 깃발 요란한 지휘선이 앞장서 나가고 있었다. 이 배에는 또 불상과 범종도 함께 모셔져 있었다.
 선실에서는 석파 스님이 강화도 포구에서 뒤쫓아온 이숙진 무리들에게 붙잡혀 사망한 병사들에 대한 천도제薦度祭를 올리고 있었다. 출발에 앞서 시초에 당한 사고에 대해서 들은 터라 충격은 더 컸다. 어디까지나 동행했던 무리들인데 미처 출항하지 못하고 붙잡혀 처참한 죽음을 당했으니 어쩌면 그들이야말로 이번 대장정의 희생양이라 해야 할 터였다. 그러기에 스님은 정성을 다하여 그들이 왕생극락하도록 불공을 드리는 것이다. 불쌍한 중생들. 어쩌면 태어나서 죽기까지 전쟁터에서 졸병으로 싸움만 하다가 결국은 좋은 세상 한번 보지 못하고 그렇게 떠났으니 그 혼인들 어떻게 훨훨 극락으로 올라갈 수가 있을 것인가. 그들을 생각하면 억장이 무너졌다. 스님의 독경 소리는 바다 가운데서라 더 처량하게 들렸다.
 유존혁은 멀리 앞에서 나는 독경 소리를 들으며 뱃전으로 나갔다. 딸 현령이도 갑갑한지 따라나왔다. 그는 뱃전에서 망망한 바다를 바라보고 있었다.

"아버지, 바다가 과연 넓기도 하네요."

처음 바다에 나온 현령이 느낌이 많은 듯 아버지를 바라보며 물었다.

"그러게 말이다. 아마 넌 태어나서 바다가 처음이지?"

"그럼요. 언제나 먼데서만 바다를 봐왔지요."

창해일속滄海一粟이라 더니 바다가 참 깊고 넓다는 것을 새삼 깨달게 했다. 거기다 이 바다가 황해黃海라는데, 먼 바다로 나가니 그것도 말짱 헛말이었다. 넓은 바다의 물은 어디까지나 맑고 푸르렀다.

그런데, 이 천여 척의 배를 타고 우리가 지금 어딘지 모른 데로 가고 있다. 그리고 지금 내가 이 배 안 사람들의 생사안위를 쥐고 있다. 그렇다면 뿌듯해야 할 터인데 왜 이리도 불안하고 걱정스러운 것일까. 우리가 가 닿을 곳에서 우리는 실지로 〈해상왕국〉을 이룩할 수 있을 것인가. 그는 쉬 고개를 끄덕일 수가 없었다. 아무래도 그들의 길은 강화도로의 출발부터 어긋난 데가 있다고 그는 수긍했다.

그때였다. 누군가 외치는 소리가 들렸다.

"거북이다! 저기 거북이가 떠간다!"

그 소리에 배 안의 사람들은 너도나도 뱃전으로 나와 고개를 내밀었다. 정말 크고 늙은 거북이가 유유히 유존혁이 타고 있는 배 앞을 가로질러 헤엄쳐가고 있었다.

"저건 분명 우리 승화후 온 임금님께 인사를 드리는 것이다! 길조

임이 분명하다!"

누군가 먼저 소리를 지르자 다른 사람들도 수군수군 입속말로 수군거렸다. 그렇거나 말거나 거북이는 떴다 갈아 앉았다 하며 유유히 헤엄쳐 보이지 않은 곳으로 사라져 가버렸다. 척후선이 뒤로 돌아 이 사실을 옆과 뒤에 따라오는 배들에게 전달했다. 그 조그만 사건은 잠시나마 이 선단에 희망을 안겨주고 있었다.

한편 지유 김통정은 선단의 중심에 자리잡은 배에 낭장 강달구와 함께 타고 있었다. 그도 물론 거북이가 나타났다는 소식을 들었다. 그러나 그는 이 소문 때문에 지나치게 흥분하는 건 그리 좋은 현상이 아니라고 생각했다.

"저기 보이는 섬이 덕적도일 것이다."

"아마 그런가 봅니다."

강달구가 지도를 들여다보며 말했다.

그의 앞뒤에서 팽팽하게 바람을 받은 돛배들이 기운차게 달리고 있었다. 이제 우리는 십 년이 넘게 그렇게 소원하던 '해도남천海島南遷'의 대장정에 오른 것이다. 갇혀 있던 데서 넓은 세상으로, 속박에서 자유로 가고 있는 것이다. 아무 소망이 없던 상황에서 희망으로 가고 있는 것이다. 더구나 저 앞의 배에는 사랑하는 처자들과 사모하는 현랑 아가씨도 함께 타고 있다. 그는 희망에 가슴이 부풀었다. 바람을 잔뜩 받은 돛배처럼 팽팽하게.

지금 우리가 가고 있는 탐라라는 곳은 도대체 어떤 곳일까. 그곳은 우선 멀어서 그 악독한 몽골 놈들이 쳐들어오지 못하는 그런 곳이 될 것이다. 우리를 배신하고 개경으로 옮겨가서 몽골에 달라붙어 나라를 팔아먹은 족속들도 쳐들어오지 못할 것이다. 거기서 우리는 새로운 왕궁을 세우고, 열심히 터전을 일구고 땅을 갈아 새 세상을 건설하면 된다. 10년 전 약속대로 우리의 '해상왕국'을 건설하는 것이다.

그러나 우리 속에도 문제는 없지 않다. 모두가 한가지로 그런 희망을 갖고 있는 것은 아니기 때문이다. 그것은 벌써 사람들의 표정에 나타나 있다. 말하는 내용에서도 드러난다. 왜들 그렇게 자신들이 안 서는 것일까. 승화후 온왕과 상서좌우승은 허수아비라고 치자. 그러나 문제는 상장군 배중손과 그의 지유 장수들이다. 배중손은 본래가 야별초였기 때문에 몽골의 속성을 잘 모른다. 그들이 얼마나 흉악한 짓을 하는지. 우리 백성들에게 못된 짓을 했는지 직접 눈으로 보지 못했다. 그것이 이들을 미온적이게 하는 요소라고 그는 생각했다. 이들이 적극적으로 나서주지 않는다면 이 대장정을 도대체 어떻게 성공으로 이끌어 간다는 말인가. 그것은 적지 않은 문제였다. 이들에게 어떤 긴급조치를 내리지 않으면 안 된다고 그는 생각에 골몰했다.

동상이몽인 채로 그들은 하루 낮 하루 밤을 바다 위에서 지냈다. 간신히 하루 길을 왔는데도 배 안에서는 멀미를 하고, 식사를 제대로 못하는 어린이와 여자들이 나오기 시작했다. 배 이곳 저곳에 토해놓은 토사물들이 쌓이기 시작했다.

6월 3일 삼별초 군이 강화도를 출발하여 남하하기 시작하자 개경 정부는 즉각적인 조치로 참지정사參知政事 신사전申思佺을 추토사追討使로 임명했다. 그리고 김방경金方慶 장군에게 군사 600명을 주어 몽골 장수 송만호宋萬戶의 군대 1천여 명과 함께 삼별초를 추격하도록 명령을 내렸다. 그 날 원종은 김방경을 궁궐로 불러 특별히 그의 장도를 격려해 주었다.

"장군은 짐이 그 도적 떼들 때문에 노심초사하는 것을 잘 알고 있을 터이다. 내 그대를 믿고 명령을 내리니 저들을 끝까지 추격해서 한 놈도 남기지 말고 잡아 오라!"

"예. 소장 명을 받들어 충성을 다하겠습니다. 아무쪼록 심려 놓으시옵소서!"

"비록 아직은 그대에게 줄 수 있는 병사가 극히 적은 숫자이나, 강화도로 가서 거기 남아있는 몽골 송만호의 군사 1천을 그대에게 붙이니 그들을 이끌고 서둘러 가라!"

"예. 전하, 부디 만수무강하옵소서."

그들은 배를 타고 강화도로 이동하여 곧장 삼별초의 뒤를 쫓기 시작했다. 김방경은 충성심이 강한 장수였다. 그들은 밤낮을 가리지 않고 노를 저어서 반나절만에 대부도 앞의 영흥도에 머물고 있는 삼별초 군을 쫓아가 따라잡을 수 있었다.

"저기 영흥도 기슭에 적들이 쉬고 있다! 우리가 애써 추격해온 적들이다! 알겠느냐?"

김방경은 바로 추격하여 싸움을 걸려고 시도했다. 그러나 돛폭도

서해西海를 따라서 97

팽팽한 기세로 천여 척 배들이 항진하는 것을 바라보던 몽골 장수 송만호는 고개를 가로 저었다. 통역을 통해 전달된 의사 표시는 황당한 것이었다.

"우리의 수가 도저히 맞설 상대가 아니니 만났다고만 하고 그냥 돌아갑시다."

그러나 김방경은 임금의 당부도 있고 해서 그냥 물러설 수는 없었다. 그는 6백 명의 여러 척 배에 나눠 탄 자기 군사들을 데리고 영흥도 주변에 정박해 있는 삼별초의 배 있는 데로 과감히 도전해 들어갔다. 삼별초의 배들은 예기치 않은 해상 도전에 대오가 흩어지고 회오리바람을 만난 때처럼 당황하고 있는 모습이 역력했다. 김방경은 선두에 나서서 삼별초의 배들을 향해 외쳤다.

"너희들 중에는 자기 생각과는 상관없이 삼별초의 무리에 끼인 억울한 경우들이 있을 것이다. 이제라도 늦지 않았으니 도망쳐 나와 우리 배로 옮겨 타라! 그리하면 아무 죄과도 묻지 않을 것이다. 지금도 늦지 않았다!"

삼별초의 배들 쪽에서 큰 혼란이 일어났다. 어떤 놈들은 남으로 내려가던 뱃머리를 다시 북으로 돌리는 놈도 없지 않았다. 삼별초 쪽에서는 김통정이 진두지휘하여 혼란을 줄이려고 애를 쓰고 있었다.

"저것은 너희를 유혹하는 새까만 거짓말이다! 거짓말에 현혹되어서는 안 된다. 모두들 배를 타고 사방으로 흩어져라! 몇 놈 안 되는 개경의 무리는 우리가 처단하겠다!"

배와 배 사이에 화살이 나르고, 배들이 속력을 내어 이동하는 통에 주변 물살은 누렇게 속내를 드러냈다.

김방경은 문득 뒤쪽을 살펴보았다. 그리고 자기 배가 너무 깊숙이 삼별초의 진영으로 들어온 것을 알았다. 잘못하다가는 포로로 붙잡힐 수도 있는 위험한 처지였다. 그런 중에도 몽장 송만호의 배는 한참 뒤에 멀뚱히 머물러 있었다. 그는 포로로 잡은 삼별초의 배 두 척을 이끌고 뒤로 빠지기 시작했다.

설마 여기까지야 쫓아오랴 하고 방심했던 삼별초는 동요자들이 탄 배 두 척과 수백 명을 잃어버리고 그대로 남하하는 수밖에 도리가 없었다. 한 동안의 실랑이를 치르고 적선은 뒤로 빠진 상황이 틀림없었다. 삼별초로서는 출발 후 두 차례 째 당한 심각한 손실이었다.

그리고는 밤새 바다에서는 아무 일도 일어나지 않았다. 새벽을 맞아 바다는 언제 그랬느냐 싶게 안정을 되찾고 있었다. 제 정신인 사람에게는 바다에서 처음 맞는 아침은 유별난 데가 있게 마련이었다. 파도 위를 괭이갈매기와 슴새 무리들이 날고, 날이 밝아오자 가까운 섬들에는 얼룩덜룩한 물개 무리들이 코를 벌름거리며 지나가는 그들을 이상한 눈으로 쳐다보았다.

김통정과 강달구도 씨근거리며 뱃전에 나섰다. 혼란을 겪은 병사들이 이제야 아침밥을 짓노라고 부산을 떨고 있었다.

"네 생각에는 이번 길이 성공할 것 같으냐, 어떠냐?"

김통정은 출렁이는 수면을 바라보며 부러 심드렁한 척 물었다. 강달구는 그 질문이 너무 갑작스러워서 그 진의가 무엇인지 상관의 얼굴을 쳐다봤다. 그러나 그의 표정은 언제나 그렇듯 그저 무표정했다.

"그게 무슨 말씀입니까. 우리가 이렇게 나선 것만 해도 이미 반은 성공한 것 아닙니까?"

"네가 그렇게 말해주니 고맙구나. 앞으로 어떤 일이 있더라도 너는 끝까지 내 오른팔이 되어 줘야 한다."

"물론입지요. 제가 주인을 배반하겠습니까? 저는 그런 놈이 아닙니다."

그들은 묵묵히 바다를 바라보고 있었다. 다른 배들이 지나갈 만도 한데 상선商船 하나 지나가는 것을 볼 수 없었다. 오직 바다 위에 뜬 것은 그들의 배 뿐. 바다 멀리 나가서 바라보니까 그들은 마치 둥그런 사발 속에 들어앉은 꼴이나 다름없었다. 가끔 파도에 찢긴 모자반 뭉텅이들이 춤을 추듯 유유히 떠다니는 것을 볼 수 있고, 바다갈매기 무리들이 하얀 배때기를 드러내고 곤두박질치는 모습도 볼 수 있었다.

바다는 어두워지기 시작하면 더 적막강산이었다. 배마다 횃불을 켜기는 했으나 그것만으로 캄캄한 밤에 초행길을 더 진행할 수가 없었다. 그러기에 그들은 닻을 내리고 쉬어야 했다. 잘못하다가 배끼리 부딪치면 그거야말로 큰 사고를 당하기 때문이었다. 이런 일은 전에도 없었던 일이지만 천여 척이 넘는 배가 한꺼번에 이동한다는 것은 보통 일이 아니었다. 더구나 진행 속도는 가장 작고, 느린 배와 보조를 맞춰야 하기 때문에 느릴 수밖에 없었다. 다만 건장한 장정들 여럿이 노를 젓는 빠른 배가 척후선 역할도 하고, 연락사항을 전달하기도 했다. 식량이나 부식이 떨어진 배가 있으면 식량이나 물자를 실은 큰 배로부터 그것들을 날라주기도 했다.

저녁을 먹고 배에 탄 사람들이 잠이 들어버리면 장정들은 횃불을 켜놓고 교대로 보초를 섰다. 밤에 적들이 쳐들어올 것에 대비함이었다. 그러나 그런 것쯤은 평생 몸에 익힌 터라 이제 고된 줄도 몰랐다. 그들은 이미 선 채로나 앉은 채로 잠잘 줄도 알았으며, 부스럭거리는 소리가 나면 이내 깨어 거기 대처할 줄도 알았다. 그것은 오로지 40년이 넘는 항몽전抗蒙戰 기간에 몸에 익은 것이었다.

6월인데도 아직 바다바람은 찼다. 보초를 설 때는 옷을 있는 대로 걸쳐 입어도 옷 앞섶을 파고드는 바닷바람이 몸을 우그러뜨렸다. 추위에는 최소한 몸을 작게 옹송그리는 것, 그 수밖에 없었다. 일어서고, 서있으면 그 많은 부피가 바람이나 대기를 더 받기 때문에 추워서 견딜 수가 없었다. 사실은 밤에 보초를 서는 그 상황 자체가 사람을 그렇게 옹송그려놓는 것인지도 몰랐다. 밤이 깊어 사람들이 잠들어버리면 바다 자체가 잠든 거나 마찬가지였다. 물결이 뱃전에 와서 부서지며 내는 철썩거리는 소리, 그리고 배의 부속끼리, 혹은 배들끼리 서로 몸을 비비며 내는 삐걱거리는 소리. 이런 것들만이 유일하게 살아있는 소리였다.
 이렇듯 보초를 서는 초병들에게는 새벽이야말로 소망이었다. 우선 사방을 훤히 바라볼 수 있고, 교대를 해서 음식도 먹고 쉴 수도 있었기 때문이다. 그들은 오로지 그 시간을 기다렸다. 새로운 나라, 해상천국이라 하지만 그런 건 아무래도 상관없었다.

 사흘째 날 저녁에 유난히 노을이 붉고 서녘 하늘에 검은 뭉게구름이 실렸다. 노을이 붉으면 센바람에 풍랑이 인다는 것을 그들은 체험으로 익히고 있었다.
 '허헛 그, 하늘이 뭔 일을 내겠구먼…'
 급하게 수뇌회의가 열렸다. 온왕과 상서좌우승 유존혁 이신손, 그리고 배중손과 김통정들이 모였다.
 "노을을 보아 하니 하늘이 뭔 일을 내겠습니다. 보통 징조가 아니에요."
 유존혁이 먼저 입을 열었다.
 "오늘밤에라도 바람이 세게 분다면 큰일이 아니오? 이 일을 어찌해야 좋겠소?"
 온왕이 얼굴에는 수심이 가득 차 있었다.
 "밤중에야 불겠습니까? 그러나 내일은 장담할 수가 없겠습니다."
 배중손이 위로의 말을 했다. 그러나 사실은 그도 속으로 겁을 집어먹고 있었다.
 "하늘이 우리를 돕지 않은 것일까?."

온왕이 다시 실망 섞인 말을 했다.

"이까짓 날씨쯤에 걱정을 할 것은 없습니다. 그러나 배들 중에 낡고 상한 배들이 있어놔서 그것이 걱정입니다…"

배중손이 응대했다.

"옛말에도 하늘 하는 일, 부모 하는 일 막을 수가 없다는 말이 있어요. 정 어려워지면 대피를 하는 수 밖에요. 이보 전진을 위한 일보 후퇴인 셈이지요."

유존혁이 좌중을 돌아보며 대책을 내놨다. 그리고는 다른 대책을 내놓는 사람은 아무도 없었다.

"여기서 더 들어가면 어디쯤이 된다고 생각하시오?"

떨리는 음성으로 상서우승 이신손이 물었다. 그는 멀미를 많이 한 듯 얼굴이 수척해 보였다.

"아마 태안이 될 것입니다. 거기가 반도이니까 그곳에 가면 대피할 포구들이 혹 있을 것입니다. 식량이나 부식도 얻을 수 있을지 모르니 어쩌면 잘 된 일인지도 모릅니다."

배중손이 애써 희망적인 말로 좌중을 달래고 있었다.

김통정이 밖으로 나오니 거기 현랑 아기씨가 거칠어지는 파도를 바라보며 홀로 서있었다. 그는 그 상황에도 마구 가슴이 뛰었다. 지금이 적당한 때라고 생각하고 주머니에 넣고 다니던 은장도를 얼른 꺼냈다.

"아가씨, 사람 일은 모르는 것이니 이걸 품고 다니시지요. 제 정표입니다."

현랑은 망설이지 않고 얼른 그것을 자기 손안에 넣고 작은 목소리로 말했다.
"고맙습니다. 아버지와 나를 꼭 좀 지켜주세요."
사람들이 뒤따라 나왔으므로 그들은 더 아무 말도 할 겨를이 없었다.

센바람 불어 안면도 표착

 이튿날 미명에 이미 바다는 낯선 표정으로 들썽거리고 있었다. 거대한 짐승이 혀를 날름거리며 덤비듯 하는 허연 파도가 뱃전에 와서 세차게 부서졌다. 황해의 누런 흙물 같은 물보라가 갑판 위로 넘나들었다. 조반도 먹을 생각을 못하고 부녀자와 아이들은 선실에 꼼짝도 못하게 가둬놓고, 장정들은 각자 맡은 위치에서 최선을 다해 파도와 바람과 싸우고 있었다. 그러나 군사들조차도 이미 몸을 가누기에 힘이 들고 비에 흠뻑 젖어 있었다. 어제 저녁에 이미 닻을 내리고, 새벽에는 돛대도 지워서 모두들 황천항해에 대비했다.
 천우신조, 다행이라면 마침 바람 길과 물길이 대륙 쪽으로 흐르고 있다는 점이었다. 배들은 애써 선수를 대륙 쪽으로 고정시켰다. 그런데도 서쪽 하늘은 검정색깔로 마구 문대버린 모양으로 시커매서

이 날씨에 과연 대륙을 닿길 수 있을지 아무도 장담을 못할 처지가 됐다.

지하 선실에서는 부녀자들과 아이들이 서로 얽혀 배가 흔들리는 데 따라 한쪽으로 쏠렸다가 다른 쪽으로 굴러가곤 했다. 그런 가운데 우는 아이, 웩웩 토하는 아이들이 서로 엉겨 뒹굴고 있었다.

불상과 범종을 실은 배에서 석파 스님은 이리 저리 쏠리는 몸을 가누며 묵념을 계속하고 있었다. 참선을 많이 해서 득도해 있다는 그도 눈을 감고 있지만 도저히 앞날을 점칠 수가 없었다.

'장차 이 일을 어찌 해야 할까요. 나무관세음보살!'

스님은 속으로 뇌었다.

온왕의 모습은 더욱 초라했다. 유존혁 등 상서좌·우승들이 호위하고 있었으나 그들도 얼굴에 당황한 빛이 역력했다. 온왕은 속으로 생각했다. 자격도 없는 내가 왕이 된 때문에 하늘이 시기하고 노한 것은 아닐까. 내가 양보를 할 때 좀더 적극적으로 했어야 하는 것인데…… 그랬으면 남천의 길을 떠나지 않았을 수도 있고, 이렇게 위기에 닥치지는 않았을 것이 아닌가. 아아, 도대체 이 일을 어찌해야 한단 말인가. 이제 이 망망대해에서 기어코 물고기 밥이 되는구나.

김통정은 자기가 탄 배 갑판 위에서 배가 흘러가는 방향을 살피며 최선을 다하고 있었다. 그는 하도 여러 번 죽을 고비를 당해봤으므로 자기가 죽으리라고는 생각하지 않았다. 다만 앞으로 이보다 더 어떤 어려움이 닥쳐올 것인지, 그리고 어떻게 그것을 극복

할 수 있을 것인지 그것이 두려웠다. 그러나 갑판 위는 넘나드는 물보라와 장대비가 흩뿌려 시야마저 트이지가 않았다. 그런 가운데 아련하게 실루엣으로 보이는 저 곳이 육지일 것이라는 생각만을 했다.

이제 배들은 그저 바람과 물결을 따라 흘러가는 수밖에 없었으므로 모든 것을 하늘에 맡겨놓고 있었다. 그러나 출발 사흘만에 닥친 이리도 모진 시련은 스스로 실망하게 하고, 견디기 어려웠다.

"어떻게든 배와 배 사이를 유지해야 한다! 우리 배끼리 부딪치게 해서는 안 된다!"

그는 가까운 배들에게 소리질렀다. 그러나 그 소리는 금세 바람소리가 삼켜버려서 무슨 말인지 알아들을 수가 없었다.

그는 이런 상황 속에서도 회의보다는 신념이 더 굳었다. 모진 풍랑 속에서도 자기 자신보다 아내와 아이를 걱정하고, 또 현랑 아가씨를 떠올렸다. 제발 잘들 견뎌내야 할 터인데… 그리고 온왕과 대신들, 불상의 안위도 마음 속으로 빌었다. 그러나 한편 하늘이 우리를 시험하는 것인지도 모른다는 생각도 문득 들었다. 아주 먼 미래를 굳건히 다지기 위해서 시초에 이런 시험을 해보는 것일 수도 있다고, 그는 그렇게 믿고 싶었다.

이렇게 파도와 비와 싸우며 한나절을 지냈을 때였다. 갑판 위의 병사 하나가 큰소리로 외치는 소리가 들렸다.

"저기, 육지가 보입니다!"

김통정은 선실에서 다시 갑판 위로 뛰어 올라갔다. 과연 흐릿한

시계에 어렴풋이 그림자처럼 육지가 보였다. 여기 저기 배에서도 육지를 확인한 모양이었다. 갑판 위에서 병사들이 서로 살았다고 손을 흔드는 모습이 보였다.

죽을 것 같이 실의에 차 갈아 앉았던 병사들이 생기를 찾아 힘들여 노를 젓기 시작했다. 이런 날씨에 배들은 가까운 해변에서 바윗돌이나, 절벽에 부딪치면 아주 박살이 날 수가 있었다. 그러나 그림자 같은 육지는 앞당겨지며 보니까 모래 산이 둥그렇게 형성되어 있고, 그 구릉으로 하여 자연스레 만을 이루었는데, 그런 모래판에도 파도가 허옇게 밀려드는 것이 보였다. 그러나 이런 지세라면 풍랑에 부딪쳐 배가 파선할 걱정까지는 없을 것 같았다. 다만 안타까운 것은 천여 척의 배 중에 뒤로 쳐져 아직도 물결 사이로 까마득히 보이는 배들이 모두 이 만 안으로 들어올 수 있겠느냐 하는 것이었다.

척후선과 불상을 모신 선발대가 열심을 내어서 제일 먼저 안면도 모랫벌에 덕판을 들이밀었다. 파도와 바람에 밀려 선체의 거의 절반이 육지로 처박힌 꼴이었다. 이어 다른 배들도 적당한 거리를 유지하며 혹은 만 안의 수면에 닻을 내리거나, 더러는 앞서 들어온 배들처럼 이물로 모래판에 쑤셔 박기를 했다.

사람들은 초죽음이 되어 있었으나 자기 자신보다는 뒤에 떨어진 동료들의 안부를 더 궁금해했다. 김통정은 만 안으로 들어가는 배에서 뛰어내리며 의상을 가다듬었다. 그리고 미적거리고 있는 군사들에게 큰 소리로 호령했다.

"뒤에 들어오는 배들을 위해 선석船席을 확보하라! 되도록 배와 배 사이의 거리를 일정하게 하되 나갈 때에 불편하지 않게 하라!"

그는 이번엔 뒤로 돌아서 다시 소리쳤다.

"먼저 임금님과 불상의 안위를 살피고, 각자 조를 짜서 새로 들어오는 배의 사람 수와 물자를 확인하라. 어서!"

"예!"

장병들은 대답은 하면서도 아직도 멀미 기운에서 깨어나지 못해서 느릿느릿 움직이고 있었다. 그러나 그들의 표정에는 누구나 이제는 살았다는 안도감과 바다가 성이 나면 두렵다는 자연의 섭리에 압도당해 있었다.

배 안이 대충 정리되는 대로 배들끼리 미음을 쒀서 허기와 멀미를 해결하도록 지시했다. 새벽부터 곡기를 끊고 점심도 걸렀는데 이미 날은 하루가 지나 이미 저녁 무렵이 되어 있었기 때문이었다.

그래도 오후가 되면서 풍랑이 잦아든 데다 만 안까지는 파도가 크게 넘나들지 않아서 선석을 정리하며 들어오는 배들을 차례로 세우는데 예상 밖으로 만 안이 넓었다. 모래판에도 몇 척을 세우고 나니까 거의 모든 배를 받아들일 수가 있었다. 한쪽 편으로 이 고장 사람들의 것인 듯 고깃배 너 댓 척이 매어있고, 쌓다 만 방파제도 보였다. 그만하면 천연적으로 이루어진 옛 포구임이 분명했다.

그런데 그때 선석을 정해주며 배들을 세우던 병사 하나가 울음

섞인 소리로 외쳤다.

"우리 일행 중에 배 한 척이 없어졌어요!"

"배 한 척이 파도에 휩쓸렸다!"

옆에 있던 동료가 얼른 바로잡아 말했다.

그 소리를 듣고 수뇌들이 침통한 얼굴로 모여들었다. 김통정도 자기가 맡은 배들을 점검하다가 그리로 뛰어갔다.

"도대체 없어진 배가 어느 조인데…"

유존혁이 물었다.

"아직 확실하지는 않으나 맨 나중에 후미에서 척후를 서던 소형 선박인 것 같습니다."

한 낭장이 대답했다.

"그게 무슨 소리야? 그 배에는 장정이 다섯이나 타고 있었는데!"

유존혁은 낭장의 대답이 마땅치 않게 들렸던지 버럭 호령을 했다.

"너희들은 이제부터 삼일 동안 이 근방 해변을 샅샅이 뒤지며 그 사람들의 시신이나 유물이나, 신발 한 짝이라도 놓치지 말고 찾아라! 찾는 대로 나한테 와서 보고를 해!"

"예. 알았습니다."

이튿날은 날씨가 맑아지자 큰 천막을 꺼내 두 군데에 나눠 치고, 이곳을 임시 본부로 쓰기로 했다. 풍랑을 만나 젖은 물건들과 옷가지들은 골라내며 해변으로 내다 자갈 위에 널었다. 가끔 햇볕이 구름 사이로 쪼여 그것들을 말리고 있었다.

죽은 이들의 시신을 찾아오라는 명을 받은 낭장과 그의 졸개들은 여기저기 기웃거려 돌아다니며 저들끼리 실랑이를 하고 있었다.

"틀림없이 그 배야. 왜 우리 배를 앞서거니 뒤서거니 잽싸게 돌아다니던 초라니 같은 배. 그러면서 큰소리로 이래라 저래라 자발 없이 떠들던 놈, 그놈의 상판때기가 끝내 보이질 않더라고…."

"야, 진짜 죽은 걸까? 죽었으면 지금쯤 어떻게 되었을까?"

"어떻게 되긴 뭘 어떻게 돼. 벌써 상어 밥이 되었을지도 모르는데, 찾긴 어딜 가서 찾아."

"무서워! 제발 그런 소리 하지 말아. 귀신이 붙었을 수도 있잖아?"

"귀신 좋아하네. 귀신이 어디 있냐? 이제는 내가 귀신을 잡아먹겠다."

그들 중 한 놈은 몹시 말투나 하는 짓이 거칠어 보였다. 그들은 손에 창 하나씩을 잡고 배가 세워진 데서부터 아득히 바라보이는 모래벌판이 끝나는 데까지를 갈지자之로 돌아보고 있었다. 그들은 풍랑에 휩쓸려온 모자반 뭉텅이나 감태 같은 떠온 해조류들을 보면서도 상어 이빨에 상처가 난 구겨진 살덩이들이라도 나타날까 보아 조마조마하면서 끝까지 다 돌아봤다. 그런데 이제 파도가 많이 순해진 바닷가 모래판에는 파도에 밀려온 해조류나 깨진 뱃조각 등속을 쉬 만날 수 있었으나 사람이나 동물의 시신은 찾아볼 수가 없었다.

"거 봐. 내가 처음부터 못 찾는다고 했잖아. 그 배는 사람도 몇 명 안타고, 배도 가볍기 때문에 천리만리 대국 쪽으로 불려간 게 틀림없어."

"너 그걸 말이라고 해. 그랬으면 좋겠어? 그렇게 보고를 드릴 수 있느냔 말야."

"그렇게 보고했다간 네 모가지가 남아나질 않을 걸. 그러니 그저 시간을 벌기만 하는 게 장땡이야. 다시 부를 때까지 아무데나 돌아다니고 있자구."

파도가 잦아들자 지휘부에서는 군사들을 시켜서 나머지 척후선을 타고 바다에 나가서 육지에서는 돌아볼 수 없는 외진 섬 기슭도 돌아보게 했다. 그러나 그들은 사흘 동안을 샅샅이 뒤져도 이렇다할 흔적을 찾지 못했다.

그런데 사흘째 날 오후 늦게 돌아오던 척후선이 파도에 밀리고 있는 뱃널 조각을 병사들 중의 하나가 보았다. 약간 더 저편에 부러진 돛대도 보였다.

"배를 멈춰 봐. 저기 이상한 물건이 떠있어."

그들은 배를 돌려 그 널조각이 있는 데로 가 보았다.

"틀림없어. 우리 배의 널조각이야!"

그들은 서둘러 삿대를 가지고 그것들을 건져내어 배 위로 실었다.

"아아, 결국 배가 파선을 한 거구만…"

그들이 황혼 무렵의 바닷가로 그 널조각을 가지고 왔을 때 지휘부의 슬픔은 심각했다.

"그 풍랑에 깊은 바다에서 배가 파선을 했으니 사람이 살아 돌아오기를 기대한다는 건 지난한 일이로구나…"

"그 사람들이 결국은 세 번째 희생이 되었구려."

전장에서 사망한 동료를 언제까지 슬퍼만 하고 있을 수는 없는 일이었다. 그래서 마련한 것이 안면도 모래판에서의 또 한 차례 천도제. 죽은 이들에게 드리는 제물 상이 차려지고, 당연히 제의 주관은 석파 스님과 그의 수좌 스님이 맡아서 주도했다. 석파 스님은 목탁을 두드리고, 수좌 스님은 징을 치면서 옆에 앉은 병사들에게 짚을 가지고 사람 모양 다섯 개를 만들도록 하고, 짚으로 배도 만들라고 지시했다.

  풍랑을 만나 죽은 사람들을 위한 천도제는 바닷가의 모래판 위에서 벌어졌다. 시신 대신에 배의 널조각이 제장 가까이 모셔졌다. 가사 장삼을 갖춰 입은 석파 스님이 군중들에게 에워싸여 불경을 외우고, 가끔은 일어나 덩실덩실 춤도 추며 제를 주도해갔다. 그리고 한참만에 죽은이들의 복을 비는 주문을 외웠다.

  "…색즉시공 공즉시색…아무 것도 모르고 착하게만 살아오던 불쌍한 사람들이니 어디 상처 나게 말아 주시고, 고기밥이 되게 마시고, 용왕의 길을 따라 왕생극락하게 하옵소서! 나무관세음보살"

  제의 끝머리에 석파 스님은 목멘 소리로 빌었다. 그리고 다시 징과 목탁 치는 소리. 이렇게 제를 지내는 동안에 모래판에는 서서히 석양이 드리워지기 시작했다. 이 시각 사람들은 누구나 모래판에 긴 그림자들을 드리우고 있었다. 그것이 더욱 바닷가를 을씨년스럽게 했다.

  석파 스님은 마지막으로 짚배에 사람 형체의 매치매장들을 눕히고 그 위에 이불대신 조각 보를 덮었다. 그리고 바닷가로 가지고 나가 막 띄우기 전에 부싯돌로 불을 내어 붙이게 했다. 처음엔 어설프게 타오르기 시작하던 불꽃이 차츰 활활 타오르면서 짚배는 어두워 오는 바다를 향해 천천히 나아가기 시작했다. 그 작은 짚배는 궁글궁글 나가는 동안 불길이 타오르기도 하고, 가물거리기도 하면서 자꾸만 멀어져 갔다.

"잘 됐다. 죽도록 고생만 하다가 바다에서 죽은 사람들이니 바다로나 보내 줘야지."

이제 어두워진 바다에 조그맣게 된 불길을 바라보며 우뚝 서 있던 석파 스님이 한 마디 하셨다. 군중들도 어두워진 바다를 한 번 더 바래주고 천천히 바닷가를 떠났다. 큰스님의 분부에 따라 널조각도 모래판에서 따로 태워졌다. 마른 나무 가지들을 모아오고 그것들과 함께 널조각과 돛대도 태웠다. 그 일을 수행하면서 어두워오는 바닷가에 불타오르는 불길을 지켜보면서 군사들 속에는 누구나 언젠가는 우리도 저렇게 될지도 모른다는 자신의 운명들을 점치고 있었다.

천도제를 지내고 난 이튿날에 본부에서는 이 섬으로 와서 처음 수뇌회의가 열렸다. 다만 신의군의 김통정 지유 만은 부하들을 이끌고 이 일대의 정찰에 나가 있었기 때문에 빠지고 그 나머지는 모두들 모였다. 석파 스님도 참석을 했다.

"남천의 시초에 이런 큰 변을 당하고, 인명과 배까지 잃은 것은 참으로 애석한 일입니다. 그러나 우리가 이것 때문에 언제까지 슬픔에 잠겨 있거나 실망에 빠져서는 안 될 것입니다."
 상서좌승 유존혁이 먼저 입을 열었다.
 "그렇습니다. 어쩌면 이것은 우리에게 좋은 교훈이 되고, 앞으로 우리의 갈 길을 제시해 주는 것이라고 소관은 생각합니다. 벌써 삼일을 배를 저어왔는데, 이 정도밖에 못 왔으니 이 시점에 탐라까지 간다는 것은 다시 생각해 볼 문제입니다. 그 보다 더 좋은 안식처, 그걸 우리는 찾아봐야 한다는 것입니다."
 기다렸다는 듯이 배중손이 자기 생각을 내놓았다. 그 말끝에 좌중은 아무 말도 하지 않았다. 이 사람의 의견대로라면 탐라로 내려가는 남천南遷 계획을 완전히 뒤집어 놓자는 말이 아닌가. 그러니까 왕도 어쩔 줄을 모르고 눈만 말똥말똥 굴리고 있었다.
 "듣자하니 배 장군의 생각에는 탐라로 가는 것을 중단하자는 말 같은데 어디 마땅한 다른 장소라도 마음속에 정해 놓은 곳이 있다는 말입니까? 안 그렇습니까?"
 상서우승 이신손이 모처럼 재빠르게 말을 받았다.
 "그게 아니라 제 생각에는 이 많은 사람과 장비가 그 먼 탐라까지 넓은 바닷길을 갈 수 있겠느냐 하는 것입니다. 아직은 생각해 놓은 곳이 있는 것은 아니나, 그 버금으로 큰 섬은 허긴 진도가 있지요. 진도는 우선 가까워서 뱃길에 위험이 적고, 그곳 정도라면 강화도나 한가지로 육지와의 소통도 무난한 곳입니다."
 "진도라… 나도 진도라는 말은 들어 봤지만…"
 모처럼 만에 온왕이 한 마디 했다.

이렇게 해서 안면도 표착으로 애초 탐라를 향해 떠났던 대장정은 갑작스레 축소 조정이 이뤄졌다. 김통정이 참석하기만 했어도 이 안건은 그리 쉽게 가결되지는 않았을 것이었다.

그 시간 지유 김통정과 낭장 강달구를 대장으로 하는 척후대는 그 지역 주변 마을을 샅샅이 뒤지는 임무를 수행하고 있었다. 그런데 그들이 처음 마을 안으로 들어가면서 느낀 것은 이상하게도 어느 집이나 마당 안이 텅텅 비어있는 것이었다. 군사들을 안으로 들여보내 집안 살림을 뒤지게 해봤으나, 급하게 나간 듯 옷가지 같은 것들도 횃대에 그냥 걸쳐져 있고, 궤들도 아주 비어있지는 않았다. 부엌에 가난한 살림이지만 솥 단지들도 대부분 그냥 남아 있었다. 부엌에 달린 곡간을 뒤져봤으나 거의 바닥난 식량이 더러 남아 있는 집도 있었다.

부하들을 시켜 몇 집을 더 뒤지게 하고 얻은 결론은 사람들이 바로 전에 어딘지 모른 곳으로 급하게 나갔을 것이라는 결론이었다.

"우리가 오기 바로 전에 사람들이 어디론가 피한 것 같습니다."

구레나룻이 더 길어진 강달구는 보고를 하며 득득 뒷덜미를 긁었다.

"피했다면 어디로 피한 것일까? 그리고 왜 피했을까?"

김통정은 보고를 받으며 고개를 갸우뚱거렸다.

"그들은 어쩌면 천여 척 배들이 한꺼번에 몰려오는 장면을 지켜보면서 겁을 집어먹고 어디 산이나 굴 같은 피신처를 찾아 피신했을 수도 있겠습니다."

강달구가 대답했다.

"그래. 사실은 나도 그 생각을 하고 있던 참이었어. 미리 우리가 오는 모습을 보았다면 겁을 집어먹을 만도 하지."

김통정은 일단 빈집 마당에 부하들을 집합시켰다. 그리고 그들에게 타일렀다.

"어느 집엘 들어가던지 물건을 훔치거나 빼앗으면 안 된다. 우선은 백성들 사는 꼴이 너무 가난하다. 가난해도 이렇게 가난할 수가 있느냐는 것이 첫째 의문이다. 둘째 사람을 만나더라도 그들이 우리를 해치지 않은 한 먼저 해쳐서는 안 된다. 어디서 큰 기와집이 보이거든 같이 들어가 보자. 이들은 필시 지주일 터이니 이런 놈의 물건은 좀 뺏어도 좋다. 그러나 역시 노략질이라는 인상을 주어서는 안 된다. 우리가 지금 나온 것은 이곳이 대체 어떤 고장인가를 정찰하자는 것이 제일 큰 목적이다. 알겠느냐?"

"옛!"

부하들은 낮은 소리로, 그러나 힘있게 대답했다.

그들은 다시 흩어져 세 번째 동네를 훑을 때까지도 사람 한 놈을 만날 수가 없었다. 그들이 세 번째 마을을 뒤지면서 얻은 결론은 이곳 사람들이 대부분 바다와 산비탈을 의지하여 사는 가난한 무지렁이들이라는 것이었다. 왜냐면 어느 집이나 바다에서 해물을 잡는 이상하게 생긴 어구나 구력 같은 것을 옷걸이에 걸어놓고 있었다. 또 어느 집이나 낫이나 괭이, 지게 같은 농기구들을 지니고 있었다. 이것은 이 동네 어느 집이나 공통점이었다.

"지지리도 가난한 동네들이네."

"그래 맞다. 뭐라도 있으면 좀 보태주고 가고 싶구마는…"

군사들은 집을 뒤져보고 나오며 이런 소리를 할 정도였다.

그런데 세 번째 동네를 거의 다 뒤져갈 무렵이었다. 병사 둘이 어느 집엘 들어가는데, 문득 자루 하나를 들고 나오던 중년 사내와 맞부딪쳤다. 그 사내가 달아나려는 것을 뒤쫓아 가서 붙잡았다.

사내가 김통정에게로 붙잡혀 왔다. 지유 김통정은 붙잡아온 사람의 위아래를 일단 천천히 훑어보았다. 땟국이 흐르는 흰 바지저고리가 어찌나 험하게 입었는지 검은 옷이 다 되어 있었다. 그런 그의 몸에서 뜬 내가 났다.

"자루에 들어있는 것이 무엇이냐?"

그는 짜증이 났지만 되도록 부드러운 목소리로 물었다. 사내가 그때까지도 꼭 쥐고 있던 자루주머니의 어귀를 뒤져 안에 있는 것들을 보여주며 말했다.

"식구들이 먹을 양식이구만요. 이걸 가지러 왔다가 그만…"

"그러면 너도 어디 다른 데 피해 있다가 이걸 가지러 왔다는 말 아니냐?"

그러자 사내는 대답을 못하고 망설였다. 잘못 하다가는 이 작자들이 가족이 숨어있는 데를 대라고 대들 것이 틀림없었기 때문이다. 그래서 사내가 미적거리고 있자 그를 붙들고 온 병사가 사내의 정강이를 냅다 질렀다.

"아아, 죄 없는 사람을 그렇게 다루면 안 되지."

김통정의 마음을 읽고 있는 강달구가 얼른 병사를 말렸다.

"그런 건 아무래도 상관없다. 다만 내가 알고 싶은 건 너희들이 왜 피해 있느냐는 점이다. 어디 그 이유를 말해 봐라."

김통정이 어르는 말투로 달랬다. 그로서는 이 기회에 그걸 꼭 알아내고 싶었기 때문이다.

"사실은 우리 마을들은 여러 해 전에 몽골의 병사들이 쳐들어 와서 사람들을 닥치는 대로 죽였기 때문에 혼이 났던 마을입니다요. 많은 사람들이 포로로 잡혀가기도 했구요. 그 비바람 치던 날에 배들이 여러 척 앞 바다에 나타나자 동네에서 비상 요령을 흔들고 야단이 났었지요. 또 다시 그런 세상이 온 것이라고 판단을 했던 것이야요."

김통정은 그제야 이해가 되는 대목이 있어서 천천히 고개가 끄덕여졌다.

"잘못 아셨군요. 마을에서는… 사실 우리는 몽골놈들과 싸우는 삼별초 군사들입니다. 여기 바닷가에 배를 댈 수밖에 없었던 데는 여러분도 짐작하시겠지만 풍랑 때문에 그럴 수밖에 없는 사정이 있었기 때문입니다. 그러나 우리는 곧 여기를 떠납니다. 그리고 우리 백성들을 해칠 생각도 없으니 모두들 마을로 돌아와서 살도록 하십시오. 차츰 알게 될 것이지마는 우리는 당신들과 한 편이요. 그것만 분명하게 알면 됩니다. 그리고 한 가지 이 고장에 혹시 백성들을 못살게 구는 토호들은 없었는지요? 있었다면 좀 알려 주시지요."

그러나 사내는 토호가 무슨 뜻인지조차 알아듣지를 못하는 모양이었다.

"그러면 또 한 가지 물어봅시다. 그 때, 몽골놈들이 쳐들어 왔을 때 얼마나 피해를 입히고, 얼마 동안이나 머물렀다가 물러갔나요?"

이번에는 강달구가 궁금한 사항을 물었다.

"그 놈들이 얼마나 왔었는지는 모르겠구요. 우리 마을에 들이닥친 것은 한 백 명쯤 될 거구만요. 그러나 그놈들이 거리에서나 집안에 들어와서나 닥치는 대로 사람을 죽이고, 심지어 어린애들까지 부모들이 보는 앞에서 창으로 찔러 죽이고, 칼로 쳐죽이고 했으니 아마 집집마다 사람이 안 죽거나 피해 안 입은 집은 없을 거구만요. 우리 집에도 형과 아우 두 사람이 그 난리 통에 죽었습니다. 엄청난 사태였어유. 아마도 우리 아산만 일대가 피해가 제일 심했을 거구만유. 그리구 온수(溫水:지금의 온양), 평택, 아주 등지도 피해가 컸다고 들었시유."

"저런 쳐죽일 놈들, 이런 데까지 들어 와서 요절을 냈다니…"

"아마 이 쪽을 차지해야 할 특별한 이유가 있었던 것 아녀유?"

"그럴 수도 있어. 여기가 강화도와 가까운 지역인데다 지리적으로 남쪽으로 내려가는 통로가 될 수 있는 곳이기 때문이지. 충청도 순문사 한취韓就가 아주의 섬에 숨어 있다가 배 9척을 가지고 몽골병들이 역습하자 모조리 쳐죽인 일이 있었지. 또 강도에서 직접 파견한 이천李阡의 부대가 온수현에서 적 수십 명을 목 베고, 포로로 잡혀가던 남녀 백여 명을 빼앗는 전과를 올리기도 했어. 그 공로로 이천의 군대는 최항 어른으로부터 은 60근을 받기도 했어. 그런데 알고 보니 고래 싸움에 새우등 터지는 격으로 애매한 백성들만 곤욕을 치렀구만…"

김통정이 자기가 아는 정보를 늘어놓았다. 병사들 중에서 혀 차는 소리가 들렸다.

"그놈들이 이곳 백성들을 끌고 가지는 않았나요?"

다시 김통정이 궁금한 사항을 물었다.

"야, 끌려간 여자들이 있구만이라. 그 여자들이 아직까지 안 돌아왔을 것이구만요."

사내가 대답하는 것이 전혀 지어내서 하는 헛소리는 아닌 것 같았다. 그렇다면 이 지역도 몽골군이 몇 차례 휩쓸고 간 야만의 땅이라는 것이 분명해졌다. 그 동안 돌아보면서 느꼈던 백성들의 가난한 이유가 알아질 것만 같았다.

"우리가 당신을 풀어줄 것이며 앞으로도 절대 해치는 일이 없을 것이니 집으로 돌아 와서 사시오. 천안 사람들이 선장도仙藏島에서 나오듯 다 나와서들 살란 말이오. 그리고 그런 내막을 동네마다 다 알리시오! 우리는 얼마 없어 부서진 배를 고치면 다시 떠날 데가 있습니다. 그러니 식량을 가지고 어서 그만 가족들 있는 데로 가보시오!"

센바람 불어 안면도 표착 121

김통정은 그만하고 군사들 앞에서 사내를 풀어 주었다. 사내는 풀려난 것이 믿기지 않는다는 걸음으로 한 손에 양식 주머니를 들고 왔던 길로 털레털레 되돌아갔다.

"자, 우리들은 좀더 깊숙이 들어가서 피해 받지 않은 마을의 토호나 한 놈 찾아보자! 아 그놈, 세상에 토호가 뭔지도 모르는 놈이 다 있어!"

김통정이 너털웃음을 웃으며 말했다.

"그럴 수 있습니다. 갯가에서 바다나 파먹고 사는 백성들에게야 토호가 무신 소용이 있습니까?"

강달구가 따라 나서며 대꾸했다. 그들은 산개형으로 흩어져 앞으로 나아갔다. 다시 마을이 나섰으나 사방 경계만 하며 빈 마을을 지나쳐갔다. 그러나 머잖아 이 마을들에도 사람들이 돌아와 살게 될 것이다. 한참을 더 행진해가니까 먼지를 잔뜩 뒤집어쓴 작은 읍내가 나왔다. 그러나 읍내라는 것이 집들도 하나같이 문들이 닫혀있고, 사람이 사는 것 같지도 않은 동네였다. 읍내에서도 몇 집 들어가 봤으나 역시 사람 모습은 찾아낼 수가 없었다.

"참 철저히도 사라졌네. 도대체 이럴 수가 있다는 말인가?"

김통정이 처절하게 부르짖었다.

"그러게 말입니다. 이제 몽골놈들이 어떤 짓을 했는지 알 수가 있을 것 같습니다. 이런 동네에서 토호를 찾는 것은 바다에 가서 호랑이 잡자는 꼴 아니겠습니까?"

역시 따라오던 강달구가 부르짖었다.

"그러게 말이다. 본대로 복귀하는 것이 좋을 듯 하다. 상황 끝! 우리는 왔던 길로 다시 되돌아간다. 얘들아, 그만 돌아들 가자!"

 그들은 오던 길을 되돌아서 다시 빈 마을들을 지나며 배들이 매어있는 안면도 바닷가로 돌아왔다. 그리고 마을에서 보고들은 상황을 자세하게 지휘부에 보고했다. 김통정이 보고하는 내용을 다 듣고 난 지휘부 사람들은 다시 한번 몽골놈들의 행패에 치를 떨었다.

 지휘부는 임시로 안면도에 머물러 있는 동안을 다시 남천을 위한 재정비 기간으로 삼기로 결의했다. 남천 중의 두어 차례 실패 원인 중에는 처음 나올 때 너무 서두노라고 준비가 소홀했던 데도 원인이 있음을 깨닫고 있었다. 그들은 우선 짐승들을 하선시켜 방목하는 한편 이번의 경험을 토대 삼아 선박들의 총 정비에 들어갔다. 그리고 남는 인원은 기강 확립을 위한 활쏘기와 창던지기, 칼 쓰기 등 그 동안 쉬고 있던 훈련에 돌입했다. 배중손의 속셈은 이번 기간을 군사들도 재정비하는 기간으로 삼을 작정이었다.
 그 일의 총 책임을 선박 쪽은 지유 노영희에게, 그리고 훈련은 역시 지유 김통정에게 명령했다. 그리고 이튿날부터 즉각 실시토록 했다.
 넓은 안면도 사장은 순식간에 군사들의 훈련장이 되었다. 낭장 강달구를 조교로 우선 두 사람씩 조를 짜고 창을 다루는 법과 칼 쓰는 법의 기초를 다시 가르쳤다. 군사들 대부분은 이런 훈련을 체계적이

기보다는 스스로 익힌 방법이었기 때문에 그 모습들이 다 달랐다. 그러나 군사들은 얏얏, 힘차게 소리를 지르며 한나절 대전對戰을 치르고 있었다.

김통정과 강달구는 군사들 사이를 오가며 창과 칼을 바로 잡았는지 살펴보고 교정을 해주었다. 그러던 강달구가 훈련병 전체를 향해 큰소리로 고함을 질렀다.

"전체 그만! 나를 잘 쳐다봐라!"

군사들은 모두 험상궂은 구레나룻의 땅딸막한 강달구의 얼굴을 쳐다봤다. 그는 온몸에서 넘치는 기운이 느껴지고, 힘깨나 쓰겠구나 하는 생각이 들게 했다.

"자 잘 봐둬라! 창이나 칼을 쓸 때는 우선 상대방의 얼굴을 똑바로 쳐다봐야 한다. 물론 상대편의 얼굴을 잘못 보는 수가 있다. 그 위치 때문에… 그러나 되도록 상대를 똑바로 봐야 한다고 마음속으로 생각하라. 그렇지 않으면 무더기 싸움판에서는 자기 편 사람을 잘 못 죽이는 수도 있기 때문이다. 상대의 눈을 똑바로 바라보면서 일격! 그것이 필살의 비결이다. 알아들었나?"

"옛!"

군사들은 큰 소리로 대답했다.

"그리고 너희들도 아디시피 창과 방패라는 말이 있다. 문제는 상대를 찔러야겠다는 생각 보다 상대로부터 나의 몸을 보호해야 하겠다는 생각을 우선 해야 한다. 누가 뭐라고 해도 자기가 살고 봐야지 일단 한방 맞고 쓰러지면 만사는 그만이다. 그 다음엔 흙으로 돌아가는 일만 남은 거다. 제발 가족이 살아있는 사람들은 이런 때 가족을 생각해라! 그들을 위해서 나는 끝까지 살아남아야 한다! 이 신념만 가지면 끝까지 살아 남을 수가 있다. 알았나?"

"옛!"

다시 큰 소리의 대답.

"자, 이제까지 나의 이론을 바탕으로 마지막 훈련을 다시 해 보겠다. 창과 방패, 그 말 잊지 말아. 알아들었지?"

군사들은 다시 2인 1조로 나뉘었다. 그러니까 그 넓은 모래벌판이 군사들로 꽉 찬 느낌이었다. 그들이 나뉘어서 칼과 방패를 잡은 시늉을 하며 다시 훈련에 임하고 있었다. 배 위에서, 혹은 나무 아래서 군사들의 가족들이 열심히 지켜보고 있었다. 그것을 김통정과 강달구도 알고 있었다. 김통정은 군사들의 자세를 돌아보면서 아아, 아까 가르쳤던 이론이 금세 효과를 보는구나 하고 보람을 느꼈다. 강달구가 제법이라고 생각했다. 그는 생김새에 비해 세심한 면도 있다는 생각을 김통정은 처음으로 하고 있었다.

점심 후에 모래판에서는 씨름이 벌어졌다. 모두들 윗도리를 벗어붙이고 오전과 같이 2인 1조로 나눠 상대방을 쓰러뜨린 승자들끼리 다시 조를 짜서 씨름을 되풀이하면서 마지막까지 최강자를 가려볼 심산이었다. 그러나 몇 차례 씨름이 붙으면서 그들은 못 먹어서 그런지, 너무 오래 쉬어서 그런지 몸들이 부실하다는 생각이 들게 했다. 김통정은 이들을 강한 군사로 키우기 위해서는 보다 강도 높은 훈련이 필요하겠다는 생각을 하고 있었다.
　한 시간 정도가 지나서 마침내 최종 십 명이 걸러졌다. 김통정은 모든 낙오병들을 둥그렇게 둘러앉게 해서 구경하도록 했다. 씨름은 반드시 힘이 센 자가 승리하는 것만도 아니라는 점을 가르치고 싶었던 것이다. 십 명이 양쪽으로 갈리니 다섯 조가 되었다. 그들이 한 판 붙는 것은 그야말로 볼만한 구경거리였다. 밀고 당기고, 다리를 걸고, 배치기를 하고 마침내 승자들이 가려졌다. 그리고 남은 다섯 명을 두 패로 나누니 한 명이 모자랐다.
　"야, 강달구 네가 나가라!"
　김통정이 지시했다.
　"그렇지 않아도 등판이 근질근질하던 참이었습니다."
　강달구는 윗도리를 벗어던져 탄탄하게 다져진 몸매를 드러내며 말했다. 이제 그를 포함한 세 패가 맞서게 되었다. 서로 간에 씨름이 붙자 강달구는 단숨에 상대방을 쓰러뜨려 버렸다. 그리고 부룩소처럼 씨근거리며 말했다.
　"누구든 나에게 덤빌 사람 나와!"
　이긴 두 사람 중에서 한 사람이 나가 또 강달구와 맞붙었다. 그러나 그도 몇 차례 밀고 당기다가는 나가떨어졌다. 그리고 마지막 남은 한 사람이 그를 기다리고 있었다. 마지막 상대는 몸을 잡아보니까 벌써 단단하게 다져진 몸매임을 느낄 수가 있었다. 마지막 주자들인 그들의 씨름은 쉬 판가름이 날 것 같지 않아 구경꾼들을 긴장시켰다.

"땅달보 이겨라!"

"텁석부리 이겨라!"

두 패로 나뉘어 응원이 벌어졌다. 씨름에 임한 강달구는 이거 잘못하다가는 져 놔서 우리 지유 님 창피를 보게 할 것이 아닌가 하는 생각이 드니까 버쩍 정신이 돌아왔다. 젖 먹은 힘을 다 몰아 상대방의 몸을 우끈 안았다가 아래로 내려놓으며 메다꽂았다. 상대가 옆으로 무너지고 있음을 그는 느꼈다.

"텁석부리 강달구! 네가 최종 승자다!"

김통정의 목소리가 떨리고 있었다. 군사들이 몰려들어 강달구의 몸을 들어 하늘을 향해 헹가래쳤다. 그리고 모두들 피해 그의 몸뚱이가 모래판에 털썩 떨어지게 했다.

그러는 중에 어느덧 유월 해가 뉘엿뉘엿 바다 저편으로 떨어지고 있었다. 군사들은 저마다 떠나온 고향을 생각하고, 흘러온 '터진 항아리와 비슷하다'는 항파강도 떠올렸다. 그러나 오늘 하루는 꽤 재미있게 보낸 날이었다. 그들은 옷을 털어 입고 말끔하게 소제된 배가 있는 쪽으로 수굿수굿 걸어갔다. 길고 긴 그림자들이 모래판을 어지럽게 덮었다. 그들 대부분은 아직도 일상생활을 불편한 배 안에서 해결하고 있었던 것이다.

배를 수리하는 기간이 그럭저럭 두어 달이 걸렸다. 어쩌면 그들은 남천의 길이 너무 고되어서 떠나기를 꺼리고 있었는지도 모른다. 그리고 여기서 다시 남하의 길을 떠난 것은 강화도를 떠나와서 딱 칠

십 일이 되는 날이었다. 그리고 강화도를 떠난 이래 모두 칠십 사일 만에 진도의 용장성 아래 큰나루 포구와 그 주변 연안에 일단 무사히 배들을 정박시킬 수 있었다.

그러나 지금도 그들이 며칠 머물렀던 안면도 땅에는 삼별초 군사들이 배를 댔던 '병술안兵戌岸'과, 그들이 한 동안 머물었던 '둔두리屯頭里', 그리고 왕이 머물렀다는 장소인 '유왕留王말이' 등의 옛 지명들이 흩어져 전해오고 있다.

진도珍島 입성

　팔월 보름에 가까운 달이 휘영청 밝았다. 달빛을 받은 수면이 황금빛으로 슬프게 빛나고 있었다. 여러 척의 배들이 이런 수면 위를 부수며 앞으로 나아가고 있었다. 황금빛 수면이 천 갈래 만 갈래로 찢어져 흩어지며 아프다고 소리치는 듯했다.
　어디선가 아련하게 여자들 목청의 노래 소리가 들려왔다.

　　　강강수월래　강강수월래
　　　강강수월래　강강수월래

　저건 어디 널찍한 들판에 한 떼의 여자들이 모여서 군무라도 추며 부르는 노래일시 분명했다. 배 안의 사람들은 그 노래를 들으며 드디어 그들이 목적하고 가는 땅이 임박해 있음을 육감으로 느꼈다. 그리고 오랜 장정 끝에 비로소 도착하는 땅에서 그들을 맞는 이 노래 소리는 대단히 감격스러운 것이었다. 배에 탄 군사들과 그 가족들은 달빛 아래 노래 소리를 들으며 만감이 교차했다. 비로소 새로운 세계가 그들 눈앞에 전개돼 있는 것처럼 가슴 가득 환희 같은 게 밀려들었다.

"이제 우리가 목적하고 가는 땅에 다다른 것 같다. 모두들 적합한 지점에 배들을 대고, 우선 닻을 내리도록 하라!"

배중손이 착 갈아앉은 목소리로 지시했다.

"이 밤은 배 안에서 지내야 하겠지요?"

지유 노영희가 곁에서 물었다.

"물론이지. 척후병을 제외하곤 밝을 때까지 배 안에서 대기하도록 한다. 우리가 도착한 이 섬이 지금 어떤 사정인지 아무도 모르기 때문이다."

피안의 선석船席을 골라 닻을 내리는 손길들이 누구라 할 것 없이 떨리고 있었다.

"배를 육지에 착 갖다 대라. 저 물살이 휘도는 것이 안 보이느냐?"

"예. 바로 저런 데를 고래 목구멍이라고 하거든요!"

"조심해라. 잘못하면 예까지 와서 고래 목구멍으로 빠져들라."

군사들의 실랑이를 귓등으로 들으며 김통정과 강달구는 절벽에 배를 대자마자 육지로 뛰어내렸다. 같은 배에 타고 있던 척후부대의 대원들도 그들의 뒤를 따라 달빛 아래 육지로 올라왔다. 꼭 도둑놈들 같다고 그들은 스스로들 생각하며 달빛 아래 끌리듯 노래 소리가 나는 방향으로 상반신을 숙인 채 소리 없이 다가가고 있었다.

검은 치마에 흰 저고리, 그 무리의 흰 저고리들이 달빛을 받아 눈처럼 희었다. 여인들은 동네 밖의 넓은 들판에서 버선발로 달빛 밟기를 하고 있었다. 김통정은 부대의 맨 앞에서 그리로 다가가 적당한 거리를 잡고 엎드렸다. 풀들이 흠뻑 이슬에 젖어 있다가 몸 속으로 스멀스멀 기어들었다. 그러나 이런 것쯤 노상 겪던 일이었다. 무슨 제의인지는 몰라도 그녀들을 방해해서는 안 된다고 그는 마음 속으로 다져 먹었다.

  달 떠온다 달 떠온다/ 동해동천 달 떠온다
  저 달이 뉘 달인가/ 바오방네 달이로세
  바오방은 어데 가고/ 저 달 뜬 줄 모르는가
  강강수월래
  강강수월래

노래 가사가 빨라지면서 땅을 디디는 여자들의 발놀림도 경쾌하게 빨라졌다. 가사의 뜻이 무엇인지 모르겠으나 어쩌면 발을 맞추기 위한 의미 없는 소리 같기도 했다.

  뛰어 보세 뛰어 보세/ 욱신욱신 뛰어 보세
  높은 마당 깊어지고/ 짚은 마당 얕아지게
  강강수월래

강강수월래

그들은 한참 엎드린 채 온몸으로 이슬을 맞으며 징하게 놀고 있는 여자들의 모습만 지켜보고 있었다.

몰자 몰자 덕석 몰자/ 비 온다 덕석 몰자
풀자 풀자 덕석 풀자/ 볕 난다 덕석 풀자
강강수월래 강강수월래

누가 보거나 말거나 아랑곳없이 그녀들은 달빛 아래 실컷 자기들 멋대로 놀다가 파김치가 되도록 지쳐진 다음에야 깔깔거리며 흩어져 갔다. 그녀들은 그 밤에 자기들이 놀고 있던 가까운 지점에서 무슨 일이 일어나고 있었는지 며칠이 지난 다음에야 귀동냥으로 들어 알게 되었을 것이다.

날이 밝는 대로 삼별초의 지휘부는 우선 산기슭 넓은 지대에 군막을 쳤다. 안면도에서 한 번 쳐보기도 했지만, 이번에는 좀더 든든하게 지으라는 명령을 받았다. 그리고 군막이 대충 지어지는 대로 지휘부의 첫 번째 확대회의가 그 안에서 열렸다.

"그 동안들 고생이 많았소. 이제 우리가 소원하던 땅으로 왔습니다. 우리는 여기서 만년대계의 새 나라, 해상왕국을 세워야 하는 책무가 있습니다. 이제 우리의 급선무는 요지의 마땅한 지대를 골라 불상을 모실 사찰과, 궁성을 포함하는 성을 건축해야 합니다. 다른 하나는 밖으로 서둘러 주변 지역과 연안의 섬들을 우리 수중에 넣는 일대 작전을 펼쳐야 한다는 것입니다."

이날 인사말을 하는 상장군 배중손의 얼굴은 상기되어 있었다. 그가 갖추어 입은 새 갑옷이 빛나고 있었다.

"상장군의 말씀이 옳습니다. 그렇게 되는 것이 순서이지요."

상석에 앉아 있던 온왕이 그의 주장을 두둔해 줬다.

"그러기 위해서 우선 성의 구축작업은 지방민들을 포섭하여 그들의 노력 지원을 받기로 하고, 1천 명의 젊은 군사들을 따로 차출하여 전라, 경상 지방 등 현재의 위치에서 부채꼴 방향으로 우리의 지경을 넓혀가야 합니다."

우선 배중손과 노영희의 부대가 지방민들의 도움을 받아 현지에서 산성 구축 작업을 시작하기로 하고, 김통정의 이끄는 척후부대에 젊은 군사들을 더 차출하여 부대를 강화한 후 전라, 경상 지방의 연안을 공략한다는 방침이었다.

삼별초 군은 지리와 역학에도 익숙한 석파 스님에게 의뢰하여 산성의 부지를 물색하는 중에 이 섬의 주산인 성황봉 기슭에 튼실한 절 하나가 있는 것을 알아냈다. 절이 있는 산기슭은 섬의 치리를 맡은 읍성邑城에서도 그리 멀지 않은 곳에 자리잡고 있었는데, 스님은 몇 사람 군사들의 호위를 받으며 하루 종일 주변 일대를 돌아보고 와서 매우 흡족해 했다. 그가 돌아오자 지휘부가 다시 자연스레 모였고, 그 자리에서 그는 다음과 같이 말했다.

"요행히 산성 자리의 머리 쪽에 사찰 하나가 있는 것을 찾아냈지

뭡니까? 거대한 목탑으로 지은 절인데, 그것이 그리 오래지 않은 세월에 무인 집정자 최항이 집권 이전 젊었을 때 주지로 와 있었던 절이어서 우리와는 더욱 인연이 깊습니다…. 최우 집정자가 몽골군을 피해 강도로 옮길 적에 자기 아드님을 이 섬으로 보내 그 절을 지었으니 아마도 오늘날 우리를 위해서 예정한 듯합니다. 그러니 여기 모셔져 있는 돌 불상을 인근 절골로 옮기고, 절은 급한대로 궁궐로 사용해도 부족함이 없을 듯합니다. 그리고 그 앞에는 아주 넓고 견고한 대지가 마련되어 있어서 우리 모두가 사용하기에 충분할 듯합니다."

그의 목소리는 흥분으로 하여 약간 떨리고 있었다.

"예로부터 뜻이 있는 곳에 길이 있다고 하더니 지금 그 사찰이 꼭 그런 셈이군요. 스님께서는 궁궐 자리까지 미리 염두에 두셨으니 고맙기 한량없습니다."

상서좌승 유존혁이 고마운 인사를 드렸다.

"그러게 말입니다. 아직도 군막에 모셔져 있는 불상과 범종을 어찌 모셔야 할지 난감하던 터에 이런 일은 부처님의 자비가 도우신 요행임이 분명합니다. 주지는 여태 부재중이나 거기 남아있는 사판승이 우리가 쓰겠다면 어서 좋다고 내놓을 모양입니다 그려. 허허."

"석파 스님은 역시 하늘이 내신 분이시라는 걸 이번 기회에 다시 확인한 셈입니다."

상서우승 이신손도 한 마디 발라맞추는 소리를 했다.

"그래도 절이 오래 그냥 있었다면 손을 봐야 할 곳이 많을 터인데, 괜찮겠습니까?"

이번에는 배중손이 인사치레를 했다.

"그렇지가 않아요. 어디 부처님이 그리 화려한 분이어야 말이지요. 왕으로부터 모든 신하와 군사들이 찬이슬을 맞으며 노숙을 하고 있는 터에 그만한 것도 너무 과만한 것이지요. 그런 걱정은 산성을 쌓은 다음에 차츰 해도 늦지 않을 것입니다."

후유. 누군가의 입에서 작은 안도의 한숨 소리가 나왔다.

"우리가 본토와의 일정한 관계를 유지하며 장래를 도모할 작정이라면 사실 이곳 만한 위치도 없겠습니다. 우선은 몽골 기병들이 가장 취약한 바다 가운데의 도서라는 점이 그 하나요, 또 강화도에는 못 미치나 그에 버금 가는 넓은 땅을 이 섬은 지니고 있습니다. 거기다 한 다리 건너뛰면 바로 대륙이니 이런 조건은 그리 쉬운 것은 아니지요. 그런 터에 일이 착착 풀리니 모두가 부처님의 은덕인 줄로 아룁니다. …그럼 언제 그리로 옮기실 것인가요?"

예를 갖춘 유존혁의 물음.

"망설일 것이 뭐 있어야지요. 밝는 대로 바로 시행을 할까 합니다. 경황중이니 모두 생략하고 우선 지붕 아래로 모시는 일부터 할 작정이니 모두 걱정들 놓으십시오."

석파 스님은 어디까지나 일 처리가 시원시원했다. 이렇게 해서 이튿날에 불상과 범종을 옛 절 용장사龍藏寺로 옮기는 작업을 무사히 끝낼 수 있었다.

온 임금님의 거처할 거실도 서둘러 절 안에 체모를 꾸몄다. 오랜

만에 가사장삼 차림의 석파 스님은 시종 원만한 독경과 목탁 소리로 불상의 안좌를 주관하고 있었다. 절은 좋은 시절에 지은 것이어서 사방 각 면이 열 간씩이나 되는 작지 않은 규모였고, 재목도 어디서야 가져온 것인지 한 아름씩이나 되는 대단한 것들이었다. 절이 앉은 위치와 방향도 배산임수背山臨水의 도저한 지점이어서 전망도 탁 트인 데다 멀리는 대양을 안고 있었다.

거기다 진도정부에는 산성을 두를 규모와 자리를 정하고 성을 쌓기 시작할 시초에 좋은 일이 하나 더 생겼다. 가까운 섬 완도의 무장 송징宋徵이라는 사람이 일단의 군사를 이끌고 귀순해온 것이었다. 그는 세 척의 배에 자신이 거느린 군사들을 태우고 큰나루로 들어와 진도군의 지휘부에 큰절로 머리를 숙였다.

"소인은 청해의 미천한 무지렁이로 강도에서부터 장군님들의 소식을 듣고 흠모해오던 터이온데, 이렇게 가까이 왕림하셨다는 소식을 듣고 서둘러 찾아뵈었습니다. 소장 같은 무리들도 쓰일 데가 있다면 백골이 분토가 되도록 힘써 싸우겠습니다."

"어서 오시오. 진심으로 환영합니다."

배중손은 군막 밖에서 손을 잡아 그의 일단을 맞았다. 이놈이 무슨 꿍꿍이 속인가 한편 의심이 가면서도 천성 무골로 생겨먹은 듯한 군복 속 상체와 두리두리한 눈망울, 그리고 하는 짓거리마다 거친 거동으로 미루어 일단 믿어도 좋겠다는 생각이 들었다.

"우리는 이제 낯선 곳으로 와서 지역 사람의 도움이 절실하던 참이오. 그래 귀관은 평소 무슨 무예에 출중하다고 생각하는가?"

송징이 멋적은 듯 손을 들어 뒷덜미를 쓰는데, 옆에 함께 엎드린 부장이라는 작자가 얼른 거들고 나왔다.

"소장이 아뢰옵기는 우리 장군께서는 말은 조리 있게 잘 못 하오나 활 쏘는 데는 타의 추종을 불허합니다. 한번 시위를 떠난 화살은 60리 안에 떨어진 적이 없다 하지요. 살로 바위를 쏘면 그것이 바위에 박히기도 합니다요. 이것은 당장 시험을 해봐도 알 수가 있을 것입니다."

배중손은 은근히 어깨가 근질거렸다. 사실 강화도를 떠나서 석 달이 가까워오는 동안 시원스럽게 화살 한번 날릴 기회가 없었던 것이다.

"그렇다면 그대는 청해라는 섬에서 무엇을 하고 살아왔다는 말인가? 거기도 고려의 관리들이 많이 있을 것이 아닌가?"

배중손은 아직도 궁금한 것이 많았다. 이놈이 분명 물건이며, 요긴하게 쓸데도 있을 법 한데 다만 위험요소가 없는 놈인지 그것이 가장 의심이 가는 대목이었다.

"예. 제가 말씀을 드립지요. 저희가 사는 청해라는 섬은 과거 신라시대에는 장보고라는 거상이 태어나서 삼국 뿐 아니라 대국에까지도 세력이 아니 미친 곳이 없었다고 전해오지요. 말하자면 소장의 소망은 그리 되어보고 싶은 것인데, 허나 나라꼴이 이래놓으니 변방이라는 데가 관리와 토호들의 억압과 착취를 견디지 못하여 백성들이 죽으리로 살아가고 있는 형편이라요."

송징이 거기까지 말을 이어갔을 때 그의 말이 위태롭다는 듯, 다시 부장이 가로맡아 말을 이어갔다. 그 말에 제법 조리가 있었다.

"우리가 사는 섬 남쪽에 추자도가 있고, 거기 수참水站이 있어서 철마다 세곡稅穀과 진상물을 실은 배가 우리 해역, 원동을 통과해 지나갑니다. 그러나 우리 장군님 화살에 걸리면 어림없지요. 장도에서도 활을 쏘아 막아내고, 송댓여에서도 못 지나게 가로막을 수가 있습니다. 그러니 그런 물건들 빼앗기야 식은 죽 먹기지요. 그리고 빼앗은 물건들을 혼자 먹는 것이 아니라 주변 백성들에게 나눠 주기까지 하니 백성들의 칭송이 자자합니다. 청해 근방 백성들이야 장군님의 은덕으로 살아가는 것이라 해도 과언이 아닙지요."

"허허, 말을 듣고 보니 네 존재가 가상하구나. 어디 한번 나랑 활쏘기를 해보겠느냐?"

배중손은 내킨 김에 활쏘기 시합이라도 해볼 생각이었다. 그러나 그 옆에 서서 지켜보고 있던 지유 노영희의 생각은 달랐다. 듣고 있자니 청해에서 온 이 작자의 말은 거의 신빙성이 있는데, 만에 하나 배중손이 그와 겨뤘다가 지기라도 한다면 무슨 망신인가. 그건 있을 수 없는 일이었다. 노영희는 그러잖아도 강화도에서 떠나온 후 그의 상장군 배중손의 입지가 상대적으로 자꾸 좁아지는 듯한 느낌을 갖고 있던 참이었다. 그래서 그가 나서서 말렸다.

"아니 되옵니다. 지금은 성 쌓는 일이 한창 진행되고 있는 터, 군사들 눈에 어떻게 뜨일지도 생각을 하셔야 합니다. 고려하시옵소서."

배중손도 퍼뜩 떠올려보니까 그의 말이 일리가 있었다. 처음 만난 이 무지렁이와 겨뤄서 이긴다고 해도 그것이 상대의 위상만 높여줄 뿐, 그에게 영광이 될 수는 없었다. 하물며 지기라도 하는 날엔 그 무슨 망신인가. 그는 참모의 말대로 일단 자신의 생각을 접었다.

나중에 안 사실이지만 송징, 이 작자는 그 일대 섬사람들에게는 '송 대장', 혹은 '미적추米賊酋'라는 별명으로도 불리는 괴짜 도적이라는 것을 알았다.

진도정부에 날아든 소식은 그뿐 아니었다. 얼마 없어 경상도 밀성군(密城郡·지금의 밀양) 사람 방보方甫, 계년桂年, 박평朴平, 박공朴公, 박경순朴慶純 박경기朴慶祺 형제 들이 군내의 장정들을 모아 진도에 호응하기로 결의하고, 부사副使 이신李頤을 죽인 다음 개국병마사改國兵馬使를 자칭하며 군과 현에 통첩을 보냈다는 소식이 풍편으로 들려왔다. 그들은 또 자기들에게 반대하는 거추장스러운 청도감무淸道監務 임종林宗도 해치웠다는 소문이었다.

그들은 인근 청도와 일선一善(지금의 선산)까지 진출하는 등 세력을 확산했으며, 조직적인 활동을 벌이고 있다고도 했다. 이들 진도 정부에 호응하는 무리들은 수천에 이른다는 것이며, 그들이 주살한 상대 무리만도 2백여 명이나 된다는 소문이었다. 더구나 그들에게는 일선현의 현령 조천趙阡이라는 작자도 힘을 보태는 등 폭넓은 지지 기반을 형성하고 있는 것으로 들렸다. 그들 무리들은 밀성군 뿐만 아니라 진주, 상주를 비롯하여 경상도 각처에 격문을 보냈는데, 그 지역들의 상당한 호응을 얻고 있다고 했으며, 지역의 관아들은 모두

바람을 따라 쓰러지는 들풀들 같았다는 소문이었다.

밀성군에서의 봉기와 비슷한 시기에 개경에서도 진도에 호응하는 관노官奴들의 움직임이 있었다고 했다. 관노 출신의 숭겸崇謙과 공덕功德의 무리들이 작당하고 몽골인 다루가치와 고려 관리들을 죽이고 진도로 투항할 목적이었는데, 그러나 이 거사 모의는 아쉽게도 대정隊正 송사균宋思均의 밀고로 사전에 발각되고 말았다고 했다.

일이 이렇게 되자 고려 왕실은 다루가치 탈타아脫朶亞에게 요청하여 관련자 10여 명을 체포했으며, 그들 중 주모자 4명에 대해서는 저자거리에서 참형을 했다는 안타까운 소식도 들렸다.

개경에서의 다루가치 모살 기도사건이 계기가 되어 대몽항쟁기 경기지역의 주요 입보처의 하나였던 대부도大部島에서도 섬에 들어와 약탈을 자행하던 몽골군 6명을 돌과 창으로 쳐 죽이고 봉기한 사건이 일어났다. 그들 섬사람들은 그 전부터도 몽골놈들의 만행을 지켜보며 울분을 참고 있었는데, 개경에서 숭겸 등 관노 출신들의 반란 소식에 자극을 받은 것이었다. 더구나 대부도의 경우 고종 43년(1256)에 입보민들이 조직한 별초 군이 인주仁州(지금의 인천) 지경까지 진출하여 몽골병 1백 명을 격퇴하는 등 활발한 활동을 전개했던 장소여서 더욱 아쉬운 바가 있었다.

그러나 이런 크고 작은 진도 정부에 호응하는 반란들은 진도의 세력권에 채 닿기 전에 건초에 붙은 불길처럼 잦아져가고 있었다. 이런 소식들을 들을 때마다 진도정부에게는 한편 반가우면서도 한편으론 새로운 투쟁 결의를 다지게 했다.

이런 가운데도 김통정과 강달구를 주축으로 한 척후부대는 진도에 입성하는 해 9월, 배를 타고 육지로 나가서 큰 맘 먹고 사흘 거리 대륙의 하반신이라 할 장흥부長興府까지 깊숙이 쳐들어갔다. 이 무렵 장흥부는 전라도 남부 지방의 중심 도읍이었다. 그들이 장흥부에 이르렀을 때 작은 성에는 개경정부의 군졸 20여 명이 성을 지키고 있었다. 그러나 아무 실전 경험이 없는 그들은 백전노장, 실력을 쌓아온 삼별초 군에게는 상대가 되지 못했다. 대장의 눈짓 하나로 일대 일로 달라붙어 경비병들을 처치하고 고아가 되어 멀뚱거리고 있는 도령都令 윤만장尹萬藏을 포로로 사로잡아 포박했다.

"자, 곡간 문을 열어라! 있는 것은 모두 우리가 가져간다!"

김통정이 소리질렀다. 군사들은 기다렸다는 듯이 곡간 문을 열어젖히고 가득 쌓여있는 양곡과 백성들로부터 징발해둔 재물들을 전리품으로 얻었다.

신나는 개가였지만 너무 손쉽게 떨어져 맥이 풀리는 작전이기도 했다.

십일월 섬 바람은 맵고 차가워졌다. 그러나 삼별초들에겐 이만한 바람은 노상 겪어온 터이었다. 별장 이문경李文京의 부대를 탐라로 보내며 김통정도 큰나루에 나와 있었다.

"자신 있지? 이번의 성공이 앞으로의 승패를 가름할 것이야."

"예 자신 있습니다!"

"알았다. 나는 귀관의 명민함을 믿고 있다. 탐라는 여기서 뱃길로 바람이나 잘 만나면 하루에도 닿을 수 있는 곳이지만 날씨를 잘 못 만나면 사나흘, 아니 그보다도 더 걸릴 수도 있다고 들었다. 가는 길에 추자도라는 후풍처가 있으니 염두에 두도록. 더구나 탐라에는 이미 개경의 군사들이 우리가 들어갈 것을 미리 대비하고 앞서 들어가 있다는 정보가 들린다. 귀관이 가는 것은 우리의 최종 목적지인 그곳에 교두보를 확보하기 위함이다. 그런 만큼 백성들을 다치게 하는 일이 없어야 하고, 인심을 얻어둬야 하는 거야. 이 점을 깊이 명심하도록…"

"예. 명심하겠습니다."

이문경의 군사들 1개 별대別隊는 다섯 척의 배에 나눠 타고 탐라로 향하고 있었다. 그리 세지 않은 하늬바람을 타고 배들은 돛폭도 팽팽하게 살도 달린다. 그들은 진도 큰나루를 출발, 이틀째 날 오후에 탐라 섬 서북쪽의 명월포明月浦(지금의 한림항)로 적전 상륙했다.

영암부사靈巖府使 김수金須는 두 달 전에 개경 정부의 명령을 받고 방위병 2백 명을 거느리고 섬에 들어와 바닷가를 빙 둘러 환해장성環海長城을 쌓기 시작한 참이었다.

"어떻게든 삼별초가 탐라 섬에 기어들어 가서는 안 되니 섬을 다 에워서라도 성을 쌓아라!"

이것이 김수가 이 섬으로 들어오기 전 조정으로부터 받은 지엄한 명령이었다. 그의 뒤를 이어 장군 고여림高汝霖도 군대를 이끌고 탐라 수비를 위해 섬에 들어와 있었다.

이문경의 삼별초 군이 배를 타고 진격해오는 모습은 섬의 북쪽 해안 화북포禾北浦 지경에서 성 쌓는 작업을 지휘하던 김수의 시야에 곧바로 들어왔다. 관군을 보낸다는 전갈이 없었던 터에 배의 모양새로 보아 틀림없는 적군이었다.

"씨팔, 성은 이제 겨우 굽을 놨을 뿐인데, 이렇게 빨리 쳐들어오면 우리더러 어쩌라는 거야."

그는 속으로 투덜거리며 성 쌓던 군사들을 독려하여 명월포로 내달렸다. 이때 고여림의 부대는 너무 멀리 섬의 동쪽 행원지경에서 같은 성 쌓는 일을 하고 있었으므로 연락조차 할 수가 없었다. 이제 말에 태워 전갈을 보낸다고 해도 갔다 왔다 하루 길이나 걸릴 판이었기 때문이었다.

'재수 없는 놈은 갈라져도 코가 깨진다더니…'

삼별초의 군대는 매우 공격적이라는 것을 그는 소문으로 들어 알고 있었다. 더구나 섬에 와있는 군사들은 매일 성 쌓는 일에 동원됐기 때문에 몸도 지치고, 심리적으로도 위축될 대로 졸아들어 있었다. 게다가 섬의 주민들은 피하려고만 했지 협조하려 들지 않았다.

김수 장군은 앞장서 독려하며 삼별초 군사들을 막아보려 애를 썼지만 그들은 연이어 화살을 퍼부어 마침내 김수 장군의 오른팔에 명중시키고 말았다.

"내 화살이 장군의 팔을 맞췄다!"

배 안에서 삼별초 군 하나가 소리치는 소리가 들렸다. 그것이 신호인 듯 섬에서의 반격은 잠잠해졌다. 그러나 삼별초 군이 서둘러 배의 닻을 내리고 상륙하여 부상당한 장군을 찾았으나 쉽게 찾을 수가 없었다. 그의 부하들이 이미 부상 당한 장군을 이끌고 반나절 길의 대촌大村(당시의 성안) 안으로 내빼고 만 것이었다.

이문경의 군사는 뒤로 바짝 추격하여 대촌성에까지 이르렀다. 그런데 변방의 성은 예상 밖으로 높고 굳었다. 부상당한 장군을 업고 군사들이 안으로 피신한 비상사태라 보초들도 신경을 곤두세우고 있었다.

이문경 별장은 성문에 이르러 보초들에게 타일렀다.

"우리는 항몽 정신이 투철한 진도정부의 정예군이다. 어서 문을 열어라!"

"그럴 수는 없수다. 우리들은 정통 임금님의 명령만을 좇을 뿐이우다."

보초를 서는 병사들의 그들 말로 하는 대답은 냉랭했다.

"너희들은 상대가 안 되니 어서 너희 성주를 불러라. 그의 이름이 무엇이냐?"

이번에는 달래는 투로 물었다.

"우리 성주님의 이름은 삼성혈에서 나온 고씨, 고인단이라마씀. 경헌디 그건 알아서 무엇 하쿠과?"

이문경은 대촌의 성주 이름을 알아내고 고인단高仁旦 성주에게 글을 써서 화살에 달아 날렸다.

―우리는 진도성의 삼별초 군으로 다만 송경군松京軍을 잡기 위하여 섬에 들어온 것이니 섬사람들에게 하등 피해를 입힐 생각이 없

다. 다만 귀성의 백성이 전혀 상하지 않도록 조치할 터이니 문을 열어 우리를 통과시켜라.

그러나 고인단 성주는 회답도 보내오지 않고 변방 관리의 고집으로 성문을 굳게 닫고 있었다.

같은 시각 섬의 동쪽 행원 바닷가에서 성을 쌓다가 삼별초 군이 쳐들어온 소식을 접한 고여림 장군의 군사들이 동쪽으로부터 와서 대촌 밖의 동제원(東濟院 지금의 화북동)에 이르렀다. 적과 적은 우회하려 하거나 피하려 해도 결국 맞닥뜨리게 되어 있었던 것이다. 이문경 군도 끝까지 성문을 안 열어주자 대촌성을 우회하여 동제원에 이르렀다.

이번에는 섬의 동쪽에서 온 응원군과 삼별초 군간에 동제원 벌판에서 한판 싸움이 벌어졌다. 처음에는 관군의 김유성金有星 진자화陳子和 등이 용맹하게 앞장서 싸워서 삼별초의 곽연수郭延壽 이열李烈 등을 활로 쏘아 넘어뜨렸다. 전세가 불리한 걸 느끼면서도 이문경 별장은 무모한 장수가 아니었다. 그는 꾀를 냈다. 도망가는 척 내빼며 관군을 송담천松淡川 바닥으로 유인한 후 미리 기슭에 숨겨두었던 군사들로 활을 쏘고, 돌덩이를 내던지는 복병술로 바짝 반격했다.

이 전투에서 고여림 장군은 예기치 않은 공격을 받아 송담천 냇바닥에서 바윗덩이에 맞아 어이없게 전사했다. 그리고 어미 잃은 병아리 같은 관군들은 달아나는 것을 쫓아가며 활과 창으로 사살했다. 개경 군의 처절한 패배였다.

이렇게 삼별초 군은 그 해 11월, 제주를 함락하여 후방의 거점을 확보하는데 성공했다. 이 작전에 앞장선 것은 김통정 휘하의 별장 이문경이었다. 그는 젊고 통찰력이 있는 장수였다. 그로부터 그의 별대는 탐라 섬의 북쪽 해안 명월포에서 조천포朝天浦까지 교두보를 확보하는 개가를 올렸다. 또한 이 전투의 승리는 진도정부의 삼별초가 용장성이 함락된 다음 탐라로 들어오는 길목을 터놓은 개가이기도 했다.

이듬해 2월, 추위가 풀리기 시작하면서 김통정의 부대는 다시 장흥부 조양현兆陽縣으로 쳐들어가 수전소水戰所의 전함을 불태우고, 수군 18명과 무기, 식량 등을 털어 왔다. 그들의 남해안 일대 습격과 토벌은 이 무렵에는 파죽지세라고 할 만했다.

3월 초에는 경상도 합포合浦(지금의 마산)로 쳐들어가 그곳 감무監務와 군졸 두 명을 포로로 잡아왔으며, 이어 그 달 중에 역시 경상도 동래로 쳐들어가 그곳의 수군들을 혼비백산하게 하고, 군량미를 빼앗아 왔다.

4월이 되자 남해안에는 봄빛이 완연하고, 바닷가에서부터 새 풀들이 돋기 시작했다. 연안에서는 봄이 들판에서 보다 먼저 바다를 거쳐 오는 것을 느끼게 했다. 이 무렵이면 바닷가 바위들에는 김과 새미역과 톳, 파래 등속이 다투어 피어난다. 소나 말 짐승들도 이 계절이 되면 외양간 바깥으로 나가고 싶어 발광을 한다. 이것은 아마도 계절의 섭리 탓일 것이다.

이 무렵에 김통정의 부대는 김주金州(지금의 김해)까지 진출하여 그곳 관아의 관리들을 혼비백산하게 만들었다. 그곳은 곡창지대여서 세곡으로 받아놓은 곡식들이 창고마다 가득 차 있었다. 삼별초 군은 그것들을 배에 가득 싣고 돌아와서 진도정부의 한 동안 식량 걱정을 덜어주었다.

이 무렵에 이미 진도의 또 하나 궁궐과 산성을 쌓는 일은 많은 진척을 보이고 있었다. 산성은 선황봉을 진산鎭山으로 서쪽에 관음봉을 두고 배산 임수의 동남향 산비탈에 층층 계단식으로 구축하여 멀리서 보기에도 한껏 위엄이 돋보이게 꾸몄다. 진도정부의 지휘부는 모처럼 궁궐의 준공식을 거창하게 꾸며 대 내외에 과시하고 싶은 욕심에 부풀어 있었다. 그것은 이 섬으로 도읍을 옮긴 후 거듭돼온 승리에 어느 정도 빠져들어 있었기 때문이기도 했다.

진도지방의 이름난 토호인 전대기全大基는 처음부터 진도정부를 찾아와 알현하고, 이것저것 지역 사정을 아뢰는 등 그 나름으로 진도 정부를 돕고 있었다. 역술과 풍수지리에도 능한 그는 애초부터 이 궁궐 자리를 "오룡五龍이 구슬 하나를 두고 싸우는 형국"의 길지吉地라고 못박고, 모든 기氣가 여기서부터 반도를 향해 북상하고 있다는 주장을 펴고 있었다. 더구나 그는 "용손인 왕씨는 12대로 망하고 남쪽에 새 서울이 세워진다"는 주장도 서슴지 않았다.

그는 진도 뿐 아니라 일대에 영향력을 미치고 있어서 지역 주민들을 동원하여 성을 쌓는데 큰 도움을 주었을 뿐 아니라 궁궐의 재목들도 그를 통하여 구할 수 있었다.

승화후 온왕은 성을 쌓고, 궁궐이 완공되는 것을 살펴보면서 비로소 자기가 왕이라는 것을 실감하고 있었다. 준공식이 있기 전날 그는 밤새 잠을 설치고, 새벽부터 일어나 새 단장으로 차려 입었다. 사실 강화도에서의 즉위식이라는 것은 경황 중인데다 뭐가 뭔지도 구별을 못한 채 이뤄졌었다. 그는 그때 자신이 엄청난 배반을 하는 것 같아 겁도 났다. 더구나 개경의 원종 임금과 자기가 육촌지간이라는 혈육의 끈이 이제까지도 그로 하여 늘 불편하게 해오고 있는 터였다. 그리고 불현듯 떠난 남천 길, 여기까지 오는 데는 죽을 고생을 했다고 표현을 해도 과언이 아니었다. 그러니 이제 오늘 벌어지는 궁궐 준공식이야말로 어쩌면 그에게는 두 번째의 즉위식이라고 해도 과언이 아닐 터였다.

우승 이신손은 굼뜨고 시원스럽지 못한 데가 없지도 않았으나 좌승 유존혁은 사람이 감칠맛이 있어서 착 달라붙는 구석이 있었다. 배중손 장군의 표정은 요즘 들어 어떤 편인가 하면 문득 돌아보면 늘 생각에 잠겨있곤 했다. 그러나 왕은 아직은 이들 모두에게 의지하지 않으면 안 되는 자기 처지를 잘 깨닫고 있었다. 왕은 이 섬으로 들어온 후 애초부터 많은 도움을 준 전대기를 자기 편 사람으로 생각하고 있었다. 그는 우선 지역 주민들에게 신망도 두텁고 영향력도 대단했다. 그러나 그 모든 것보다 고마운 것은 그가 매사에 적극적이라는 점이었다.

남해안의 여러 곳을 쳐서 식량과 군수품을 가져오는 걸 지켜보면 김통정이라는 지유도 단연 상장군감이었다. 청해로부터 군대와 식량을 가지고 와서 신바람을 일으켜 준 장수 송징에 대해서도 이번 기회에 뭔가 포상을 하고 싶다는 생각을 그는 갖고 있었다.

왕은 여러 가지 생각에 골몰하다가 좌승 유존혁에게로 사람을 보내어 일찍 궁궐로 들라고 일렀다. 유존혁 역시 이날만큼은 관복으로 갖추어 입고 절간 한쪽 온왕의 거실로 들어갔다.

"오늘 궁궐이 이만큼 된 것은 다 좌승 덕분이오. 내 미리 궁궐을 다 돌아봤오이다."

왕은 그에게 먼저 치하하는 걸 잊지 않았다.

"과찬의 말씀이십니다. 제가 뭐 한 일이 있어야지요. 공적을 세운 사람들은 따로 있는 것으로 아뢰옵니다."

그는 속으로 은근히 기뻤으나 밖으로 드러내지는 않았다.

"그래서 하는 말인데, 오늘 같이 좋은 날 그 동안 고생한 사람들에게 포상을 하는 것이 어떨까 하고…"

왕은 유존혁의 얼굴을 쳐다보며 말끝을 흐렸다. 유존혁은 잠시 뜸을 드렸다가 대답했다.

"태평성대 같으면야 으레 그래야 하는 것이지요. 그러나 우리의 처지가 과연 그럴 만한가 하는 문제는 생각할 필요가 있습니다. 그러나 이런 때는 임금님께서 하고자 하오시면 할 수 있는 일입니다. 청컨대 상제의 뜻대로 하옵소서. 그것이 정당한 처사이옵니다."

"고맙소. 그렇게 말해 주니… 그러나 배중손 장군과 아무 의논 없이 내 맘대로 해도 상관이 없겠오?"

"꼭 그러실 필요는 없습니다. 거듭 말씀드리지만 어디까지나 임금님은 모든 사람의 위에 계시다는 점을 기억하옵소서. 그러나… 일이 잘못 나갈 때는 소신이 뒷받침을 하오리다."

"좌승의 말씀을 들으니 내게도 힘이 솟아납니다. 내 그러면 좌승만 믿고 일을 저질러 볼 참이오."

"그리 하시지요"

이렇게 해서 이날 궁궐 준공식에는 술과 음식을 빚고, 모든 군사들도 싸움을 쉬어서 함께 어울렸다.

처음 예식은 조반 후 사시에 왕의 궁궐에 백관들이 모여 알현하고 축하를 드리는 행사로부터 시작됐다. 왕은 비스듬히 상좌에 앉아있고, 앞자리에 상서좌승과 우승, 그리고 배중손 장군이 자리를 잡았다. 그 아래로 진도 토호 전대기, 완도의 송징 장군들도 둘러앉았다. 그 아래로는 지유 노영희와 김통정도 자리를 잡고 앉았다.

신하들의 인사를 다 받고 난 왕이 자세를 바로 고치고 그들을 내려다보며 말했다.

"오늘이 있기까지 그 동안 참으로 고생들이 많았오. 이 섬에 도착해서 불과 반년에 이와 같은 성과를 거둔 것은 모두 여러 대신과 장군들이 애써 노력한 덕분이라는 것을 나는 잘 압니다. 이제 이 자리는 그 동안의 공과를 따지고, 앞으로의 대장정을 향한 도약의 발판이 되어야 하리라고 짐은 믿는 바이오. 여러 대신들의 생각은 어떠하오?"

허수아비도 세워놓으면 새를 쫓는다더니 아, 우리 임금에게 이런 면도 있었던가. 대신들은 우선 놀라고 당황하고 있었다. 그러니 그의 말에 응대를 하지 않을 수가 없었다.

"지당하신 말씀이옵니다."

신하들은 고개를 숙이고 대답했다. 그리고 왕의 그 다음 말이 무엇을 의미하는지 자못 궁금해졌다. 왕은 목청을 가다듬고 다음 말을 시작했다.

"여전히 배중손은 우리의 상장군이십니다. 그러나 이제 그를 너무 외롭게 놔둘 수는 없다고 생각합니다. 청해의 송징을 그 공로에 따라 장군으로 봉하고, 그 지역을 보다 공고히 수호해 주실 것을 명합니다. 더불어 이제까지 지유로서 잘 싸우고 혁혁한 전과를 거두어준 노영희와 김통정 역시 장군으로 승진시키니 상장군을 받들어 열심히 싸움에 임해줄 것을 바라는 바이오. 더구나 이 궁궐이 완공되기까지 많은 공을 쌓아주신 전대기 만호에게는 앞으로 만호 이상의 대우로 모두가 받들어야 하리라고 생각합니다."

대신들과 배중손 상장군은 너무나 예상치 않은 기습을 받은 터라 얼굴을 붉히고, 가슴을 벌렁거리며 앉아 있었다. 이렇게 되면 배중손의 입지는 누구보다 작아지는 셈이 된다. 그는 이 일의 배후 조종

자가 도대체 누구일까 생각해 봤다. 우승 이신손은 그럴만한 위인이 못되고, 왕을 도왔다면 좌승 유존혁일 밖에 아무도 없다고 판단을 했다. 그가 이제 나를 이렇게 따돌린 이상 나도 가만히 앉아 있어서는 안 된다는 생각을 그는 하고 있었다.

"전하…"

배중손이 읍하고 전하를 불렀다.

"상장군께서 하실 말씀이 있으신 듯한데, 말씀해 보시지요."

"예. 앞으로 우리 군의 토평하고 치리할 지역은 이제까지의 전라도 해안뿐만 아니라 저 넓은 경상도까지도 우리 관할이 되어야 할 것입니다. 잘 아시겠지만 이 지역이 갖는 전략적 요충지로서의 중요성은 차라리 진도보다도 더 절실합니다. 경상도의 남해도는 최씨 무인정권의 가장 중요한 경제적 거점인 진주가 포함되어 있으며, 거제와 창선 등 무한히 뻗을 수 있는 여지마저 있는 고장입니다. 거기에 반드시 누군가 힘과 지략을 고루 갖춘 인사를 보내야 되리라고 사료되어 건의 드리는 바입니다."

"그렇다면 혹시 상장군께서 그리로 가고 싶다는 생각인 것은 아니오?"

왕은 마음을 놓고 있는 터에 급습을 당해서 아직 방비가 안 되어 있었다.

"아니옵니다. 소장이야 어디까지나 임금님을 보좌하려면 곁에 있는 게 도리이지요."

"그렇다면 누구를 보내야 한단 말이요?"

"소장이 판단하기로는 그런 지략과 힘을 갖춘 인사는 우리 중에 단 한 사람뿐이라고 사료됩니다만…."

그는 활활 타는 시선을 똑바로 쳐들어 유존혁의 얼굴을 뚫어지게 바라봤다. 왕이 이런 두 사람을 번갈아 바라보고 나서 다시 반문했다.

"그렇다면 상장군의 생각에는 좌승을 그리로 천거 하신다는 말씀이구려?"

"지금으로선 그만한 인물을 찾을 수가 없기에 드리는 말씀입니다. …통촉하옵소서."

왕은 전혀 예기치 않았던 터에 허를 찔려서 출구를 찾지 못하고 헤매고 있었다. 그때였다.

"전하, 소신이 할 수 있는 일이라면 소신에게 시켜 주시옵소서. …그리 하옵소서."

유존혁이 자리를 고쳐 앉은 다음 엎드려 빌고 있었다. 이리하여 유존혁은 졸지에 남해도로 자리를 옮길 수밖에 없는 처지가 되어 버렸다.

이런 일로 해서 애써 음식을 많이 장만한 연회도, 진도 섬의 기생들로 마련한 여흥까지도 그렇게 흥미진진한 잔치는 되지 못했다. 다만 강화도를 떠나올 때 포구 가에서 마술을 부리던 군졸 배방실이란 놈이 다시 판을 벌려서 물구나무를 섰다가 풀었다가 하며 둘러선 사람들을 웃기고 있었다. 그리고 마침내는 각설이 타령으로 흥을 돋궜다.

작년에 왔던 각설이
죽지도 않고 또 왔네
품바하고도 잘 한다
품바 품바 품바야

그러나 어쨌든 이날 온왕의 조처로 어느 정도 진도정부의 틀이 짜여진 셈이었다. 그러나 이날 왕권 행사가 처음이자 마지막으로 이뤄진 것임을 미리 예견한 사람은 아무도 없었다.

이 무렵 진도정부는 전라, 경상 양도의 30여 개 섬을 수중에 넣고, 육지 쪽으로도 대체로 물산이 풍부한 연안 지방을 아우르고 있었다. 그러기에 이 무렵 개경정부는 몽골에 보낸 진정표陳情表에서 다음과 같이 국내 사정을 아뢰고 군사력의 도움을 요청하고 있었다.

> 더욱이 지금 역적(삼별초)들이 날이 갈수록 번성하여 그 피해가 경상도 금주, 밀성에까지 미쳤으며 또 남해 창선, 거제, 합포, 진도 등 해안부락에서는 모두 약탈을 당하였기 때문에 곡물의 징발은 힘들게 되었습니다. 경상도, 전라도의 공부貢賦는 다 육상으로 나르지 못하고 반드시 바다로 운반해야 하는 터에, 지금 역적들이 거점으로 삼고 있는 진도는 뱃길이 목구멍과 같은 요충이어서 내왕하는 배들을 통과시킬 수가 없는 실정입니다.

진도정부로서 그것은 어쩌면 당연한 일이었다. 진도 일대에서는 김통정의 군대가, 그리고 청해와 해남 일원에서는 송징의 군대가 진을 치고 미리 공부를 징수하고 있었으니 백성들은 양쪽 곱사등이가 될 판이었다.

진도정부는 산성을 구축한 다음, 이어서 진도로부터 시작하여 강진을 지나 장흥, 고흥 등지를 횡단하여 경상도에 이르는 긴 성을 쌓는 작업을 마저 시작해놓고 있었다. 이것은 모두 진도의 옛 만호 전대기의 청에 따른 것이기도 했다. 그는 이 일을 주장하면서 다음과 같이 말했다.

"성은 장흥, 고흥 등지를 거쳐 마침내는 바다를 건너 흥양의 바닷가 제산에 이르고, 경상도의 연해에까지 이르도록 해야 할 것입니다. 이 성 쌓는 작업이야말로 백년대계를 위한 절대절명의 사업임을 명심하옵소서."

그는 발언권이 셌던 만큼 그의 주장은 받아들여졌다. 그리고 이 작업의 총 책임이 그에게 맡겨졌다. 이 무렵부터 아마도 용장성이 함락될 무렵까지 쌓은 것으로 되어 있는 이 성은 지금도 도리어 내륙 쪽을 향하여 축성되어 있음을 보게 된다. 이 성은 더구나 탐라섬 해안에 아직까지도 산재해있는 환해장성의 유적과 함께 그들이 얼마나 열심히 성 쌓는 공사에 동원되었는가를 보여주는 좋은 본보기들이라고 하겠다.

이 무렵 진도정부는 반개경反開京의 성향과 흡사한 전라도 일대를 그 세력권으로 확보하고자 시도했으며 이 목표는 적중하고 있었다.

이때 해양海陽(지금의 광주) 등지에서도 크고 작은 세력들이 삼별초에 호응, 진도정부에 합류했으니 세월이 많이 흐른 지금까지도 '반역의 땅'이라는 별명을 지니게 되는 계기가 되었다. 진도 삼별초 정부는 그들이 옹립하는 온왕을 황제로 간주하고, 한때는 '오랑五浪'이라는 연호까지 사용한 적도 있었다. 그들로서는 개경정부나 몽골과도 대등성을 유지하고, 정통성을 확보하고 싶은 강한 소원이 있었을 터였다. 그러나 그들의 진도정부의 존재가 불과 9개월의 짧은 기간이었던 관계로 연호 수립까지는 이르지 못한 점이 또한 후세의 사람들을 슬프게 한다.

반격

 서해안 영흥도에서 한판 붙고 나서 더 남쪽으로 내려오는 동안에는 일단 몽골의 추격군은 뒤따르지 않았다. 그들은 영흥도에서의 작은 승리를 보상으로 즐기고 있을 수도 있었다. 그러나 개경 정부와 몽골군은 이제 반도의 허리 아래로 이동해 간 삼별초에 대한 대비책을 강구하지 않을 수 없었다.
 7월에 들어 고려 주둔군의 총사령관 두련가는 총관總管 홍다구洪茶丘로 하여 남부지역인 전라, 경상도 일대를 순시토록 지시하면서 말했다.
 "홍다구 총관, 당신은 삼별초의 온왕인가 하는 작자와는 구원이 사무치는 사이가 아니던가? 당신은 앞으로 전라, 경상도 지역을 철저히 순시하면서 그들에게 거점 확보의 기회를 주어서는 안 되오.

그들의 동향을 물 샐 틈 없이 파악하고 나한테 보고를 하시오. 그 따위 쥐새끼 같은 놈들 때문에 내가 지금 골치가 아파 죽겠다이."

"잘 알겠습니다. 총사령관 님의 명령에 절대 복종하겠습니다."

그러나 홍다구는 겁이 많은 사람이었다. 그 지역들을 순시하면서도 미리 정보를 얻어 되도록 적들이 출몰하지 않을 지역으로만 피하여 돌아다녔다. 그러나 그는 스스로 아무렇게나, 아무 데서나 죽을 수는 없다고 다짐하고 있었다. 그리고, 최종적으로 해야 할 복수가 남아 있다고 혼자 주먹을 불끈 쥐었다. 내 손으로 직접 처치하지 않으면 안 될 놈이 하나 있다. 그 놈을 죽이는 것만이 아버지의 원한을 갚는 길이기도 하다. 그는 입술을 사려 물었다.

몽골군은 그 해 8월에는 삼별초가 무사히 강화도를 빠져나가도록 내버린 보복으로 강화 성내의 민가를 모두 불태워 버리는 작전을 감행했다. 그것은 한편 강화도의 내력을 아는 삼별초가 혹 다시 이곳을 이용할 지도 모른다는 근심거리를 없애는 조치이기도 했다.

"삼별초, 그 놈들은 억센 놈들이다. 어쩌면 그 놈들은 연안 해로를 따라 기습적으로 다시 강화도를 장악하고, 개경을 치기 위한 교두보로 삼으려고 시도할 수도 있다. 더구나 강화에는 놈들에게 동요하는 관노 같은 질 나쁜 세력들이 아직도 잔존해 있다."

손과 손에 억새 횃불을 든 몽골병들은 강화도의 마을마다 민가에 들이닥쳐 닥치는 대로 줄불을 놓았다. 그 기세에 감히 저항하는 사람도 없었지만 그들은 저항하는 사람이 있으면 무조건 처단하라는 명령을 이미 하달받아 있었다. 어찌 보면 이들은 이렇듯 삼별초의 무소불위無所不爲 능력에 대해 두려움을 갖고 있기도 했다.

"하여튼 고원의 잡초들은 모조리 뿌리를 뽑아 태워버려야 한다. 그때까지 우리는 마음을 놓아서는 안 된다."

몽장 두련가의 소신은 분명했다.

그 무렵 원종에게는 삼별초에 대한 정보가 계속해서 올라왔다. 그 중 하나가 그들이 탐라로 가지 않고 무슨 때문인지는 모르나 진도에 거점을 정했다는 소식이었다.

"우리 군인과 몽골병들은 도대체 무엇들 하는 거야. 왜 그것들이 발바닥에 때처럼 거기 가서 붙게 놔두느냐 말이야?"

왕은 대신들을 불러들여 당장 전라도 초토사를 임명하라고 호통을 쳤다.

"좀 똑똑한 놈으로 전라도 초토사를 임명하란 말이요!"

임금은 과민반응이 대단했다.

"똑똑한 놈이라면 참지정사 신사전이 어찌 하올지요?"

"좋아, 어서 그놈을 내려보내서 지독한 삼별초 놈들을 해치우란 말이요!"

이렇게 해서 신사전은 그 해 8월에 군사를 이끌고 나주까지 내려갔으나 겁이 나서 그 아래로는 더 가 보지도 못하고 도로 올라오고 말았다.

"삼별초 군이 어제 낮에도 바로 요 근처까지 와서 식량을 털어 가지고 갔다 합니다."

겁을 집어먹은 그곳 관가에서는 이런 정보를 흘려주었다.

"그들은 수천 명이나 돼서 수적으로 우리와 비교가 안 됩니다. 더 내려갔다가는 큰 코 다칩니다."

그곳 관리들의 보고는 그의 간담을 서늘케 하는 것뿐이었다. 우선 그곳에 파견된 개경의 군사들은 싸우려는 투지를 갖고 있지 않았다. 그는 결국 삼별초 군사와의 싸움을 피하여 도망한 전주 부사 이빈李彬과 함께 9월 2일자로 파직을 당하는 신세가 된다. 이들은 삼별초 군의 적극적인 공세와 거기에 전라도 지역 주민들의 호응 분위기에 압도되어 아예 싸울 엄두도 못 내고 있다가 물러앉고 말았던 것이다.

그러나 개경 측은 언제까지 그들이 하는 약탈을 바라보고 있지만 않았다. 진도에 대한 개경 측의 최초 공격은 그 해 8월, 양동무楊東茂와 고여림高汝霖의 군사들에 의하여 시도되었다. 이들은 전라도 초토사 신사전의 밑에 있던 부대원들이었는데, 적극적인 공세라기보다는 탐색전을 하는 판에 진격중인 삼별초 군에게 걸리고 말았다.

삼별초 군이 맞서 공격을 개시하자 그들은 쫓기는 신세가 됐는데, 삼별초 부대는 장흥부까지 그들을 쫓아가 거기 주둔하고 있던 개경의 군인 20여 명까지 사살해 버렸다. 마침 지휘관인 도령都領 윤만장尹萬藏이 가련하게 홀로 떨어져 있었으므로 김통정이 칼을 빼어 그의 목을 겨눴다.

"나는 싸울 생각이 없습니다. 제발 죽이지만 말아 주십시오. 순순히 따라갈 테니까…"

군모도 벗겨진 주제에 그는 잔뜩 겁을 집어먹고 있었다.

"어서 재물과 식량이 있는 데를 대라. 순순히 대면 목숨만은 살려 주겠다."

"예. 제발 이 칼만은 거두어 주십시오. 바로 창고로 안내하리다."

그는 순순히 앞장서 재물 창고가 있는 데로 삼별초를 안내하고 갔다. 성질 급한 삼별초의 병사 하나가 창 끝으로 자물통을 부셔버렸다. 그걸 보며 포로 된 자가 움찔 놀랬으나 그는 이미 자유로운 몸이 아니었다. 창고엔 공부로 받은 식량과 각종 재물들이 수북히 쌓여 있었다.

"자, 이거면 우리들의 며칠 치 식량은 되겠다. 그것들을 갖다가 마차에 실어라!"

"포목과 무기들도 있는데요."

"그것들도 모두 내다 실어라. 싣다가 남는 것은 나눠서 지고 가자. 알아들었느냐?"

그러나 9월에 접어들어 개경 정부는 몇 달 전에 역적 추토사로 임명하여 성과를 거둔 바 있는 김방경을 이번에는 전라도 추토사로 임명하여 몽골 원수 아해阿海와 군 1천으로 진도에 투입시켰다. 아해의 몽골군과 김방경의 군사는 진도를 공격하기 위하여 맞은편 연안에 자리잡은 삼견원三堅院에 진을 쳤다. 삼견원은 예로부터 해남 지역의 요충이었다.

그러나 고려군과 몽골군들이 바라볼 때 당시 삼별초 군은 종횡무진 무적의 군대였다. 그들은 싸움배에 용도 같고, 곧 날을 듯한 독수리도 같은 괴상한 동물 모양을 그려 넣어서 우선 상대방으로 하여 겁을 집어먹게 했다. 진도 수군의 전선과 병력은 규모 면에서도 몽골병을 압도했다. 더구나 그들이 쌓은 용장성은 둘레가 8천7백41척이며, 높이가 5척이나 되는 철옹성이라고들 했다.

　더구나 삼별초 군 중에 신의군은 정예의 잘 훈련된 특수병들이었다. 그들이 싸울 때 보면 목숨을 아끼지 않고 몸을 날려 싸웠다. 그러니 언제나 싸움을 먼저 거는 것은 삼별초 쪽이었으며, 몽골군은 삼별초의 북소리와 고함소리로 선공해오는 기세에 압도되어 전전긍긍했다.

　11월이 되자 남해의 섬들도 바람이 거세고 매워졌다. 이런 날 저녁에 몽골 장수 아해의 군막에 진도에서 도망쳐 왔노라는 포로 둘이 병사들에 이끌려 들어섰다. 반남潘南(지금의 나주)이 고향이라는 홍찬洪贊, 홍기洪機 사촌 형제였다.

　"사방을 물려주시면 아뢸 말씀이 있습니다."

　형인 홍찬이 사방을 두리번거리며 어눌하게 말했다.

　"무슨 얘기냐? 괜찮다. 모두 수족 같은 사람들인데 그냥 말해라."

　아해가 말했으나 그들은 입을 다물고 한사코 함구하고 있었다. 할 수 없이 아해가 지켜선 병사들더러 나가라고 명령했다.

　그제야 동생인 홍기가 나서서 더듬거리는 어투로 말했다.

　"믿기 어려울 것이나 사실은 추토사 김방경이 진도 정부와 내통을 하고 있나이다."

　그들의 정보는 그대로 특종이었다. 더구나 몽장 아해는 텃세를 하는 김방경 장군에게 질투와 경계를 늦추지 않고 있던 터였다.

"애들아, 군사들을 들라 하라! 그리고 당장 추토사 김방경을 내 앞으로 끌고 오라!"

즉각 김방경이 몽골병들에게 죽지가 붙잡혀 군막으로 들어왔다. 아해는 김방경의 변명도 들어보지 않고 이튿날 바로 개경의 다루가치에게로 호송했다. 아해는 김방경을 다루가치에게로 보내며 호송병을 50명이나 따르게 하고, 귀양지로 호송하는 죄수를 다루듯 포박한 채 마차에 실어 보냈다.

그러나 개경의 다루가치는 아해 보다는 이성적인 사람이었다. 당장 그 정보를 말한 놈들을 서둘러 개경으로 호송하라는 명령이 떨어졌다. 홍찬의 사촌형제가 부자유한 몸으로 붙잡혀 오고 다루가치와 개경의 장수들이 합석한 자리에서 대질신문이 벌어졌다. 묶어 놓으면 누구나 도둑놈 같다는데, 포박된 김방경과 홍찬, 홍기 두 형제가 나란히 군막 안에 세워졌다.

먼저 다루가치가 통역을 통해 홍찬 형제에게 물었다.

"이 사람, 김방경이 진도 정부에 들어간 것을 본 적이 있느냐?"

"아니옵니다. 그렇지는 않습니다."

"그러면 어찌하여 내통을 했다고 밀고를 했느냐?"

"그런 말은 진도 군영에서는 짜하게 소문이 나있습니다. 저 사람에게 어디 한 번 배중손 장군과 만난 적이 없느냐고 물어봐 주십시오."

"소문이 그렇게 나 있다? 그것으로 네가 밀고를 하였느냐? 따로 아는 사항은 없느냐?"

"예. 진도 군막에서는 장군들끼리도 그리 말하고, 병졸들도 그리 말합니다. 지난번에 영흥도까지 왔다가 그냥 돌아간 것만 봐도 다 알아볼 쪼라고 말합니다."

이번에는 그들끼리의 말로 수군수군하는 소리가 들렸다.

"고약한 사안이로구만…"

취조관은 이번에는 김방경을 향하여 물었다.

"장군은 어찌하여 이런 밀고를 받았다고 생각하는가?"

"어이가 없는 일입니다. 같은 편끼리 어찌 이렇게 서로 믿지를 못하고 편을 나누어 싸움을 한단 말입니까? 억울하옵니다."

"이 사람들의 말을 듣고, 장군의 말을 들어보니 그럴 만도 하겠다. 우선 장군을 풀어 주어라."

대질심문 결과 홍찬 등의 정보가 허무맹랑한 것임이 밝혀져 묶여 올라갔던 김방경은 이번에는 말에 태워져 부하들의 호위를 받으며 삼견원으로 돌아왔다.

김방경이 다시 삼견원에 이르는데, 앞 바다를 바라보니 삼별초들이 유난스런 그들의 배를 타고 깃발을 수없이 꽂아 놓고 북과 꽹과리를 두들기며 그를 맞는 것이 아닌가. 아예 이런 기세로 그의 기를 죽여놓겠다는 속셈임을 엿볼 수가 있었다. 또 맞은 편 용장산성의 성 위에서도 북을 치고 큰 소리를 질러 기세를 올리고 있었다. 그들의 망바위, 망대에서는 어쩌면 상대방의 일거수일투족을 한눈에 살필 수 있는지도 모른다고 김방경은 속으로 치부하며 마음이 우그러듦을 어쩔 수가 없었다.

그런 상황 속에서 그는 자기를 적으로 돌린 몽골 장수 아해의 군막으로 찾아가 말했다.

"우리는 어떤 방법으로든 저들의 기세를 눌러 놓지 않으면 안 됩니다. 저리 우쭐거리는 배후에는 틀림없이 속이 빈 구석이 있을 것입니다."

"글쎄요. 난 이곳 사정에 어두워서 잘 모르겠어요. 다만 저들이 하는 짓이 늘 불안하고 두려울 뿐이요."

아해로서는 한편 우직하기까지 한 이 이국의 장수가 자기 입장을 곤란하게 하는 게 분명했다. 그는 김방경이 같은 편의 장수이기보다 절대적인 라이벌이라고 생각하고 있었다. 그리고 그로서는 엉뚱한 남의 나라의 싸움에 응원군이 되어 와서 애꿎게 생명을 잃을 수는 없다는 생각을 버리지 못하고 있었다.

"장군도 나의 입장을 좀 헤아려 주셔야 할 거요. 우리 부대는 차라리 나주 쪽으로 일단 후퇴를 하고 싶은데, 장군은 어떻게 생각하시오?"

김방경은 어이가 없었다.

'그래서 당신은 계략을 꾸며 나를 제거하려 했던 것이요?'

하는 말이 거의 입 밖에까지 나오려는 것을 부하들도 지켜 서 있고 해서 꾹 참았다.

김방경은 그를 달래면서 뭔가 그들에게 보여줘야 한다는 강박감을 지니게 되었다.

그는 늘 기회를 엿보고 있다가 삼별초 군이 잠잠해졌을 때 배 몇 척을 몰아 단독으로 삼별초의 진영으로 뛰어들었다. 그로서는 이 답답한 전투를 이런 방법으로라도 풀어보고 싶었으며 으레 몽골병들이 뒤를 따라 줄 것으로 기대를 했던 것이다. 그러나 막상 아해의 부하들은 오히려 구경거리가 났다는 식으로 지켜보며 수수방관하고 있었다.

삼별초 군은 재빨랐다. 그때 바다에는 별장 강달구의 부대원들이 출정을 위해 부대를 정비하고 있던 참이었다. 그들은 누구나 국지전에서 특수훈련을 받아온 군인들이라 이런 상황에 즉각 대처했다.

"야, 저기 김방경의 배가 나타났다! 저 원수기를 달고 있는 것이 그놈의 배다!"

"올 테면 와 보라지! 얼마든지 상대해 줄 테니까."

"조심해라 후발 응원군이 없는지 배후를 살피면서 저놈만 잡아라!"

강달구의 배는 내달렸다. 그는 김통정 장군의 휘하에서 그의 신임을 온몸에 받는 듬직한 군인이었다.

"자, 이번이 기회다! 저 배의 배후로 돌아가자!"

김방경 부대의 배 두 척이 이쪽의 기세에 눌려 기수를 돌려버리자 김방경이 탄 배는 완전 포위가 된 꼴이었다. 화살이 사방에서 날아왔다. 그러나 김방경은 방패로 그것들을 잘 막으며 갑판 위에서 버티고 있었다. 그러나 그가 탄 배는 차츰 밀려 진도 진영 쪽으로 다가오고 있었다.

"아아, 저건 아닌데! 큰일났다! 김방경 장군이 포위됐다!"

대안에서 바라보고 있던 양동무楊東茂 장군은 즉각적으로 위기임을 느꼈다.

"애들아, 나를 따르라! 장군을 구해야 한다!"

양 장군은 내달아 황급히 닻을 올리고 진도 진영을 향하여 돌진했다. 그 서슬에 달아나던 김방경의 배 두 척도 합세를 했다.

"활을 쏘아라! 놈들의 배가 접근을 못하게 일제히 화살을 날려라!"

배 세 척이 달려들어 삼별초 군의 배 두 척을 떼어놓는데 성공했다. 일촉즉발의 위기를 모면하고 김방경 장군의 배는 선수를 돌려 삼견원 진영으로 돌아갔다.

"다 잡은 고기를 아깝게 놓쳤다. 월척이었는데!"

"그러게 말이다. 김방경이 그놈 별것도 아니네."

"그 놈을 잡아다 우리 온 임금 발아래 꿇어앉혔어야 하는 건데…"

"저 달아나는 꼴 좀 봐. 그래도 참 신이 나네."

삼별초의 진영에서는 바로 눈앞에 벌어졌던 상황으로 하여 일제히 무기를 공중으로 쳐들고 만세를 불렀다.

진도에 대한 여몽군의 1차 공세는 몽골군의 소극적 태도로 말미암아 김방경 장군의 고군분투에도 불구하고 삼별초 군의 기세만 올려주고 만 꼴이 됐다. 그러나 이 위험한 시도는 여몽연합군에게 첫 단추를 새로 채우게 하는 일대 계기가 되었다. 언제나 큰 승리란 작은 실패들을 기초로 하여 쌓아지는 것이므로. 몽골 장수 아해의 겁 많고 소극적인 전투 자세는 직시 몽골 황제에게 보고 되었으며, 이듬해 아해는 불명예스럽게도 파면, 소환되는 신세가 되었다.

"그런 놈을 보내서 우리 대 몽골군이 우스개 거리가 되어서야 되겠는가. 그놈을 당장 소환하고 다른 대책을 강구하라!"

몽골군이 진도에 대한 공격이 두드러진 성과를 기대하기가 어렵다는 것이 분명해질 무렵, 몽골은 진도정부에 대하여 인정적 회유책을 강구하게 된다.

그리고 그것은 초기 몽골 장군 아해의 소환과도 무관하지 않았다.

회유

　삼별초 군이 진도에 입성하고 자리를 잡은 이듬해 정월. 진도의 산과 들판에 무성하던 칡넝쿨과 억새, 산뽕나무 같은 토종 나무와 풀들은 이미 계절의 성화에 못 이겨 뿌리로 돌아가 있었다. 그것이 더욱 이 남쪽 섬을 황량하게 만들어 버렸다. 그리고 겨울이 되면 사람들은 누구나 봄을 기다리게 되는 것이 정한 이치였다. 더구나 이런 계절에 지루하게 보초를 서는 초병들의 심사야 오죽하랴.
　그런데 바닷가 망바위, 망대 위에서 줄곧 삼견원 쪽을 살피고 있던 보초병들이 이상한 배 한 척을 발견해 냈다. 잘 치장한 배 한 척이 흰 깃발을 단 채 분명 이쪽을 향하여 오고 있는 것이었다. 보통 군인의 눈으로도 분명 그것은 싸우러 오는 배는 아니었다. 보초들은 달려가 배중손 장군의 군막에 상황을 보고했다.

"지금 흰 깃발을 내건 배 한 척이 삼견원을 출발하여 우리 쪽으로 다가오고 있습니다. 어찌 하면 좋을지요?"

초병의 목소리는 떨리고 있었다.

"네가 분명 흰 깃발을 내걸었다고 했겠다? 이는 필시 화의를 청하러 오는 사신들일 터이니 무기를 사용하지 말고, 그 사람들을 이리로 데리고 오라."

배중손은 즉각 대신들에게 연락을 취했고, 궁궐에서는 화급하게 지휘부의 회의가 소집되었다.

마침내 도착한 사람들은 개경정부와 몽골의 사신들이었다.

"소인은 고려 조정의 원외랑員外郎 박천주朴天澍라고 합니다. 그리고 동행한 이 사람은 몽골 황제가 보낸 두원외杜員外 사신입니다."

박천주가 자기와 몽골 사신을 두루 소개했다. 그의 얼굴에는 긴장과 두려움이 서려있는 걸 대신들은 놓치지 않았다. 무슨 말을 먼저 해야 할지 진도정부의 지휘부도 서로 눈치를 살피고 있었다.

"일단 이렇게 오셨으니 잘 한 일이오. 우리가 화친을 위해 온 당신들을 탓할 생각은 애초에 없오이다."

우선 온왕이 인사 치례를 했다.

"그렇습니다. 우리가 당신들에게 나쁜 감정을 가질 이유는 없어요. 그러나 뜬금없이 무슨 일로 이렇게 나들이를 했는지 그 이유나 들어 봅시다."

"아무렴 저희가 개인적 용무로 왔겠습니까? 여기 몽골 황제의 조서와 원종 임금의 유지諭旨를 받들어 가지고 왔나이다."

박천주가 비로소 안심이 되는 듯 품속에서 한지봉투에 정성껏 봉해진 유지를 꺼냈다. 그리고 두원외에게도 어서 몽골 황제의 조서를 꺼내라는 시늉을 했다. 몽골 사신 두원외가 역시 품속에서 봉해진 조서를 꺼내 배중손에게 내밀었다.

"이 사람들을 물리고, 음식과 술을 대접하라!"

배중손이 둘러선 군사들에게 당부했다.

그들이 물러가자 지휘부에서는 조서와 유지를 꺼내 돌려가며 읽고 의견을 조절하는 회의가 시작됐다. 먼저 몽골 황제의 조서가 개봉되었다. 그 조서의 내용은 진도정부를 달래고 어루만지려는 의도가 분명히 깔려 있었다.

"첫째 이번 몽골군의 고려에 오게 된 것은 권신 임연林衍을 문책하고 나라를 평안케 하려는 것이지 그 추종 세력을 제거하고자 하는 의도는 일체 없으므로 이 점 오해 없기를 바란다고 되어 있군요."

배중손이 몽골 황제의 조서 첫 구절을 대중에게 읽어 들려주었다.

"그럴 듯한 말이오. 몽골로서야 으레 그렇게 나오겠지요. 그것들은 언제나 대국인 체 꾸미고 있었으니까요… 그 다음을 읽어보세요."

상서우승 이신손이 거드는 소리를 했다.

"다음은 이 같은 의도를 잘 못 파악하여 반역하게 된 것에 대해 대단히 유감으로 여기며 이제라도 모든 것을 뉘우치고 돌아오기만 한다면 용서하겠다는 내용입니다."

"으음…"

이신손의 입에서 짧은 신음 소리가 나왔다.

"어서 그 다음을 마저 읽어 보시지오."

온왕이 기다리기가 초조한 듯 재촉했다.

"셋째 주인을 버리고 진도정부에 합세한 노비들에 대해서는 이들을 다시 주인에게 돌려보내지는 않을 방침이라는 내용입니다."

배중손이 마저 읽어 들려주었다.

"그렇다면 우리들에 대한 얘기는 아무 것도 없는 것 아니오? 안 그렇소?"

"그렇습니다. 개경에서 온 원종의 유지에도 그런 내용은 일체 들어있지가 않습니다."

"그렇겠지. 그 사람도 우리에게 섭섭함이 클 터이니까…"

온왕은 묵연히 고개를 끄덕였다.

"그러면 저것들을 어떻게 돌려보내면 좋겠습니까?"

"그 보다도 가장 기분이 나쁜 것은 저들이 직접 우리 진도정부를 상대로 조서를 꾸민 것이 아니라 여기 참여한 개개인을 상대로 하고 있다는 점입니다. 그것은 저들이 아직도 우리를 인정하지 않고 있다는 증거나 다름이 없습니다."

배중손이 격한 음성으로 말했다.

"그러면 저것들을 어찌해야 할 것이오?"

"소장이 하는 대로 두고 봐 주십시오. 저들이 우리를 업신여겼으니 응당 그만한 대가를 받을 따름입니다. 그 이상도 이하도 아니지요. 임금님께서는 어서 연회장으로 납시지요. 저는 따로 할 일이 있습니다."

배중손의 얼굴에는 디룩디룩 심술이 도드라져 있었다.

온 임금이 연회장으로 들어가는 것을 확인하고 나온 배중손 장군은 서둘러 진두지휘하여 병선 20여 척을 동원했다.

"이제부터 우리는 고려군의 진지를 급습한다. 닥치는 대로 적들을 죽이고, 약탈할 물건이 있으면 모조리 가지고 온다. 이것은 저들이 우리에게 대한 대접에 보답하는 것이니 정중하게 처리하도록 하라!"

배중손은 냉정한 사람이었다. 그러므로 부하 장군인 노영희는 상장군 배중손이 이렇게 자기 감정을 드러낸 경우를 여태 봐본 적이 없었다. 그러므로 그는 모든 일을 이성적으로 처리할 줄도 알았다. 그런데 이렇게 나올 때는 아마도 되게 자존심이 상한 것이라고 생각됐다. 그날 삼별초 군은 고려군 진영으로 들어가 90여 명의 병사를 살해하고, 배 한 척을 전과로 끌고 돌아왔다. 고려군으로서는 화친 사절을 보냈으므로 전혀 예기치 않았던 급습이었던 것이다.

밖에서 무슨 일이 벌어졌는지도 모르고 술과 고기로 잔뜩 취한 사신들, 박천주와 두원외는 이튿날 돌아갈 생각이었으나 진도정부의 태도는 어느새 표변해 있었다.

"몽골의 황제는 우리 진도정부를 허수아비로 아는 모양이오. 그러니 여기 진도정부가 존재한다는 것을 이 참에 보여주려는 것이구만. 아마 몽골의 사신은 오래 동안 우리와 함께 있어야 할 것이오. 그런데 둘 다 여기 있으면 안 되니까 한 사람은 돌아가서 이쪽의 사정을 분명하게 알려 줘야지. 너의 원종 임금에게도, 몽골 황제에게도 우리 진도정부를 너무 우습게 보지 말라고 잘 말씀을 드리란 말이야."

결국 희망을 가지고 갔던 박찬주는 "유명시종惟命是從" 이 한 마디 답장을 들고 개경으로 돌아갈 수밖에 없었다. "너희가 한 말을 잘 알겠다"는 짤막한 내용. 그러나 이 간단한 한 마디는 개경정부를 다시 한번 발칵 뒤집어 놓았다.

"이 일을 어찌해야 할 것이냐? 그렇다면 이제 진도정부는 우리를 제쳐놓고 몽골과 직접 교류를 트겠다는 것이 아니냐. 그렇지 않은 한 상대를 않겠다는 모양인데, 우선은 몽골 측의 조서를 거부한 것도 그렇지만, 그걸 빌미로 사신을 억류해 놓았으니 이것이 큰일이 아니고 무엇이냐?"

원종은 결국 적지에서 구사일생으로 돌아온 박찬주를 다시 원경으로 보낼 결심을 하게 되었다.

"결자해지니, 네가 가서 자초지종을 황제에게 잘 설명을 드리고 어떻게든 사신을 풀어올 계책을 도모하라."

이런 진도와 고려조정의 조치는 어쨌든 몽골로 하여 변화를 가져오게 했다. 그들은 진도 정부가 자기들을 직접 상대하려 했던 것이 아니라는 이유로 조서를 거부한 것을 상기하여 그 해 2월 10일에는 몽골 사신 홀도답아忽都答兒를 직접 진도정부에 파견하기에 이른다. 여기 대해서는 〈원사元史〉〈세조본기〉에 다음과 같은 기록이 전해온다.

고려의 반신叛臣 배중손이 몽골의 군사가 물러가면 그 후 내부內附할 것이라 하므로 몽골의 사령관 흔도忻都가 그 청을 따르지 않았는데, 이제 또 전라도로 내려가 머물며 몽골 조정에 직접 예속되기를 원하고 있습니다.

라고 했으니 이는 진도정부가 몽골군이 먼저 철수할 것과 혹은 전라도 지역을 할애해 줄 것 등을 몽골에의 내부 조건으로 제시했던 것 같다. 그렇다면 이것은 배중손 개인의 생각이었을까, 진도정부 전체의 의사였을까. 고개가 갸우뚱거려지는 대목이다. 그렇지 않으면 그것도 하나의 계략이었을까.
  그러나 몽골 황제도 만만한 상대는 아니었다.
  "아니야. 그 쥐새끼 같이 약은 놈들이 거짓말로 시간을 벌자는 수작이야."
  그런 내막을 파악하지 못했던 진도정부는 한때 몽골에 대해 지나친 기대를 걸기도 했던 것 같다. 그리고 은근히 이런 방향으로 추진했던 인물이 배중손 장군이었다. 몽골 사신 홀도답아가 진도엘 다녀간 다음에 진도조정에서는 이러 저런 말들이 많았다. 그런데 다른 사람들은 크게 기대를 갖지 않은데 반해 배중손 장군만은 기대를 거는 눈치였다.
  배 장군은 지휘부의 회의 때도 노골적으로 그런 자기 의사를 드러냈다.
  "이제 몽골이 우리를 직접 상대하기 시작했으니 이서야말로 잘

된 일입니다. 소장의 생각에는 몽골의 사령관 흔도를 한번 진도로 초치招致할 필요가 있다고 생각합니다. 그렇게 해서 개경정부를 단번에 코가 납작하게 눌러버리는 것이지요. 대등하다는 것이 무엇입니까. 그것은 앞질러 능가할 수도 있다는 조건입니다."

그러나 온왕이나 다른 사람들의 생각은 달랐다. 그것은 너무 지나친 자신이며 엉뚱한 기대였다. 이 무렵 배중손은 무엇에 홀린 사람 같았다.

몽골에는 교활한 사람들이 있어 양다리 정책을 구사하고 있었다. 고려와는 보다 친밀한 외교를 위해 원종이 몽골에 다녀오는 길에 왕실을 호위한다는 명분으로 대대적인 병력을 고려로 보냈다. 몽골 황제의 계산은 이로써 고려에 대한 지배권을 확보하여 장차 길쭉한 다리 모양을 한 그 땅을 발판으로 일본이라는 섬나라를 정벌할 계략을 버리지 못하고 있었다.

이들은 무슨 핑계로든 고려에 오래 머물러 있어야 했으므로 그 한 가지 방법으로 둔전屯田을 설치하여 경작하기로 계책을 꾸몄다. 둔전이란 지방에 주둔한 군대가 군량을 자급자족하고, 관청의 경비에 충당하도록 미개간지를 개척하여 경작하는 제도였다. 이렇듯 군사들이 오래 머무는 지방에 주둔하여 평시에는 토지를 경작해 식량을 자급하고, 전쟁이 일어나면 전투원으로 동원되었는데, 이런 병사를 또한 둔전병이라고 불렀으니 이 모두가 장차 장기전에 대비한 고육지계였다.

그러나 따져보면 이 둔전 계획은 이때 비로소 마련된 것은 아니었다. 이미 그 전해부터 몽골에서는 자기 군대를 고려에 오래 머물게 하는 방법을 모색하고 있었으니, 그들은 늘 이런 식으로 세계 제패를 꿈꾸어온 야속한 군대였다.

고려 조정에서는 몽골의 이런 계략을 미리 알고 한차례 실랑이가 벌어진다. 이때도 원종은 대신들을 궁궐로 불러모아 지혜를 구했다.

"몽골이 우리 고려 땅에 둔전을 경작하려는 계책을 진행하고 있다 하오. 신들은 장차 이를 어떻게 했으면 좋겠오?"

"그것은 안될 말입니다. 그렇게 되면 우리 고려가 원에 대한 예속성이 강화될뿐더러 고려의 경제적인 부담이 가중될 따름입니다. 통촉하옵소서"

상서호부령尙書戶部令이 먼저 입을 열었다.

"그뿐 아닙니다. 몽골이 고려에 둔전을 경작하겠다함은 장차 고려를 일본 정복 전쟁에 동원하기 위한 전초기지로 삼으려는 계책이 숨어 있음을 아셔야 할 것입니다. 이는 천부당만부당한 일입니다."

창고의 물자라면 손톱만큼도 내주려 하지 않는 상서이부령尙書吏部令도 거들었다.

"그렇다면 어찌하면 좋소? 언제 그 사람들이 고려 땅에서 하고자 해서 안 해본 일이 있습니까? 그러니 장차 이 일을 어찌해야 한단 말이요?"

"소신의 생각으로는 내년 정초 입조하는 사신 편에 둔전 설치가 부당함을 아뢰는 간곡한 청원 서신을 보내는 것이 한 방법일 듯 합니다. 가만히 앉아서 당할 수만은 없잖습니…?"

이번에는 상서병부령尙書兵部令이 한 마디 했다.

"그러면 서둘러 중서성에 보낼 청원서를 작성하도록 하시오. 그건 짐이 직접 보고 결재할 터이니…."

이렇게 해서 개경정부가 몇 차례나 가필한 간곡한 청원서는 몽골의 중서성으로 보내졌다. 그러나 오랜 장기전을 꿈꾸고 있는 몽골 황제가 그만한 것에 움직일 사람이 아니었다. 그는 아예 그것을 깔아뭉개 버렸다. 고려에서 이렇듯 성가시게 하는 것이 황제는 짜증이 났다. 시원한 답장이 돌아오지 않자 이듬해 2월에 고려조정은 다시 부러 인공수印公秀 장군 등을 몽골에 파견하여 고려 내부의 어려운 사정을 각처에 호소하고 둔전 계획의 철회를 재삼 요청했지만 마의 동풍 격이었다.

그러더니 원종 12년 3월에는 드디어 흔도와 사추史樞 등을 파견하여 고려 땅에 둔전경략사屯田經略司를 설치하기에 이르렀다. 그러나 이때까지도 고려정부에서는 그들의 속셈을 헤아리는 대신들이 그리 많지 않았다. 이때 둔전 경략에 동원된 인원은 몽골병 약 4천, 그리고 홍다구洪茶丘의 고려 영민領民 2천 명 등으로 황주黃州와 봉주鳳州, 그리고 경상도의 금주金州(오늘의 김해) 등에 둔전을 설치하여 경략하기 시작했던 것이다. 그러니 고려 온 천지에 몽골군이 득실거리게 된 것이다.

이와 같은 조치는 몽골로서는 고려에 대한 지배권 강화와 이후 고려를 새로운 정복전에 동원하려는 준비 단계였다. 그뿐 아니라 반몽 항전을 계속하려는 눈치의 진도정부에 대해서는 한층 강력한 군사적 대응을 암시하고 있기도 했다.

 원종 12년(1271) 봄 진도의 삼별초 반몽 정권은 몽골 아해군을 제압하고, 한편 김방경의 혼을 아주 빼놨으며, 더구나 몽골정부의 대등한 처우 등으로 기세가 고무될 대로 고무되어 있었다. 김통정이 이끄는 삼별초 군은 전라, 경상도 남부 연안의 섬들을 완전 장악하고 연해 지역에 대해서도 일정한 세력권을 확보하고 있었다.
 앞서 있었던 밀성과 개경에서의 호응 봉기 등도 그들의 사기를 높이는데 큰 역할을 했다. 남국의 봄기운이 바다 멀리로부터 다가오듯이 정세는 반드시 비관적인 것만은 아니었다. 그러나 엄밀하게 따지고 보면 지금까지의 승부만으로 대 고려, 대 몽골의 항전을 계속한다는 것은 한계가 있었다.
 모처럼 상서좌승 유존혁이 남해도로부터 용장성으로 오던 날, 궁궐에서는 그를 맞아 오찬을 함께 나누고 있었다.
 "오랜만에 뵈어서 그런지 건강이 많이 좋아지신 것 같습니다."
 상장군 배중손이 입에 발린 인사를 했다. 그로서는 마음 한 구석이 원만한 양반을 일단 바깥으로 내친데 대한 미안함도 없지 않았다.
 "바닷가에 살면 자연의 기운을 많이 몸에 보태게 되나 봅니다. 아닌 게 아니라 요즘 들어 몸이 많이 실해진 것을 느끼고 있습니다."
 "좌승, 혼자 그렇게 좋아지지 말고 나에게도 좀 나눠주시오. 난 바닷바람 탓인지 여러 날째 고뿔이 영 안 떠나는군요."

회유 179

온왕이 부러 엄살을 떨었다.

"그러시면 안 되지요. 어서 건강을 되찾을 수 있게 탕제를 드시도록 하셔야 합니다. 안 그렇습니까?"

유존혁이 못마땅하다는 투로 말했다.

"탕제를 안 먹는 것은 아닙니다. 우리 전대기 만호가 극진하게 탕제를 데려오고 있긴 하나 효험이 빠르지 않으니 그게 걱정이지요."

"전하께서는 아무 염려 마시옵소서. 몽골이 우리를 대등한 입장에서 처우해 주시니 우리 진도 정부에게도 봄이 오고 있음입니다. 항시 건강에만 유념하옵소서."

유존혁은 속이 편치 않았지만 꾹 참고 다시 위안의 말을 했다.

"내 좌승의 말만 믿고 모든 걱정을 날려버리리다. 허허."

임금이 모처럼 소리내어 웃었다.

"그러나 우리가 이 정도에서 안심해서는 안 됩니다. 아직 우리가 차지한 영역은 너무 좁고 한쪽으로 치우쳐 있는 것이 사실입니다. 소신의 생각에는 대 몽골, 대 고려의 긴 싸움을 하려면 적극적인 호응자를 얻지 않으면 안 되리라고 봅니다."

"그것이 상장군의 생각에는 어디라고 생각하십니까?"

배중손의 말을 임금이 받아 물었다.

"예. 소장의 생각으로는 바다 건너 일본의 도움이 절대 필요하다고 생각합니다. 왜 그러냐 하면 일본이야말로 앞으로 우리와 유대를 갖지 않으면 큰 코가 다치게 되어 있는 나라입니다. 몽골이 왜 고려에 둔전을 경략한다고 생각하십니까? 그건 고려뿐만 아니라

머지 않은 장래에 일본, 너도 치겠다는 계략인 것입니다. 앞으로 오는 일이니까 두고 보십시오. 그건 소장이 장담을 할 수가 있습니다."

"상장군의 설명을 들으니 짐에게도 그런 생각이 듭니다."

온왕이 고개를 끄덕이고 있었다. 그는 감기라고 하면서도 술 몇 잔을 마셔서 얼굴이 적당히 붉었다. 유존혁도 고개를 끄덕이고 있었다. 그는 사실 예전부터 그걸 걱정하고 있었다. 지금 우리가 남해안 일대의 작은 섬들 30여 개소와 연안 지방들을 손에 놓고 있다고는 하나 그것은 반도를 한 개 고구마로 여길 때 지극히 부분적인데 불과했다. 지금까지는 우리 식구들이 어찌어찌 연명을 해오고 있다 하지만 일단 유사시가 되면 감당하지 못할 경우가 반드시 올 수 있다는 사실을 그는 막연히 느끼고 있었다.

"그러면 상장군께서는 무슨 방도를 갖고 계십니까?"

유존혁이 배중손을 향해 물었다.

"몽골이 우리를 대등한 입장에서 상대하고 있는 판에, 일본이라고 다르지는 않지요. 그들에게 사신이나 서장書狀을 보내어 사실을 알리는 것입니다. 우리 임금님의 이름으로 당당하게 군사와 물자를 요구하는 것이지요. 이 판에 뭐가 꿇릴 게 있습니까?"

배중손은 한 잔 해서 거나한 김에 거침없이 대답했다.

이거야 떡 줄 놈은 생각도 않는데, 김칫국부터 마시는 꼴이 아닐까. 사실 예로부터 일의대수一衣帶水라고 해오지만 유존혁으로서는 바다 건너 일본이란 나라가 낯설게만 여겨졌다. 유존혁에게는 섬나라 일본, 그것들이 그리 호락호락할 것 같지가 않았다.

"밑질 것은 없으니 어디 한 번 보내보는 거지 뭐. 안 그런가요?"

온왕은 오늘 술 탓인지 많이 헤퍼져 있었다.

"예. 소신의 생각으로도 앞으로 긴 싸움을 위해서는 첫째 병력, 그리고 둘째 식량이 절대 필요하다고 사료됩니다. 일본 정부가 자기들의 위기를 미연에 방지하기 위해서는 당연히 우리를 도와야 할 터인데, 좌우간 사신이나 서장을 보내는데 대해서는 소신도 찬성입니다."

배중손의 다시 강력하게 주장했다. 그에게는 그런 소신이 있었다. 이날 회의가 계기가 되어서 우선 일본에 서장을 보내는 작업이 배중손에 의해서 곧바로 추진되었다. 그 서장의 요구사항과 내용은 다음과 같이 아주 구체적인 것이었다. 제목은 '고려첩장高麗牒狀'이라 했으니 진도정부로 고려의 대표를 표방하고 있음이었다.

우리는 지난 해 강도에서 반몽의 기치를 들고 일어난 고려의 진도정부임을 사전에 밝히노라. 이미 귀국에서도 정보를 통해 알고 있겠지만 지금 고려에서는 오랑캐 습속의 짐승 같은 놈들이 쳐들어와 소란을 떨고 있어 큰 걱정거리인 바 그들이 바로 몽골이다. 우리는 과거 후삼국의 분열을 극복하고 통일을 이룩한 고려 왕조의 정통성을 계승하고 있음을 밝혀두는 바이며, 아울러 지금의 난국이 극복되어 나라가 안정되는 날을 학수고대하고 있음을 알리노라. 우리는 이번 싸움에 있어 일본국과 절대적 공동운명임을 강조해두는 바이며 일본과의 연합전선 구축을 간절히 희망하고 있다.

　우리는 오늘도 일본을 건너다볼 수 있는 진도 땅에서 몽골과 고려 연합군과 맞서 싸운 지 두 해 째가 되는 터이며, 솔직히 말해서 앞으로 대공세에 대비하여 병력과 식량이 절대적으로 요구되고 있노라. 그것은 더구나 앞으로 몽골이 귀국을 치려 할 때 꼭 필요한 조건들이다. 우리의 실제 정황을 알고 싶거든 사절을 파견하여 주시면 대단히 고맙겠노라. 서로 연합하면 이길 수 있거니와 혼자 버틴다면 어찌 이길 수 있겠는가. 우리는 당신들 우방에 대해 적극적인 지원과 협조를 요청하는 바이노라.

　진도 정부는 애써 작성한 서장을 그 해 5월 중순쯤 사신을 통해 일본으로 보냈다. 그러나 그들은 그 직후에 어떤 일이 자기들에게 일어날 것인지 전혀 운명을 예측하지 못하고 있었다.

다시래기와 진도만가

그 해 봄에 진도 토호 전대기씨의 나이 든 모친께서 세상을 떴다. 그와의 인연으로 진도 정부의 지휘부 사람들은 그 지방 장례식에 조문을 갔다가 그 곳에서만 전해 내려오는 옛 풍속을 엿볼 수가 있었다. 그 중에도 망자의 영혼을 위로하기 위해 지방민들이 꾸민 일종의 소극笑劇 '다시래기'는 그 의미조차 '다시 낳다' '다시 생심하다'는 등의 의미가 있다고 하거니와 아주 특별한 그 고장만의 민속이었다.

말하자면 이 섬사람들은 섬의 거친 삶을 살아오면서 살아서 다 누리지 못한 것들을 죽어서나마 누리려는 의지가 극명하게 나타나 있었다.

"제가 보기엔 망자의 가족들 상복이 매우 특이해 뵙니다."

배중손이 속삭이는 말로 말했다.

"여자들이 상두꾼으로 참여하는 것도 다른 데서는 보지 못하던 모습이군요. 그저 우리는 굿이나 보다가 떡이나 먹읍시다."

우승 이신손이 받아 대답했다.

"빼도 박도 못하고 그리 할 수밖에 없게 되었어요. 그러나 이것도 더할 나위 없이 좋은 기회인 듯 합니다."

"누가 아니랍니까?"

그런 속에 다시래기 굿판은 서서히 흥이 더해지고 있었다. 첫째 마당은 상두꾼들이 북과 꽹과리, 장고와 징 등 여러 악기들을 치면서 젯상 앞에 나와 원무를 추는 것으로 시작됐다. 한참 춤이 계속되더니 갑자기 꽤 높은 가락의 산다이 가락을 치면서 춤을 추고 육자배기를 부르기 시작하는 것이 아닌가. 남도 지방 잡가에 불과한 육자배기는 이런데서 들으니까 더 신선한 맛이 느껴지고 신바람이 났다. 그렇게 한판 놀고 나더니 이어 둘째 마당으로 넘어갔다.

둘째 마당은 '사제놀이'라고 했는데, 거들먹거리는 문관 차림의 도사제와 일찍사제가 등장하더니 이내 포승줄에 묶인 죄인과 그의 처량한 아내가 끌려 나왔다. 으레 구경꾼으로 동네 어른들과 장정들도 뒤따르고 있었다.

끌려 나온 죄인들은 도사제와 일찍사제 앞에서 그 동안 살아오면서 잘못한 죄목들을 미주알고주알 토해 놓는 것이었다.

"네 이놈, 네 죄를 네가 알렸다!"

일찍사제가 앞에 선 죄인을 향해 호통을 쳤다.

"모르겠구먼유. 지가 무신 죄를 지었는지… 그 죄를 가르쳐 주시와요."

"이런 못된 놈이 있나? 네가 세상에서 살 때에 혼자 배불리 먹고 굶주리는 동네 사람 못본 척 한 것이 한 죄요…"

"예? 지가 언제…(혼잣소리로) 그런 것도 죄가 되나?"

"네가 따땃한 옷 입고 지낼 때에 벗은 사람을 보고도 그냥 지나친 것이 두 번째 죄니라. 알겠느냐?"

"…허, 그 참…"

이렇게 되면 죄인으로서는 할말이 없어지게 되는 것이다.

"자아, 이 동네 사람들아, 이 죄인을 어찌했으면 좋겠는가?"

"예. 그런 놈은 응당 멍석몰이를 해야 하오!"

"멍석몰이?"

"예. 나쁜 죄를 지은 놈은 그저 둘둘 멍석에 말아서 모든 구멍에서 똥물이 나오게 두들기는 수밖에 없어라."

"이제부턴 내가 알 바 아니니 동네 어른들이 알아서 이놈의 죄를 다스려 주시오!"

"아마도 저것은 우리가 죽어 가서 저승에서 당하게 되는 것을 빗댄 것인 듯합니다. 죽어 가서 안 당하려면 우승께서도 이제부터 잘 하셔야겠오이다. 안 그렇습니까?"

배중손이 다시 입속말로 말했다.

"나도 그렇게 생각하던 참입니다. 세상에서 살면서 잘 살아야 하겠다는 교훈이 담겨 있네요."

이신손도 느끼는 것이 있었는지 무수히 고개를 끄덕이고 있었다.
다시래기는 드디어 셋째 마당으로 들어가며 상주를 위안하는 절차가 되었다. 상두꾼 남녀 두 사람이 상주의 역할을 맡아 그 앞에서 익살스러운 풍자극을 펼쳐 나가고 있었다. 이어서 상두꾼들 속에서 한 사람씩 앞으로 나와 자신만의 연기를 펼치는데, 이 동네 사람들은 필시 전생부터 이런 놀이에 익숙해져 있음이 분명했다.
한 사람은 눈 어두운 봉사가 되어 봉사 흉내를 내다가 하마터면 마당으로 떨어질 뻔해서 사람들을 웃겼다. 그러고 나서도 그는 눈뜬 장님의 흉내를 잘도 연출하고 있었다.
두 번째 나온 여인은 등대기가 낙타 등 만한 곱사등이로 곱새춤을 추는데, 그 춤사위가 그렇게 사람들을 웃길 수가 없었다. 그녀는 등만 튀어난 것이 아니라 가슴도 튀어난 안팎곱사등이로 거기 모인 모든 사람들을 더할나위 없이 웃겨 버렸다. 웃으면서 사방을 둘러보니까 구경하는 사람들은 웃으면서도 줄곧 눈물을 흘리고 있었다.
그 시각이었다. 기다리고 있었던 듯 미리 세워져 있던 줄 위에 새처럼 날아 올라타는 놈이 있었다. 날렵한 한복 차림의 소년은 고무줄처럼 휘고 튀어 오르는 줄 위에서 걷고, 치닫고, 부채춤을 추고 자유자재로 놀았다. 그의 이런 묘기를 보고 있으니까 누구나 손에 땀을 쥐게 했다. 사람들은 동자가 움직이는 동안 그에게 시선을 고정시키고 입으로는 감탄을 연발하고 있었다.
다시래기 판은 마지막 장면에서 비로소 상여놀이로 이어졌다. 내일 발인할 상여를 미리 꾸민 듯 마당굿 판에 갖다 놓고 상여의 출발 장면을 시연하는 절차였다. 뒤따르는 개상주는 슬프게 어깨를 들먹거리며 울고, 그런 정황에 못이긴 듯 구경하던 사람들이 나가서 상여 여기저기에 부조로 지폐들을 끼워 넣고 있었다.

"결국 저것을 위하여 그 굿판을 놀았던 것이 아닙니까? 상장군도 주머니를 터서야 하겠습니다."

이신손이 일어나 상여 멘 사람들 쪽으로 나가며 한마디 했다.

"아아, 그렇고 말고요. 좋은 구경을 했으니 값을 치르는 게 당연하지요."

배중손도 손에 잡히는 얼마간의 돈을 상둣군들에게 갖다 줬다. 상복 차림으로 상주의 자리에서 어정거리고 있던 전대기 만호가 고마워하는 눈인사를 그들에게 보내오고 있었다. 그 후에도 초상집 마당은 노래와 춤이 질펀하게 이어졌다. 이런 때 보면 이 고장 사람들은 놀기 위해서 태어난 사람들이 아닌가 의심될 정도였다.

하룻밤을 상가에서 보내고, 이튿날 새벽에는 상여가 출상하는 것을 지켜봐 주게 되었다. 그들은 애초부터 출상까지 만을 봐주고 군막으로 돌아오기로 약속이 되어 있었던 것이다.

출상 시간이 되자 동네 장정들에 의해서 동관이 이뤄지고, 약속이라도 한 듯 상여꾼들이 달려들어 상여가 들썩이며 움직이기 시작했다. 특이한 상복의 상주와 여자 상주들도 참여를 했는데, 마른 쑥대로 만든 횃불이 상여의 좌우 양쪽에서 길을 밝히고 있었다. 마른 쑥이 타는 냄새가 주위에 충만하게 퍼져 나갔다. 그런데, 그것은 시신에서 풍기는 냄새를 미리 방지하기 위함인 듯했다.

　가면을 쓰고 조랑말을 탄 방상씨方相氏 두 사람이 상여 양쪽에서 칼춤을 추면서 잡신을 쫓아내는 시늉을 하는 가운데 만가의 선창이 흘러나오기 시작했다. 선창자는 안파에 묻혀 어디 있는지는 얼른 눈에 띄지 않았는데 노래소리만이 청량하게 울려 퍼졌다.

　초장에 불려지는 진양조 만가는 '재해보살'을 부르는 등 불교 의식을 본 딴 모양새였다. "남우여 남우여 /나무아미타불"하는 후렴도 그런 풍이었다. 그러나 차츰 만가의 내용은 섬사람들의 기질답게 치달라져가고 있었다.

　　　　산에 나무를 심어 유전 유전이
　　　　길러내야 고물고물 단청일세
　　　　동으로 뻗은 가지 북토봉살 열리시고
　　　　남으로 뻗은 가지 화보살 열었네
　　　　서으로 뻗은 가지 금호보살 열리시고
　　　　북으로 뻗은 가지 수호보살 열었네

　이 소리들 중간에 '남무여 남우여 나무아미타불' 상두꾼들의 후렴은 이어졌다.

　　　　옛 늙은이 말 들으면 북망산천이 멀다든디
　　　　오날 보니 앞동산이 북망이네
　　　　애애 애애 애애야/ 애애 애애 애애야

다시래기와 진도만가　189

여보소 상두꾼들 너도 죽으면 이 길이요
나도 죽으면 이길이로다
애애 애애 애애야/ 애애 애애 애애야
어이를 갈거나 어이를 갈거나
심산 험로를 어이 갈거나
애애 애애 애애야/ 애애 애애 애애야
날짐승도 쉬어 넘고
 구름도 쉬어 넘는
심산 험로를 어이 갈거나

상여는 작은 동네를 벗어나서 들판으로 나서고 있었다. 이제 그만 돌아서야 하는데, 그들은 발길이 떨어지지 않아 여기까지 좇아오고만 것이었다. 들판으로 나서면서 만가는 탁 트인 내용으로 바뀌고 있었다.

간다간다 나는 가
북망산천을 나는 가
허망하다 인생살이
아적 나잘 성튼 몸이
저녁 나잘 병이 들어
이내 목숨 뺏아 가니
몹쓸 열이 병이로다
어떤 동갑은 백년도 산듸

이놈 팔자 어이 하여 단 팔십도 못 사는고
친구 벗네 많다한들 어느 친구 대신 가며
일가 친척 많다한들 어느 일가 대신 갈까

상두꾼들의 '나무아미타불' 후렴은 간간이 되풀이 되고 있었다.
동구밖에서 그들은 발길을 멈추고 멀어지는 상여를 바라보며 한참이나 서 있었다. 이제 더 가다가는 장지까지 쫓아가고 말 것 같았다. 그들은 밤 동안 용장성 안의 여러 사정도 궁금해졌다.
"참 대단한 죽음입니다."
배중손이 중얼거렸다.
"그러게 말이요. 사람 하나의 죽음이 이렇게 장엄할 수 있다니 참 좋은 구경을 한 듯 하오이다."
이신손이 응대했다.
"그러게 말이요. 우리 생전에 다시 이런 구경은 못할 것입니다."
배중손은 혼잣말처럼 예언 같은 말을 뇌고 있었다.

진도의 마지막 항전

배중손 상장군과 이신손이 한가하게 진도의 장례식엘 다녀오던 그 해 4월, 새로 부임해온 몽골 장수 흔도忻都와 사추史樞는 진도에 대한 총공격을 다지고 있었다. 그리고 그들은 자기들의 계획을 미리 몽골에 알려서 황제의 재가마저 받아놓고 있었다. 진도의 북쪽 해안 삼견원三堅院에 집결한 몽골군은 김방경 등 고려군의 도움을 받으며 작전계획 수립에 골몰하고 있었다.

패랭이 같은 그들 모자에 망토 같은 몽골식 정장을 한 깡마른 모습의 흔도 장군은 실패한 장수 아해와는 판이하게 다른 성격이었다. 그는 부관들과 함께 자기 군막에 머물러 있으면서 김방경 원수를 불러들여 지시 조로 말했다.

"진도 공격의 시기는 장마가 밀려오는 여름철 이전에 단행해야만

합니다. 장마가 오면 바다 공기로 하여 활 시위가 눅어져서 화살이 잘 안 나가는 수가 있기 때문이지요. 공격력이 그만큼 떨어진다는 말이지요. 이번에 우리는 특별히 새로 고안한 화학무기를 처음으로 사용해볼 생각이거든요. 그 화력이 놀랍습니다."

흔도는 자신 있는 말투로 말하며 어깨를 으쓱거렸다.

"그 무기가 어떤 것인지 소장이 알면 안됩니까?"

"그걸 알 필요까지는 없어요. 다만 효과가 보통 화살의 백 배는 실히 된다고 생각하면 틀림이 없습니다. 그 무기의 사용을 황제께서 이번에 처음으로 윤허하셨어요. 그리고 부탁할 것이 있는데, 병력과 장비의 보강은 고려에서 최대한 도와줘야 한다는 것입니다. 원종 임금에게 미리 이 사실을 보고해서 도움을 받으세요."

"지금도 개경의 거의 전 병력이 이 근방에 내려와 있어서 수도 경비가 문제가 되지 않나 걱정입니다. 몽골에서 군사들을 더 출정시키던가, 그 점은 다시 한 번 고려해 주셨으면 합니다."

"그럴 시간이 없어요. 어느 틈에 몽골로부터 병력 이동을 한다는 말입니까? 그리고 으레 그 정도는 고려가 담당을 해 주는 게 당연하지요. 왜 우리가 이 낯선 땅에 와서 싸움을 하는데요? 이번 작전은 순전히 당신들 나라의 백년대계를 위해서 꼭 필요한 것이니 그리 알고 추진을 하세요. 알겠습니까?"

"그건 그렇습니다만… 고려의 사정도 참고를 해주셔야지요."

"잔소리 말고 시키는 대로 하세요. 구체적으로 말하면 진주, 금주와 경상, 전라 등 인근 지역에서 6천의 병력을 더 동원하고, 진도 부근에 확보된 260척의 병선에 140척을 더 동원하여 400척으로 증가시키지 않으면 안 됩니다. 그리고 이들 병사들에게 필요한 물자를 차질 없이 공급해 달라고 조정에 요구 하세요. 이건 몽골 황제의 명령이기도 합니다. 더 지체할 시간이 없어요."

그는 결의가 굳고 강압적이었으므로 김방경 장군으로서도 더 할 말이 없었다.

"지금 진도의 무리는 그 동안 승승장구해왔기 때문에 자기 도취에 빠져 있습니다. 이런 시기가 곧 기회입니다. 본관은 이들을 교란시킬 작전도 계획을 하고 있어요. 그것은 저들이 심상히 보아 넘길 수 없는 고려 왕족이나 부몽배들을 앞세우고 공격함으로 적을 교란시키고, 사기를 저하시키는 작전입니다. 이를 위해서 승화후 온의 동생 영녕공永寧公의 아들 희熙와 옹雍을 내려보내라고 이미 지시를 해놓고 있어요. 이 친구들에게도 군대를 얼마간 따라 붙여 나가 싸우도록 할 작정입니다. 어디 누가 이기나 삼촌 조카끼리 싸움을 붙여 보자는 것이지요."

"그거 참 놀라운 생각이군요. 고려 사람이라면 그런 생각은 못했을 것입니다."

"그래서 고려 장수들은 싸울 줄을 모른다는 겁니다. 싸움에서는 수단 방법을 가릴 필요가 없어요. 다만 이기는 길만이 최상의 방법이지요. 너무 잘난 척 뻐기다가는 백전백패를 면할 수가 없지요."

"그 뿐 아니에요. 홍다구洪茶丘 알지요? 아버지의 죽음 때문에 복수심에 불타고 있는 홍복원의 아들, 그 영민領民도 주력부대의 하나로 진도에 투입할 작정이니까요."

"과연 장군은 계략이 출중하십니다. 언제 그런 작전을 구상하셨습니까?"

"장군은 밤에 잠을 자지요? 나는 다른 사람이 자는 시간에 깨어 여러 가지 전략을 구상합니다. 싸움에 이기기 위해서는 다른 방법이 없기 때문이지요. 이번 싸움은 장군에게도 그렇지만 소장에게도 아주 적당한 기회입니다. 여기서 지면 나는 영원히 황제를 뵙지 못할지도 몰라요. 모든 것은 황제에게 보고되어 있고, 지상명령은 거기서 나오고 있기 때문이지요. 이런 싸움, 신나지 않습니까?"

"힘이 솟습니다. 그 정도면 틀림없이 이길 수 있을 것입니다."

"그뿐만 아니에요. 진도에 대한 병력 투입은 부대를 좌·우군과 주력부대로 나누어 공격을 개시하되 적을 속이는 양동작전陽動作戰으로 허를 찌르도록 하는 것입니다. 저놈들은 계속 싸움만 한 종내기들이 돼놔서 웬만해서는 이길 수가 없기 때문에 이런 작전을 짜게 되는 것이지요. 우리나라 속담에 이에는 이, 칼에는 칼이라는 말이 있습니다."

"그건 우리나라에도 마찬가지인데요. 그러니까 속전과 양동작전 두 가지 술법을 쓰자는 말이군요?"

"그래요. 장군은 잘 아시면서 그러네."

이로부터 개경 측은 몽골의 요구에 부응하여 전쟁에 필요한 병력과 물자의 충당을 위하여 모든 대책을 다 동원한다. 개경 군은 물론 충청도, 경상도 등의 먼 지방 군사들까지 부대 이동을 하여 공격군을 증강시켰기 때문에 개경에서는 부위병府衛兵이 모자라 문무산직 文武散職과 백정, 잡색雜色, 승도들까지 징발할 정도가 되었던 것이다.

그런 가운데 변량邊亮 이수심李守深 등의 해군 부대가 증원군으로 삼견원에 파견됐다.

사방에서 응원군들이 모여들자 삼견원의 여몽연합군은 중군, 좌군, 우군의 3군으로 재편성됐다. 사령부의 김방경과 흔도는 중군을 이끌고 진도의 관문 큰나루로 직접 공격해 들어갈 작전이었으며, 고려의 영민들을 주력부대로 편성된 홍다구의 좌군은 노루목으로 공격하고, 우군은 대장군 김석金錫과 만호 고을마高乙磨의 지휘로 동편으로 진격하기로 했다. 삼별초 진영에서도 눈치를 챘는지 진도 앞바다는 팽팽한 긴장감이 감돌았으며, 연합군의 지휘관들은 흔도의 군막에서 이런 도상훈련을 며칠째 습득하고 있었다.

진도의 용장성은 몽골군의 집결지인 삼견원으로부터 불과 한참 정도의 좁은 해협 하나를 사이에 두고 있을 따름이었으므로 상대방의 변화가 어느 정도는 감지되었다. 더구나 용장성 바닷가에 우뚝 솟은 망바위, 천연 망대에서는 상대방의 움직임이 어느 정도는 포착되었다. 그러나 진도 정부는 그 동안 몽골군을 제압하고 승승장구해 온 싸움의 경험만을 믿고 태연했다. 이겼던 경험만이 그들로서는 유일한 위안이기도 했다. 그리고 이 참에 상대적 열세를 느낀다 해도 사실 다른 도리마저 없는 상태였다. 제발 일본으로 보낸 사신이 많은 병력과 풍부한 식량을 약속 받아 오기를 내심 기다리는 수밖에 대책을 찾지 못하고 있었다.

1271년(원종 12) 5월 15일. 몽골군 총사령관 흔도는 이제 전쟁 준비가 어느 정도 마무리 되었다고 스스로 판단했다. 드디어 내심 오래 동안 준비해오고 있는 작전이 바로 목전에서 벌어지려 하고 있었다.

흔도와 김방경이 새 철갑옷으로 갈아입고 새로운 결의로 이끄는 여몽연합군 주력부대는 그 날 아침에 드디어 진도의 관문 큰나루를 향해 일시에 배를 몰아 총공격했다. 진도로의 상륙은 용장성에서 지척지간인 큰나루의 교두보 확보가 관건이었기 때문이다.

이때 좌·우군은 중군의 배후에서 틈을 엿보고 있었는데, 공격군의 움직임을 관망하던 삼별초 군사들은 적의 큰나루 공격이 시작되자 이들 주력 부대를 막기 위해 수비병력을 이곳으로 총 집결시켰다.

"한 놈도 상륙하게 해서는 안 된다! 수비 병력을 총 집결하여 막아라!"

배중손 상장군의 목소리가 이미 쉬어 있었다.

그러나 이 같은 수비는 연합군이 사전에 계획하고 노리던 작전이었다. 전투가 진행되는 가운데 연합군의 좌·우군 병력은 자연스럽게 좌우로 분산했다.

이 시각 약삭빠른 홍다구와 영녕공의 두 아들이 이끄는 좌군은 원포遠浦의 뒷 골짜기 노루목으로 무저항 상륙하는데 성공했다. 이들은 지막리芝幕里 오산하리五山下里 방면을 거쳐 두시난골을 통과하여 곧바로 용장성의 배후에 들이닥쳤다. 같은 시각 대장군 김석 등의 우군은 섬의 동편 큰나루와 마산포의 중간 지점인 군직구미로 상륙하여 도적골을 지나 용장성 동편 계곡으로 바짝 쳐접근해 왔다.

그런 가운데 주력부대인 중군은 적당한 거리에서 그들이 자랑하던 신무기인 철포鐵砲와 자포磁砲를 용장성을 향해 서너 방 한꺼번에 쏘아붙였다. 포탄은 떨어진 자리에서 맹렬한 불꽃으로 터져 사방으로 번지고, 다시 그 자리에서 불꽃을 일으켰다. 처음 겪는 화포의 위력은 이제까지 활과 창, 칼만으로 싸워온 삼별초 군에게는 대단한 위협이 아닐 수 없었다. 화력에 놀란 삼별초 군사들은 대항도 못해 보고 사방으로 흩어지기 시작했다. 이 틈에 여몽연합군의 주력부대는 여유 있게 섬에 상륙하여 용장성에 바짝 들이닥쳤다.

"아아, 우리가 속았구나!"

"눈앞에서 저들이 우리를 속였다!"

삼별초의 상장군 배중손은 크게 소리 지르며 탄식했으나 이미 하늘은 그들에게서 기회를 빼앗아 가 버리고 말았다.

이 틈에 진도정부의 거점 용장성으로 처음 진입한 부대는 노루목으로 상륙한 홍다구의 좌익군이었다. 그들 부대가 용장성에 진입했을 때 성안에는 삼별초 군사들은 아무도 없고, 그들의 가족, 처자들만이 처량한 시선으로 밀려드는 적군을 맞고 있었다.

이 시각 용장성에서 철포와 자포의 공격에 호되게 당한 삼별초 군은 금갑金甲과 남도포南桃浦 양 갈래로 흩어져 달아나기에 바빴다. 승화후 온은 김통정 장군의 호위를 받으며 바다 가까운 금갑으로 향하고 있었다. 같은 시각 용장성을 함락한 홍다구는 마음이 급해져 있었다. 몽골 시절 아버지 홍복원을 죽게 한 원수, 절치부심 하던 승화후 온이 바로 눈앞에 있었기 때문이었다.

"쓰레기 같은 포로들을 내버리고 왕을 추격하라! 이 기회에 허수아비 임금 승화후 온을 처단해야 한다! 저 놈은 우리 모두의 원수이자 나 홍 장군의 원수이다!"

영녕공 준은 동생인 승화후 온의 목숨을 살리고자 아들 희와 옹을 일부러 참전시켰던 것이었으나 이런 북새통에 복수의 칼을 가는 홍다구를 말릴 방법은 어디에도 없었다. 그들은 숲이 짙고 험준한 첨찰산 기슭으로 달아나는 온왕의 뒤를 바짝 뒤쫓고 있었다. 그들은 왕의 뒤를 지척에서 바짝 쫓아갔다.

"아니, 너희들이!"

온왕은 자기 말 앞을 막아서는 희와 옹 두 조카를 보고 놀란 소리로 부르짖었다.

"삼촌 어서 피하세요! 목숨을 구하셔야 합니다!"

조카들의 안타까운 부르짖음. 그러나 다음 순간 말을 타고 뒤쫓아 온 홍다구가 등뒤에서 칼을 날렸다.

"자, 이 웬수야, 내 칼을 받아라!"

달아나던 온왕은 홍다구의 단칼에 등줄기를 맞고 휘청거렸다. 그 서슬에 말에서 떨어진 왕은 펄떡거리며 주체할 수 없이 피를 쏟고 있었다. 홍다구는 주인을 잃고 코를 부는 왕이 타고 있던 말머리도 단칼에 찔러버렸다. 어쩔 줄 몰라 눈을 말똥거리는 왕의 어린아들도 가볍게 해치웠다. 바로 눈앞에서 순식간에 벌어진 일이었다. 사람과 짐승, 세 구의 시체가 낯선 산기슭에서 피를 콸콸 쏟으며 펄떡거리며 식어가고 있었다.

홍다구는 그들 부자의 목을 쳐놓고 나서야 몽골에서 구금생활을 하던 어린 시절의 참혹함이 진도 앞 바다의 바닷물과 함께 유유히 흐르는 걸 지켜보고 있었다. 다시 떠올리고 싶지 않았지만 그의 아버지 홍복원은 몽골군 침입 초기 서경의 낭장郞將으로 있으면서 몽골의 주구가 되어 행패를 부리던 소문난 부몽배附蒙輩였다. 그가 몽골에 살 때 인질로 잡혀오게 된 영녕공 준이 바로 홍복원의 집에서 기숙하게 되었으며, 어느덧 둘 사이가 극도로 나빠지게 된다. 이런 수모를 당하자 몽골 황족 출신인 영녕공의 처가 황제에게 쫓아가 눈물로 호소하기에 이르렀고, 그 때문에 홍복원은 붙잡혀 타살되는 신세가 된다. 가산은 몰수당하고, 그리고 이제 장수가 된 아들 홍다구를 포함한 가족들은 체포, 구금되어 영어의 생활을 하기에 이른다.

세월이 흘러 홍다구는 몽골 황제에게 청원을 들여 어렵게 복권되기에 이르고, 원종 11년 삼별초 봉기 이후에는 비로소 고려의 영민들을 이끌고 고국으로 들어와 이듬해 진도 공격의 좌군 대장이 되기에 이르니 오로지 복수의 칼을 간 그야말로 파란만장의 반생이었던 셈이다. 그 동안 그로서는 쓸개를 씹으며 섶에 누워있던 세월이었으니 원수는 외나무다리에서 만난다는 것은 이런 때를 두고 한 말이었다. 그는 비로소 아버지의 원수를 갚은 셈이었지만, 그러나 눈앞에서 삼촌이 참살 당하는 꼴을 지켜보는 나이 어린 왕의 조카들은 너무 일찍 인생의 무상함을 배우고 있었다.

논수골에서 한 바탕 혈전을 벌이면서 김통정 장군은 삼별초의 상징적 존재인 온왕 부자가 무참히 참살되는 장면을 멀리서나마 목도했다. 장수로서 그것은 참을 수 없는 수모였으나 워낙 중과부적인데다 이대로 멸망할 수는 없다는 한 가닥 결의가 그의 달리는 발길을 재촉했다. 게다가 뒤쫓는 홍다구의 부대는 적군의 장수가 도망가는 것도 내버리고 지나치게 왕에게 집착하고 있었다. 그가 그런 북새통에 몸이나마 빠져 나올 수 있었던 것은 오로지 온왕의 죽음 덕분이었다. 이런 계기가 없었다면 그도 그 싸움에서 온전하게 살아 빠져 나오지는 못했을 터였다.

세월이 많이 흐른 지금도 진도 용장성에서 논수골로 나가는 길가에 '왕무덤재'가 있고, 여기에 진도 정부의 임금으로 추대되었던 온왕의 무덤이 전해지고 있다. 온왕을 살리려고 전쟁에 참가했던 조카 희와 옹 등의 배려, 그리고 온왕의 삼별초 정부의 머리였다기보다는 그 희생자로 간주한 개경 측의 평가가 오늘까지도 이 무덤을 남아 있게 했을 터였다.

경황 중에 김통정 장군의 일군은 간신히 탈주에 성공, 금갑포로 빠져 간신히 배에 올라 탈 수 있었다.

"강달구 어디 있느냐?"

"장군님 무사하시네유. 저 여기 살아 있어유."

한 척 건너 다른 배에서 강달구가 소리쳤다. 그때였다. 용장산성

쪽에서 한 무리의 민간인들이 부리나케 금갑포 쪽으로 달려오는 것이 시야에 들어왔다.

"아직 시간 여유가 있다. 저 사람들을 건지자!"

"장군님, 어서 먼저 떠나세유. 저 사람들은 제가 맡아서 실을 게유."

"아니야. 좀더 기다렸다가 같이 가자. 군인이든 민간이든 태울 수 있는 대로 태우자. 이게 무슨 꼴이냐? 우리가 애초에 제주도로 들어갔던들 이런 수모는 면했을 게 아니냐?"

"그러게 말입니다. 배중손 장군님은 어디로 갔을까요?"

"우리가 두 갈래로 헤어졌으니까 아마도 남도포 쪽일 거야. 무책임한 사람…"

"아, 저기 민간인들 뒤를 고려군인들이 쫓아오고 있어요. 저걸 어쩌지요?"

"이 판에 우리가 내려서 싸울 입장은 아니다. 태울 수 있는 사람들만 태우고 여길 뜨자! 우선 살아놓고 봐야 한다!"

"아, 형수님. 하늘이 도왔습니다!"

강달구의 소리에 되돌아보니까 아내가 아이를 데리고 저쪽 배에 올라타고 있었다. 부부간에 서로 시선이 맞닿았다. 짧은 가족끼리의 상봉. 그런데 도대체 이런 상황에서 몇 척이나 배가 이 해협을 빠져나갈 수 있을 것인가. 열 척, 스무 척? 그래 할 수만 있다면 좀 더 많은 수의 배들이 이 섬을 탈출해야 할 터인데, 그는 속이 바작바작 탔다.

김통정이 미리 점찍어둔 금갑포는 여러 섬들이 앞을 막아 외부로 부터 은폐되면서 연근해를 잘 조망할 수 있는 내해에 위치해 있었다. 그가 쫓기면서도 이리로 달려온 것은 여기에 살길이 있다고 여겼기 때문이다.

그런데 멀어져 가는 배 안에서 육지를 바라보니까 거기는 더욱 참혹한 광경이 펼쳐지고 있었다. 미처 배에 오르지 못한 아녀자들이 뒤쫓아 오는 적군들을 피해서 무작정 파도 웅덩이로 몸을 던지고 있었다. 한 사람이 치마를 둘러쓰고 몸을 던지자 이어 다른 사람들도 거침없이 파도 속으로 뛰어드는 것이 아닌가. 세월이 많이 흘러 나중 진도의 사람들이 이곳 이름을 '여기급창女妓及唱 방죽'이라고 불렀다고 하던가. 그때 빠져 죽은 여인들이 흘린 눈물이 여기 약간의 저수지를 이루고 있었다.

또 이 부근에는 몰살된 삼별초군의 시체를 한데 모아 묻은 '떼무덤'이 이뤄져 오랜 후에까지 전해오고 있었다. 더구나 금갑포의 갯벌에서는 오랜 세월 후에 그때 사람들이 몸에 지니고 온 무기나 장신구들을 미처 배에 싣지 못하고 바닷가에 버려 두었던 것을 이 지역의 학자들이 발굴한 적도 있다고 전해온다.

그런 비극을 목도하며 김통정 일행은 제주로 남하의 길목을 더듬어 나갔다. 바다 멀리로 멀어지면서 비로소 점검을 한즉 배가 30여 척에 그나마 1천여 명 가까운 사람들이 같이 목숨을 부지하고 있었다.

"그래. 언제 많은 인원으로 시작한 나라이던가. 우리는 할 수 있어!"

　김통정은 하늘을 향하여 눈물을 철철 흘리며 읍소하고 속으로 부르짖었다. 다행스러운 것은 경황 중에도 김통정의 처가 옷 속에 작은 불상을 지니고 온 것이었다. 불상을 태운 배는 당장 그들 일행의 선두에 내세워졌다.

왜 졌을까?

　세상에 주인 없는 공사가 성공하는 것 봤는가. 진정한 의미에서 진도정부에는 주인이 없었다. 승화 후 온 임금은 더구나 아니었으며, 배중손도 주인은 아니었다. 이렇게 되다 보니 섬은 섬대로 떠가고, 사람은 사람대로 흘러갔다.

　삼별초는 강화도에서 탈출 시 급조된 정부여서 대몽 항쟁에 대한 태도에 있어 성향을 달리하는 이질집단으로 구성되어 있었기 때문이다. 이들이 진도로 내려와 몇 달 지내는 동안에 이런 내부의 갈등은 서서히 노출되기 시작했다. 그것은 마치 봄이 되어 해동이 될 무렵 땅이 녹으면서 그 속의 것들이 드러나는 모양새와도 같았다.

　이 같은 이유로 끝내 내부의 결속을 도모해보지도 못하고, 오히려 상대에게 정보를 유출하는 불리한 요인으로 작용하기도 했다. 더구나 그들 중에는 막다른 섬 진도까지 와서야 어느 사이에 혼자 살아남을 방법을 강구하는 사람도 생겨나기 시작했다.

게다가 진도정부는 애초에 남해안 일대에서 호응을 얻고 연전연승한 때문에 적을 가볍게 여기는 오만한 마음이 생겨 버린 것도 문제였다. 그래서 자체 방어를 소홀히 한 것이 결정적 패인이 되었을 수도 있었다. 그리고 언제나 이긴 쪽은 그만큼 치밀한 작전과 내부의 준비를 하게 마련이었다.

여몽연합군의 작전. 주력부대가 정면으로 쳐들어가면서 삼별초 대항 세력을 한 군데로 집결시킨 다음 전혀 예상하지 못한 배후를 치고 들어가는 양동작전은 용이주도하고 세심한 준비를 요했다. 특히 이런 작전은 상대방의 내부 실정에 대한 충분한 정보와 사전지식이 없이는 실패할 수 밖에 없었다.

그런데 상대는 그 이전에 이미 모든 조건이 구비되어 있었다.

진도정부에 합류돼 있던 김지숙金之淑이라는 젊은 장수는 야심 만만하고도 쥐새끼 같이 약은 기회주의자였다. 그는 처음부터 진도정부의 여러 상황이 장구하지 못할 것을 미리 내다보고 있었다. 그는 누기 가득한 군막 생활을 하면서 배중손 상장군이나 상서우승 이신손도 자기와 비슷한 생각이라는 것을 빠삭하게 눈치채고 있었다. 이 약삭빠른 친구는 기회를 엿보다 사람을 놓아 고려 장수 김방경의 군막을 드나들기 시작했다.

"네가 여길 어쩐 일이냐? 여기가 어디라고 네가 나타나?"

"예. 소장은 피치 못할 사정으로 진도에 머물러 있으나 내심은 거기서 떠난 지 오랩니다."

"내심은 그렇지 않다니, 그러면 네가 우리를 도와줄 수 있다는 말이냐?"

"예. 그러하옵니다. 소장을 잘 활용하시면 진도로 들어갈 수 있는 쉬운 길을 얻을 수 있을 것입니다."

"두 입을 가진 너를 어떻게 믿어?"

"그렇지 않습니다. 두고 보시면 압니다. 소장은 장군님과 같은 피를 나눈 동본同本 성씨라는 사실을 기억하옵소서."

"그렇다면 내게 유익한 무슨 말을 전해 줄 수 있다는 말이냐?"

"예. 첫째는 배중손 상장군이나 우승 이신손은 싸울 의향이 전혀 없는 인물들입니다. 그들을 적이 아니라 회유 대상으로 삼음이 옳은 줄로 아룁니다."

그는 김방경 장군에게 진도정부 내부의 약점과 우왕좌왕하는 모습을 그대로 전달했다.

"얼마 전 배중손이 몽골 장수 흔도를 진도에 초치하려 했던 일이 있었다. 그렇다면 네가 그 일과도 관련이 있느냐?"

"물론입니다. 진도정부는 앞서 작은 싸움에서 연전연승한 것이 깊은 병이 되어 치유 불가능한 상태입니다."

"그러면 우리가 어떻게 하는 것이 좋겠느냐?"

"기회를 엿보고 계시옵소서. 적당한 기회에 제가 다시 오겠습니다. 그 때는 바로 작전을 개시해야 되옵니다."

몽골은 이런 자들을 통해 진도 측의 첩보를 쌓아가고 있었으며,

이를 필승의 전략으로 삼았던 것이다.

　반면 진도 측의 경우 공격군의 실태에 대하여 거의 아무런 정보도 갖고 있지 못했다. 심지어 언제 쳐들어오는지조차 모르고 있다가 급작스럽게 당하고만 꼴이었다.

　한편 몽골군은 당시 전투 현장에서 이제 막 발명하여 실용 단계인 화공무기를 도입하는 치밀한 준비성을 엿보이고 있었다. 흔도는 출전에 앞서 진도 공략작전의 개요를 몽골 황제에게 보고하고 한편 전투의 성과를 보다 높이기 위하여 철포와 자포 같은 새로운 무기를 공급해 달라고 요청하여 그 신무기들을 확보해 놓고 있었다. 이 시점에 이르러 몽골 황제는 혼자 빙긋이 미소를 머금고 있었다.

　"그래. 진도만 쳐서 이겨라. 그러면 고려에 대한 지배권이 굳어질 것이며, 이후 일본과 남송 정벌의 기회도 바짝 다가올 것이다. 새로운 무기, 그까짓 것 요구대로 도와주마."

　이렇듯 손바닥만한 진도 하나를 놓고도 고려와 몽골은 저마다 계산이 달랐다. 더구나 몽골은 이 작은 것 하나를 취함으로 보다 원대한 것에 다가가려는 엉뚱한 계산을 하고 있었다. 그렇기에 이 싸움에서 몽골 측은 새로 고안한 화학무기로 철포, 자포와 함께 화창火槍, 화마교火礪交, 화전火箭 같은 당시로서는 가히 경이로운 무기를 모두 동원하고 있었다.

　당시 어떤 기록에는 "관군이 바깥 성을 넘어가 불화살을 네 번 쏘니 연기와 불꽃이 하늘에 가득하고 삼별초의 무리가 크게 혼란 되었다."고 쓰고 있었다.

더구나 진도정부에는 삼별초 군의 정치적 행동에 전혀 동의하지 않던 다수의 관인들이 진도 남천 시 강제적으로 동반되었는데, 이들이 결국 진도 정부를 내부로부터 썩게 하는 누룩과 같은 존재들이었다.

나이가 들어 수사공守司空의 벼슬을 내놓고 내려왔던 이보李甫, 판태서국사判太史局事 안방열安邦悅, 상장군 지계방池桂芳, 대장군 강위보姜渭輔, 장군 김지숙, 대장군의 자리를 나이가 들어서 내놓은 송숙宋肅, 소경少卿 임굉任宏 등이 모두 삼별초에 붙잡혀 와 있었는데, 삼별초가 무너지면서 이보, 지계방 등은 살해되었으나 나머지는 죽음을 면하고 조정으로 돌아갔으니 이들이 진도정부에 얼마나 무거운 짐이 됐던가는 불을 보듯이 뻔하다.

상서좌승으로 삼별초 봉기 시 승선承宣에 임명되어 함께 진도로 내려왔던 이신손이란 인물도 문제였다. 그는 진도가 함락될 때 삼별초를 따라 탐라로 가려다가 발길을 돌린 기회주의자였다. 이 사람은 그 후 바로 개경정부에 들어가 삼별초가 탐라에서 패망하던 무렵에는 판합문사判閤門事로서 충청도 수로방호사水路防護使의 직에 임명되고, 그 이듬해에는 몽골에 하정사賀正使로 파견되고 있었다. 또 나중에는 좌서윤左庶尹에 오르는 등 완전히 개경 측의 관인으로 복귀하고 있었다. 형식상 삼별초 정부의 요직에 있었던 그가 이처럼 개경 측의 관인으로 완전히 복귀가 가능했던 것을 보면 그가 실제로 삼별초 정부의 적극 가담자가 아니었음을 역사 속에 드러낸 것이라 하겠다.

더구나 삼별초의 상장군 배중손의 죽음이나 마지막 행적은 그 시절의 어느 기록에도 보이지 않고 있다.

그는 진도정부의 한창 시절인 원종 12년 3월에 몽골 중서성에 이런 제안을 한 적이 있었다. "몽골군이 먼저 물러가면 그 후에 내부內附를 하겠오"

그러나 몽골군 사령관 흔도가 듣지 않았는데, 이번에는 전라도를 얻어 살게 하면 몽골 조정에 속하도록 하겠다 했으나 "쓸데없는 말로 세월을 늦추자는 것이다."고 몽골 측이 물리쳐 받아들이지 않았다.

같은 해 4월. 이번에는 사람을 시켜 삼견원의 몽골 사령관 흔도에게 "비밀히 이야기 할 것이 있으니 소도小島로 와 주십시오"하고 초청한다. 그러나 흔도는 "내가 황제의 명을 받지 않고 어찌 그 섬으로 들어갈 수 있겠는가?" 했는데, 이번에는 삼별초가 술과 안주를 갖추고 오기를 청하므로 이에 허락하였다는 〈고려사〉의 기록이 보인다. 이런 일들로 미뤄 그가 개인적으로 뿐 아니라 진도정권 안에서 스스로 크게 갈등하고 있었음을 보여주고 있다 하겠다.

진도의 지방민들은 그가 진도 함락 시에 남도 석성 자리로 쫓겨 갔다가 여기서 최후를 맞았을 것이라고 주장하고 있으나 그것마저 공식적인 기록에 의한 것은 아니다. 그러나 진도군 임회면 굴포리에는 아직까지 그를 기리는 초라한 사당이 남아 있다.

그럼에도 불구하고 일부 역사학자들 사이에서는 그가 진도 공함 이전에 내분에 의하여 권력자의 지위에서 숙청되었을 수도 있다는 흥미 있는 의견을 제시하고 있는데 그야말로 삼별초가 남긴 수수께 끼 인물이 되고 있음을 본다.

  진도 정부는 햇수로는 2년, 달로는 9개월을 진도에서 버티었다.

  그러나 마지막 항전은 황급히 달아나는 것으로 끝판을 냈으니, 김방경의 고려군은 이 싸움에서 남녀 포로 1만 명, 양곡 4천 석과 각종 보화들을 탈취해 갔다. 흔도의 몽골군에 납치된 포로도 1만 여명에 이르렀다고 하니 진도 사람들이 나중 기록에 이후 "한때 진도가 텅 비었었다"고 기록해 놓은 것도 가히 과장된 표현은 아닐 터이다.

  결국 짧은 기간 번영했던 진도정부의 패망은 그 자체 속에 원인을 내포하고 있었던 것이다.

제주 바다

억장이 무너지는 억울함과 회한의 항해였다. 그것들이 그들로 하여 침묵하게 하고 있었으므로 아무도 아무 말도 하려 들지 않았다. 그렇게 거의 하룻길을 망망 대해를 헤쳐왔을 때였다. 이제 여기가 제주 바다라고 생각되는 지점에서 바다는 성깔 있는 여편네처럼 설레고 있었다.

제주바다는 빛깔부터 달랐다. 바닥에 바위가 있는 곳은 검고, 모래가 있는 지점은 맑은 하늘빛깔이었다. 그냥 검거나 푸른빛이 아니라 생생하게 살아있는 빛깔인 점이 달랐다. 게다가 이미 이곳 바다에는 봄이 물씬 무르익어 있었다. 지난 겨울은 얼마나 혹독한 추위였던가. 무명 홑옷으로 겨울을 나고, 전쟁에도 임했으므로. 귀 기울여 들으면 겨드랑이 밑을 파고드는 바람소리. 그것은 그들 모두에게 익숙한 소리이곤 했다. 그러나 이제 그들에겐 한 가지 걱정은 덜어진 셈이었다.

바다를 질러가는 배 안에는 파도와, 부대끼는 목재들의 힘들어하는 신음소리 뿐. 김통정은 선실에서 벗어나 햇볕이 잘 드는 이물에 기대앉았다. 그는 그렇게 기대어서 스르르 눈을 감았다. 온갖 피로가 한꺼번에 몰려들며 거침없는 잠 속으로 빠져들었다. 그렇게 빠져든 잠 속에서 그는 비몽사몽 간에 엄하던 할아버지를 만났다. 흰 무명천이 누렇거나 검도록 늘 입고 계시던 할아버지. 일할 때도 입고, 잘 때도 입고 자던 그 유일한 단벌 옷. 그 할아버지의 슬픈 시선이 그를 그윽히 내려다보고 계셨다.

"이놈아, 네가 일을 크게 저질러 놓았구나."

그 눈은 그에게 그렇게 말하고 있었다. 그러나 그것은 힐난은 아니었다.

그의 집안은 대대로 노비였다. 할아버지가 노비이면 그 아들도, 또 그 아들도 노비여야 했던 슬픈 세월이 있었다. 그러나 그들의 가계는 그 지방의 이름난 토호였던 황 참판 집에서도 알아주는 종놈들이었다. 할아버지도, 아버지도 황 참판이 가장 신임하고, 늘 가까이 두고 부리는 심복들이었다. 그리고 그 집의 여인들인 할머니는 침모, 어머니는 찬모로 그 집에 없어서는 안 될 신실한 종들이었다.

그러나 부자들은 자기들이 부리는 종들이 마음에 들지 않으면 손에 들고 있던 도구를 내던져 부셔 버리듯 하는 못된 버릇이 있었다. 그러기에 주인집의 넓은 마당은 그들에겐 언제나 살얼음판이었다.

무슨 일을 잘못했을까. 오늘 같이 햇볕이 잘 드는 날, 아버지가 형틀 위에서 볼기를 까놓고 태장을 맞고 있었다. 하나이요, 두울이요… 평소 그의 주위에서 눈치를 보던 종놈들이 주인의 지시를 받으며 아버지의 드러낸 볼기를 치고 있었다. 그것은 생나무 가지를 찢는 듯한 아픔이었다. 태장 수를 헤아릴 때마다 어린 그는 자기 몸을 파고드는 아픔을 견디고 있었다. 그것은 종으로서의 아픔이며, 설움이었다. 김통정은 그 후 살아오는 동안 줄곧 아버지의 이 아픔을 자기 것으로 몸 속에 간직하고 있었다.

부자는 편하고 좋은 것이었지만 전쟁에 쉽게 노출되는 불리함이 있었다. 일·이차 몽골군의 침입이 있었을 때 이 낯선 군인들은 곧장 황 참판 댁으로 몰려왔다. 그리고 무지막지하고 낯선 군인들은 집안의 재물을 싹 쓸어갔을 뿐 아니라 집조차도 아주 박살을 내고 말았다.

그 무렵까지 김통정은 산에 가서 나무나 패오고 늘 밖으로 나돌던 젊은 종이었다. 그가 몽골군과 싸우러 나가겠다고 자원을 하게 된 것은 물론 신분 탈출의 의지도 있었지만, 그 계기는 주인집의 멸망에서 비롯된 것이었다. 이십대 초반의 그는 산을 타는데 누구보다 명수였다. 그의 벗들은 산 타는 그를 보고 "나르는 것 같다"는 표현을 서슴없이 할 정도였다. 이런 그는 군대로 동원돼 가서도 단연 두각을 나타냈다. 발은 빠르고, 머리는 명민했다. 그렇게 하려고 노력한 것도 아닌데 그는 자기도 모르는 새 어느덧 무리들의 중심에 서 있었다. 그리고 그가 최초로 능력을 발휘한 것은 몽골군에 포로가 되어 갔다가 도망쳐 나올 때였다. 그는 어떤 지도자보다도 그의 동료들을 빠르고 안전하게 도주하도록 길을 터 줬다. 마침내 그들 무리를 최씨 가문으로 끌고 간 것도 그였으며, 그들로 신의군을 조직하는 놀라운 변신을 보인 것도 그의 수완이 많이 작용했다. 그렇게 그는 삼별초 신의군의 낭장이 되었던 것이다.

그러나 그의 성장 과정은 어디에나 한 발 앞에는 함정이 파여 있고, 거칠 것이 놓여 있던 아슬아슬한 생애였다. 그는 지금도 자신의 살아있음이 믿어지지 않았다. 얼마나 많은 사람들을 베고 헤쳐온 길이었던가. 어찌하여 그 무수히 날아오던 창과 칼은 나의 몸을 피해 갔던 것일까. 도대체 내 겨드랑이에 날개라도 달려 있었다는 말인가.

그는 흔들리며 잠 속으로 빠지다가는 조상들의 호통에 다시 잠이 깨곤 했다. 그러나 어느 시점에서는 조상들의 호통도 거침없이 빠져드는 잠을 뿌리치게는 못했다.

'이건 분명 봄 햇볕 탓이다.'

그는 이렇게 변명했다. 그러면서 그는 그대로 깊은 잠 속으로 빠져들었다. 그런 그의 시야에 넓은 들판이 펼쳐졌다. 푸른 풀들이 융단처럼 깔린 위를 통통하게 살이 오른 사슴 무리가 떼를 지어 뛰놀고 있었다. 맹수라곤 없는 섬이었으므로 그것들은 풀을 뜯다가는 뛰놀고, 뛰놀다가는 다시 풀을 뜯곤 했다. 군데군데 시퍼런 생수가 솟는 샘들도 널려 있었다. 사슴의 무리들은 눈치도 보지 않고 그 물을 양껏 들이켰다.

그들이 섬에 닿았을 때 그들도 한 마리 사슴이었다. 그들도 사슴 무리와 어울려 뛰놀고 샘물을 마셨다. 아무 걸릴 것도, 위험한 것도 없었다. 섬은 마냥 평화와 자유만이 넘쳐흘렀다.

그런데 그때 서북쪽 하늘에 검은 구름들이 몰려들기 시작했다. 그것은 뭉게뭉게 바닥에서부터 피어올라 덩어리로 뭉쳐져서 비와 바람을 머금기 시작했다. 그것은 어느 부위에는 붉으죽죽하게 물들어 있었다. 그것은 바로 핏빛이었다. 저것이 터지면 안 되지. 저걸 터지게 해서는 안 되지.

그때 다시 볼기를 까고 엎드린 아버지의 음성이 들렸다.

"잠들면 안 된다. 깨어 있어야지!"

그는 흐흐흑 흐느끼고 벌떡 일어나 앉았다. 그 동안에 잠은 싹 달아나 있었다. 그 정도로 잤는데도 어깨가 훨씬 헐거웠다. 어느새 그의 몸에 생기가 돌아와 있었다.

보랏빛 높은 산이 아득히 목전에 다가들고 있었다. 아른아른한 대기가 온 천지에 충만하고, 만나는 작은 섬들도 봄기운으로 가득 차 있었다. 섬들에는 미역과 모자반, 감태와 톳 같은 해조류들이 싱그러운 색깔로 가득 덮여 있었다. 그것은 진정한 봄의 빛깔처럼 느껴졌다.

"강달구야!"

김통정은 가까이 다가들었다가 멀어지고, 다시 다가들었다가 멀어지는 가까이 떠있는 배 안의 부관을 불렀다.

"예. 장군님!"

"저기 섬이 보이느냐? 저 보랏빛 섬이…"

"예 보이고 말고요. 너무 아름다워 보입니다. 그런데 우리만 와서 어쩌지요?"

"그러게 말이다. 누가 우리만 오고 싶어 왔겠느냐? 너무 가까운데 성을 쌓았던 것이 화를 불렀구나."

"석파 스님은 어떻게 되었을까요?"

"그 분은 적들이 창칼을 들이대도 꿈쩍 않고 불경을 독송할 어른이시다."

"그러니 살아 있기는 어렵겠지요?"

"그걸 누가 알겠느냐?"

"배중손 장군님은 어찌 되었을까요?"

"그 양반은 무기를 들고 싸우고 있었으니… 그런 장군을 살려둘 적이 어디 있겠느냐?"

그들은 서로 돌아보고 고개를 끄덕였다. 김통정은 지금도 이번 싸움의 패인의 어느 정도는 배 장군에게 있다는 생각을 지우지 못하고 있었다. 지도자의 자질, 지도자의 판단 잘못이 부하들을 무참히 죽게 한다는 것도 그는 아프게 깨닫고 있었다.

"유존혁 좌승선께서는 어떻게 되었을까요?"

"그 어른은 남해도에 떨어져 계셨으니 그것이 새옹지마塞翁之馬가 되었을 수도 있지. 어쩌면 머지 않은 장래에 다시 만날 수 있을 지도 모르지. 아니. 꼭 그렇게 될 거야."

"그렇기만 하다면 얼마나 좋겠어요."

그들이 이야기를 나누는 동안에도 넉넉한 능선의 보랏빛 산은 차츰 그들 앞으로 다가들고 있었다. 그때 선실에서 이제 막 잠이 깨었는지 군졸 한 놈이 비칠거리며 그에게로 다가오고 있었다. 그런데 자세히 보니까 그 놈은 틈만 나면 물구나무를 서서 사람을 웃기는 배방실이였다.

"장군님, 섬에 도착하면 잠잘 시간도 없을 터인데 미리 잠이나 실컷 자두시지 그러세유."

그 놈이 잠이 덜 깬 얼굴로 꾸벅 인사를 했다.

"됐다. 네놈은 잠을 좀 잤느냐?"

"예. 저는 푹 한잠 잤거든요. 자고 나니 세상이 다르게 보인다니까요. 나야 언제나 요 모양 요 꼴로 망나니 짓이나 하고 돌아다니지만 우리 할아버지는 시도 짓고, 훈장질도 하는 선비셨어요."

놈의 눈빛은 뭔가 간절하게 말하고 싶은 게 있는 눈치였다.

"그랬었구나. 그래도 네놈이 우리에게 대단한 위안이었느니라."

김통정은 진심으로 말했다.

"그런데 우리 할아버지 때보다도 훨씬 앞선 시대에 저 섬에서 큰 벼슬아치가 난 적이 있었답니다. 그 사람 이름이 고조기高兆基라고 들었어요. 그 사람은 일찍 문과에 급제하고, 한때는 〈삼국사기〉를 쓴 김부식金富軾의 보좌관이 되기도 했답니다."

"너는 참 아는 것도 많구나."

"다 할아버지 덕분이지요 뭐. 그런데 그 사람이 우리처럼 진도를 건너온 적이 있었다네요. 그때 지은 시가 이제도 전해오는데, 제목이 '진도강정珍島江亭'이라는 것입니다요."

"그것을 네가 읊을 수 있겠느냐?"

"예. 제가 진도에 있을 때도 가끔 입안에서 굴려보긴 했지만…"

"틀려도 상관없으니 어디 한번 읊어 보아라."

말이 떨어지자 배방실은 보랏빛 큰산 쪽으로 시선을 두고 시를 읊기 시작했다.

行盡林中路	숲길을 다 헤쳐 나오니
時回浦口船	배가 마침 포구로 돌아오는구나
水環千里地	물은 천리 땅을 에둘러 있고
山礙一涯天	산 한 점 먼 하늘을 가렸구나
白日孤槎客	오늘은 외로운 나그네지만
靑雲上界仙	젊어서는 높은자리에서 놀기도 했네
歸來多感物	돌아오니 온갖 것에 느낌도 많아
醉墨灑江煙	취하여 먹을 찍어 시 한 수 짓네

배방실은 시를 다 읊고 나서도 여전히 큰산 쪽을 우러러보고 있었다.

"그 시인도 대단하지만 네 실력도 대단하구나."

김통정은 마음 깊은 데로부터 칭찬했다. 박수라도 치고 싶었지만 시의 내용이 너무 슬프고, 그들의 처지를 닮아 있어서 그럴 수가 없었다.

"아, 장군님, 저기 섬 기슭에서 연기가 피어 오릅니다. 필시 이문

제주 바다 219

경 장군이 우리를 안내하노라고 봉수대에 불을 피운 것 아닐까요?"
 배방실이 말했다.
 바람이 그리 세지 않았으므로 연기는 구불구불 곧장 하늘로 올라가고 있었다.
 "자, 우리 깃발을 높이 달아라. 그리고 이제부터 힘차게 노를 저어라! 저 연기 나는 포구로 가서 배를 대자!"
 김통정은 사방에서 들을 수 있게 목청을 높여 큰소리로 명령했다. 이문경의 군사들을 미리 제주로 보낸 것은 참으로 잘한 일이었다고 그는 생각했다.
 제주 섬이 비로소 삼별초 반몽 세력의 최후 거점으로 정해진 것은 이미 1271년 봄이었지만 삼별초의 거점으로서 제주가 거론되기 시작한 것은 이미 10년 전부터의 일이었다. 그러기에 부몽 첩자들이었던 소복별감蘇復別監 김수제金守磾와 별장 우탄于綻 같은 무리들이 머리를 깎고 몽골 장수 야속달也速達의 군막에 가 머물면서 그에게 정보를 흘렸던 것이었다.
 "삼별초는 앞으로 급한 일이 있으면 틀림없이 제주로 옮길 것입니다. 지금 옛 도읍으로 옮긴다는 것은 거짓부렁입니다."
 이에 대해 고려정부는 공식적으로 그게 아니라고 부인을 했음에도 불구하고 그 후 끊임없이 이 말은 기회 있을 때마다 솟구쳐 흘러다녔다 그러나 이제 비로소 그 말은 사실로 실현 단계에 이르러 있었다. 이제 그들은 소문으로만 듣던 마지막 거점에서 운명적으로 배수의 진을 칠 수밖에 없는 처지에 다다른 것이었다. 김통정은 그것을 가슴으로 느끼고 있었다.

하늘로 올라가는 연기는 바람이 불어오면 중동이 휘었다가 다시 곧장 하늘로 오르곤 했다. 그 연기가 가까워지면서 연기 주변에 늘어서 있는 비슷한 옷차림의 장정들도 보이기 시작했다. 그들은 처음 소인국의 사람들처럼 작게 보였으나 배가 가까워지면서 차츰 제 모습을 갖추어 가고 있었다.

포구 머리에 나서 손을 흔드는 것이 이문경이며, 그 주위에 병졸들이 늘어서 있었다. 더러는 만나기를 기대했으나 이미 대열에서 빠진 얼굴들도 있었다.

제주 해안의 바위들은 특별히 검은 빛깔을 띠고 있었다. 그런 바위들이 거칠게 너럭바위를 이루고 있었다. 물론 바닷가 바닥에는 파도에 잘 깎인 조약돌들이 무수히 깔려 있었으나 그러나 첫 인상에 시선을 끄는 것은 그 검은 돌들이었다.

김통정들이 탄 배가 이런 주위의 것들을 받아들이며 작은 포구 안으로 들어갔다. 배가 닿는 것과 동시에 그는 칼자루에 손을 댄 채 바위벽 위로 뛰어 내렸다.

"장군님, 어서 오시지요."

이문경이 최 경례를 하며 그를 맞았다.

"그 동안 낯선 섬에서 고생이 많았지? 그러나 이제 이 장군만이 우리의 희망이 되었습니다!"

"어찌 그런 인사를 하십니까? 갑작스런 이런 만남이 반갑기도 하지만 자초지종을 모르고 있으니 답답합니다."

"차츰 얘기하십시다. 그러나 미리 알아둘 것은 이제 삼별초를 책임질 사람은 우리밖에 남아있지 않다는 것입니다. 강달구 별장, 이제 도착한 배와 인원을 철저히 점검하라!"

"예. 제가 하겠습니다. 걱정 놓으십시오."

강 별장이 대답했다.

"용장성이 적들의 불을 맞은 것이로군요?"

이문경은 이해가 빠른 사람이었다. 포구로 들어오는 배와 사람들의 모습만 보고도 벌어진 상황을 대충은 알 것 같았다.

"그래요. 하늘이 우릴 버렸어요. 나머지는 모두 죽거나 포로로 잡혀갔어요. 우리만 살아 이 섬을 찾아온 것입니다."

김통정은 목이 쉬어서 말을 잘 잇지 못했다.

"잘 오셨습니다! 여기는 소장이 몇 달간 돌아보니까 희망이 있는 땅입니다. 주민들도 우리 편입니다. 반드시 재기할 수 있을 것입니다!"

패전의 군사들은 섬에 내려서도 어리둥절한 표정으로 낯선 상황을 휘둘러보고 있었다. 더러는 아직도 멀미 기를 이기지 못하고 쭈그려 앉은 가족들도 있었다.

"자, 모여 서라. 우리는 그 동안 힘들 때마다 불렀던 '삼별초의 노래'로 여기 오신 손님들을 맞자!"

이문경의 명령을 떨어졌다. 파도소리만이 가끔 철썩거리는 고즈넉한 포구 가에 노래 소리가 울려 퍼지기 시작했다.

아무리 센 북풍이 불어와도

우리는 고려의 무사 삼별초
파도가 우리를 어쩌지 못하고
창칼로도 우리를 어거치 못하네

싸워라. 싸워서 이 나라를 지키자
싸우고 이겨서 이 백성을 살리자

삼별초의 노래는 삼절까지 계속되었다. 이상한 일이었다. 낯선 땅에서 병사들이 부르는 노래가 그들의 옷섶으로 기어 들어가 그들의 몸에 생기를 불어넣고 있었다. 겨울을 난 묵은 등걸에서 새 움이 트듯 그들은 이제 아무 거라도 할 수 있을 것처럼 몸에 생기를 느끼고 있었다.

그들은 우선 군항포軍港浦 앞의 넓은 풀밭에 군막을 쳤다. 그것은 어디엘 가거나 맨 먼저 하는 일이었다.

섬으로 와서 막막해 있는 참에 사흘째 날 바다로부터 또 한 떼의 배들이 섬으로 다가오고 있었다. 그 날 바닷가에 나갔던 김통정은 대번에 그 배들의 정체를 알아 맞췄다.

"저건 분명 남해도에 주둔해있던 상서좌승 유존혁 영감의 배가 틀림없다! 그들이 살아서 이 섬으로 오고 있는 것이다!"

"제 생각도 그런 것 같습니다. 배 모양이 틀림없이 우리 배입니다."

강달구도 환희에 들떠서 소리쳤다.

"이 장군, 불을 피워 연기를 올리고 저들을 환영합시다. 강 별장, 배가 몇 척이나 되는지 네가 어서 헤아려 보아라!"

"예. 제가 파악을 하지요. 하나 둘 셋 넷… 거의 백 척은 되겠습니다."

"그러지 말고 제대로 파악하라니까. 그래야 배가 정박할 위치 같은 것도 정할 수가 있을 것 아니냐?."

김통정은 마음이 급해져 있었다.

"예. 알겠습니다."

강달구는 서둘러 좀 더 높은 언덕으로 달음질쳐 올라갔다. 그리고 한참만에 돌아온 그는 배의 척 수가 모두 82척이라고 보고했다. 그렇다면 이문경의 군사들이 타고 온 배와 진도에서 김통정이 타고 온 배까지 포함하여 110척이 넘게 된다. 이 정도의 배와 사람이라면 어디 한 번 해볼 만도 하겠다고 그는 내심 부르짖었다.

배들이 점점 더 가까워지고 있었다. 김통정은 누구보다도 자기가 평소 가장 존경하던 유존혁이 살아 남아 준 것이 큰 힘을 북돋웠다. 그는 다른 사람들이 살아있을 때만 해도 그와 가장 마음이 통하지 않았던가.

그런 상서좌승 영감이 맨 선두의 배 이물에 바른 자세로 섬을 향해 앉아 있었다. 그 옆에 서있는 처자는 현랑 아가씨의 모습이 분명했다.

"어서 오세요. 저희들이 이렇게 먼저 와 있었습니다."

배가 채 섬 기슭에 닿기도 전에 김통정이 얼른 배 위로 뛰어 올라가 그에게 넙죽 인사를 드렸다.
 "잘 하셨오. 잘 하셨오. 우리를 살려둔 것은 어쩌면 하늘의 뜻이오."

 배 위에서 그들은 뜨겁게 손을 마주잡았다. 포구 가에 둘러선 병사들의 입에서 다시 '삼별초의 노래'가 흘러나오고 있었다. 그 노래가 파도를 타고 멀리 멀리로 흘러가고 있었다. 어디선가 원숭이 우는 소리가 들려왔다. 새들이 어지럽게 지저귀는 소리도 들려왔다. 어느덧 섬은 황혼 무렵이었다.

항파두리의 사연

어디로나 옮긴 다음엔 터전을 정하는 일이 급선무였다. 유존혁과 김통정은 이문경 장군을 앞세우고 그럴만한 장소를 찾아 다녔다.

새로운 장소의 조건으로 첫째 그들은 고려와 몽골군이 쳐들어오는데 대비해야 했으므로 섬의 북쪽 바다를 조망하고, 살필 수 있는 장소여야 했다. 그것도 되도록 넓게 바다를 살필 수 있어야 했으므로 높직한 산이나 언덕이면 더욱 좋았다. 그 다음은 성을 쌓아서 외부로부터의 적을 방어할 수 있는 장소로 조성하지 않으면 안 되었다. 그들은 진도에서의 처절한 경험이 있었으므로 이번만은 전철을 밟지 말아야 한다고 누구나 마음속으로 다져먹고 있었다. 그들은 그런 장소를 물색하기 위하여 한라산 북쪽 기슭을 찾아 헤매기 시작했다.

그런데 이 낯선 섬에서 가장 먼저 체감하게 되는 것은 바람이었다. 바다를 건너온 바람은 오월인데도 옷섶을 뒤지고 피부 깊숙이 파고들었다.

"바람이 어떤 때는 마치 송곳으로 찌르는 것 같아."

섬으로 와서 얼마 안 되어 유존혁은 언젠가 이런 표현한 바 있었다. 그 다음으로 인상 깊은 것은 바위너설과 돌이었다. 돌과 바위는 온통 이 섬을 덮고 있는 제1차의 지층이라고 할만 했다. 걷고 있으면 어디서나 발이 돌에 부딪쳤다. 밭의 경계도 구멍 숭숭 뚫린 돌담으로 이뤄져 있었다. 그것들은 무시로 불어오는 센 바람에 곧 무너질 것 같이 위태위태하면서도 잘도 버티고 있었.

섬의 사람들은 한 마리 소가 끄는 호리로 밭을 갈았다. 육지에서의 밭갈이가 두 마리 소를 함께 메운 겨리인데 비해 이곳에서는 한 마리 소만이 힘겹게 쟁기를 끌지 않으면 안 되었다. 한참 그렇게 밭 가는 장면을 구경하고 나서 김통정은 그럴 수밖에 없는 이유를 이내 알아 차렸다.

"밭들이 비탈지고 좁은 다랑이들 뿐이어서 그런가 보군요. 두 마리 소를 한데 메웠다가는 엉겨서 이익보다 손해가 더 많겠어요."

"잘 보셨오. 쟁기도 이 고장에 맞게 꾸몄구려. 저렇듯 엉망의 자갈밭에서 곡식들이 나서 자라니 이건 기적이라 할 만하오."

말을 타고 동행했던 유존혁이 응대를 했다.

"언제부터 여기 사람이 살기 시작했을까요? 너무 살기에 어려운 조건들이라고 생각되지 않습니까?"

김통정이 말을 세우고 다시 물었다.

"글쎄요. 그건 좀더 공부를 해봐야 알겠지만 풍토를 보아 하니 결코 만만한 땅은 아닌가 싶습니다. 일설에는 삼성혈三姓穴이라는 구멍에서 솟아난 세 성씨가 동쪽 나라에서 처자들이 가지고 온 오곡의 씨앗을 뿌려 농사 짓고, 송아지 망아지를 기르기 시작했다고들 합디다만…"

유존혁의 자기가 들어 알고 있는 대로 대답했다.

"그렇다면 이 섬의 역사가 제법 오래다는 말 아닙니까?"

"애초엔 탐라라는 부족국가였지만 신라, 백제 시대에는 반도의 큰 나라들에 종속되지요. 그 무렵 섬의 작은 나라가 인접 국가들에 대해 승인 활동을 벌인 것일 터입니다. 그런데 어쩌다가 이제 우리가 이 섬의 주인이 돼버렸어요."

"그러게 말입니다. 그런데 우리가 벌써 며칠째 장소 물색을 합니다만 이렇게 우리끼리 찾아다닐 것이 아니라 차라리 이 고장의 이력난 지관을 먼저 찾아 뵈면 어떨까요?"

김통정이 대답을 하다 말고 이제 비로소 생각이 난 듯 말머리를 돌렸다.

"여기서 머지 않은 귀일촌貴日村에 부생원夫生員이라고 지리와 역학을 익힌 사람이 있긴 합니다만…"

"그거 잘 됐오. 어디 한 번 그 사람을 만나봅시다. 그 사람들이야 늘 땅을 찾아다니니 어쩌면 적당한 장소를 바로 지적해 줄지도 모르겠오."

이렇게 해서 그들 일행은 그 길로 말을 달려 귀일촌으로 부 생원을 찾아갔다. 귀일촌은 그들이 군막을 친 군항포에서 그리 멀지 않은 거리에 불과 수십 채 초가들이 납작납작 엎드려 있는 작은 동네였다. 이 동네로 들어가면서도 김통정은 마을이 마치 돌무더기에 쌓여 있다는 느낌을 버릴 수가 없었다. 그리고 동네로 들어가서도 집들은 한참이나 '올래'라는 휘어진 골목을 걸어 들어가서야 넓은 마당을 사이에 두고 크고 작은 집 세 채가 납작하게 엎드려 있었다. 그들은 말들의 고삐를 올래 담에 걸치고 안으로 들어갔다.
 보리 짚을 깐 마당에서 큼큼 사람 기척을 하자 부엌이라고 여겨지는 곳에서 중년 여인 하나가 수건을 벗으며 나왔다. 그리고 섬사람들이 '밖거리'라고 부르는 바깥채에서는 좀 더 젊은 여자가 나왔는데, 이 여자들은 보기에 고부 간일 것이라고 김통정은 생각했다. 나이 든 여자는 감물을 들인 치마 저고리를 입고 있었는데, 그 질감이 아주 독특한 느낌이었다.
 "어디서 온 사람들이우꽈?"
 나이 든 여인이 대뜸 섬사람들의 말투로 물었다. 젊은 여인은 아무 말도 않고 눈치만 살피고 있었다.
 "예. 저희들은 부 생원 어른을 뵈려고 멀리서 찾아왔습니다."
 이문경이 얼른 먼저 대답을 했다.
 "부러 찾아 왔는디, 그 사름은 밭에 간 없수다."
 여인은 무표정하게 대답했다. 그러나 이문경은 여기까지 왔는데 포기할 수는 없다고 생각하고 있었다. 이 여인은 지난번 찾아왔을 때도 남편과의 만남을 일단 경계하는 듯한 언동을 했었기 때문이다.

"밭이 어딥니까? 우리가 밭으로 가서 만나 뵙겠습니다."

그제야 여인은 체념한 표정으로 마당가로 나서더니 밭 서너 개 너머 올려다 보이는 언덕 위의 비탈 밭에서 어정거리고 있는 사내를 손으로 가리켰다. 사내 역시 갈옷을 입고 있어 색깔이 선명하게 드러났다.

"찾아가려거든 저 담 옆으로 길이 쭉 나 있수다."

여인은 마지막으로 그 한 마디를 남기고는 다시 연기 나는 부엌 안으로 들어가 버렸다.

"이 장군은 어느새 섬사람들의 말을 익혔군요. 난 무슨 말을 하는지 통 알아들을 수가 없어요."

돌담 옆의 좁은 길을 걸어가며 김통정이 돌아다보며 말했다.

"이 섬에 온 지 벌써 몇 달이 됐잖습니까. 섬사람들과 익숙해지는 것도 소장의 임무라고 생각했습니다."

"그렇고 말고요. 그거 아주 중요한 일입니다. 앞으로 우리 일의 성패가 저들에게 달려 있음입니다."

유존혁이 거들었다.

그들이 언덕 위의 비탈진 보리밭까지 찾아갔을 때 부 생원은 어깨에 멘 짚 망태기에 미리 패어 익어 가는 보리 이삭들을 따서 담고 있었다.

"부 생원님, 그 동안 별고 없으셨습니까?"

이문경이 먼저 인사를 했다.

"별고가 왜 없겠습니까. 매일 매일이 별고지요."
　부 생원의 대답에는 뼈가 들어 있었다.
"무슨 일을 하고 계십니까?"
　다시 이문경이 물었다. 그러나 부 생원은 대답은 않고 어깨를 기울여 망태기 안에 들어있는 것들을 그들에게 보여주었다. 망태기 안에는 까끄라기가 성게 같은 보리 이삭들이 소담스럽게 들어차 있었다. 부 생원은 이제 일은 글렀다는 표정으로 일손을 멈추고 그들에게로 다가왔다.
"여기 계신 어른들은 우리 삼별초의 두령들이십니다."
　이문경이 모시고 간 두 어른을 그에게 소개했다.
"고생들이 많으십니다. 나도 풍편에 배들이 여러 척 들어온 걸 소문은 들어 알고 있었습니다."
"일을 하시는데 갑자기 찾아뵈어서 죄송합니다."
　김통정이 한 발 앞으로 나서며 인사치레를 했다.
"사람은 누구나 급하면 언제나 결례를 하게 마련이지요."
　유존혁은 그들의 뒤에 선 채 은은히 웃는 낯으로 인사를 대신하고 있었다.
"그런데, 그것은 잘라다가 뭘 하자는 것입니까?"
　유존혁은 끝내 궁금증을 끄지 못하고 묻고 말았다.
"허허…"
　부 생원은 딱하다는 듯이 대답을 보류하고 웃기만 하더니 마지못한 듯 말을 이어갔다.

"그러니 오죽한 도깨비가 대낮에 나겠습니까? 이 섬에서는 봄철이 돌아오면 어느 집이나 먹을 양식이 결단나기 때문에 이런 짓을 합니다."

그는 그런 극빈 속에서도 품위를 잃지 않고 있었다.

"그러면 이걸 가지고 양식을 삼는단 말씀이군요?"

이번에는 김통정이 물었다.

"집에 가 보면 '피 고리'라는 대로 짠 그릇이 있습니다. 이것들을 그 안에 넣어서 밤새 은근한 장작불에 익히는 것이지요. 물론 그것으로 가을에는 피 이삭도 굽습니다. 밭에서 빨리 익어주지 않으니 불로 익히는 것이지요. 가난한 삶에는 억지가 많습니다."

"아아, 그럴 수가…"

갑자기 김통정의 입에서 신음 같은 소리가 뱉어졌다.

"식구들이 둘러앉아서 세 순배쯤 익히고 나면 첫 닭이 웁니다. 그러면 불에 익힌 곡식들을 손으로 비벼서 통보리로 그 날 조반을 지어먹고 다시 일터로 나가는 것이지요. 이건 삶이 아니라 그저 연명이라는 말이 딱 맞습니다."

"너무 어려운 살림들을 사시는군요. 그렇게 어려운 줄은 미처 모르고 있었습니다."

유존혁이 사과하는 투로 말했다.

"그래도 어쩝니까. 봄은 아득히 멀리 있는데… 배는 고프고…자, 함께 우리 집으로 가십시다. 가보면 무슨 수가 있겠지요."

그들은 다시 돌담길 옆의 소로를 따라 동네로 돌아왔다.

"죄송스럽지만 우리는 지금 오래 지탱하고 머물러야 할 터전을 찾고 있는 중입니다. 그 일을 좀 도와 주셨으면 하고…"

말들을 매어둔 올래에서 김통정이 그의 옷자락을 붙잡듯이 말했다.

"그거 대단히 중요한 일이지요. 묘 자리든, 집 자리든 별거 아닌 것 같지만 알고 보면 그렇지가 않습니다. 같이 한 번 찾아보기로 하십시다."

부 생원은 예상 외로 시원시원한 성격이었다. 그들은 그 날 부 생원의 집에서 묵은 고구마 가루로 빚은 수제비를 점심으로 대접받았다. 처음 먹는 음식이라 맛이 없었지만 주인을 생각해서 남기지 않고 다 먹었다. 점심을 물리고 나자 부 생원은 기둥 옆에 세워져 있던 윤노리 지팡이를 거머쥐었다.

"가보면 아시겠지만 나가 짐작이 가는 데가 있긴 있수다."

그는 큰 키에 으쌍으쌍 산길을 오르며 뒤따라오는 그들에게 말했다.

그들은 말을 끌고 마을에서 한 시간이나 족히 걸어서야 부 생원이 점 찍어둔 그 장소까지 갈 수가 있었다.

"이곳은 보다시피 내와 내, 두 내 틈에 붕긋하게 오름을 이루고 있수다. 동편에 있는 내가 고성천, 서편 내가 신왕천인디, 서편 내는 아주 깊어서 천연 요새를 이루고 있수다. 자, 저리 올라가 보시지요. 저기 같으면 대번에 북쪽 바다가 한눈에 들어옵니다. 더구나 이 오름을 안오름이라고 부르는데, 분지 안에 있기 때문에 그리 부르는 것이우다. 게다가 이 오름 사방에서 샘이 솟아나고 있어 마씀."

부생원은 갑자기 다변해져 있었다. 그를 따라 오름 꼭대기로 올라갔을 때 바다 쪽 전망을 살피던 김통정은 자기가 찾고 있던 장소가 바로 이 자리라는 생각을 굳혀가고 있었다.

"상서좌승 어르신, 여기가 우리가 찾던 바로 그런 땅입니다. 더 찾는다고 해도 이만한 터전을 찾기가 쉽지 않을 것 같습니다."

그는 흥분해 있었다. 오름의 남쪽, 산에 면한 곳은 분지를 이루면서 내부에는 작은 오름 군락이 형성되어 있었다. 그러나 주변 냇가까지를 다 돌아보고 나서 유존혁이 비로소 입을 열었다.

"오늘 부 생원께서 아주 안성맞춤의 땅을 우리에게 선물해 주셨소이다. 내 생각은 이 분지 안의 작은 오름들을 싹 주변으로 밀어내면 훌륭한 토성이 될 것이라는 생각입니다."

거기 대해서는 부 생원이 한 마디 거들었다.

"이 섬에는 지천인 게 돌인데, 하필 흙성을 쌓는단 말입니까?"

"그것도 일리 있는 말이나 내 생각은 하늘이 마련해둔 재료를 써 버리자는 것이지요. 어차피 성안에는 평토를 해야 하기 때문이며, 고려 성은 본래가 흙성입니다. 물론 그 안에는 돌로 성을 쌓고 궁궐을 지어야 하겠지요. 돌이 아무리 많은 것 같아도 어디 흙만 하겠어요."

유존혁의 주장은 한결같았다.

"오르신 말씀입니다. 그러면 이 넓은 안이 장차 모두 우리의 터전이 된다는 말씀이군요?"

"그렇지요. 우리가 구상하는 것은 적어도 백년대계가 아닙니까?"

그들은 그 날 부 생원의 안내로 두 군데 샘도 돌아봤다. 참 신기하게도 바위틈에서 맑은 샘이 졸졸졸 소리를 내며 솟아 나오고 있었다.

"참 희한한 일이군요. 이런 데서 샘이 다 솟다니…"

김통정은 엎드려 물맛을 보고 나서 얼굴을 훔치면서 신기해 했다.

"그래요. 이건 예삿일이 아닙니다. 신이 우리를 돕고 있음이에요. 부 생원 어른을 우리에게 보낸 것도 그렇구요."

유존혁이 곁에 선 부 생원을 돌아보며 말했다.

"나는 여기 와서 비로소 우리가 강화도에서 떠나오던 항파강缸破江을 떠올립니다. 떠나올 때 그 감격스럽던 기억도 말입니다. 그래서 여기 터전을 잡게 되면 이곳 이름을 항파두리, 즉 '항파강의 머리 마을'이라는 이름을 붙이면 어떨까 합니다만…"

김통정의 음성은 흥분으로 약간 떨리고 있었다.

"좋으신 생각이오. 우리가 어디를 가던 강화도를 잊지는 못하겠지요. 그곳에서 떠나온 병사들도 마찬가지 생각일 것입니다. 그러니 그 이름도 나쁘진 않겠어요."

유존혁이 긍정적으로 대답했다.

"그러면 바로 내일부터 군막을 이리로 옮길까 합니다만… 군막을 저 가운데다 떡 짓고 토성 쌓는 일부터 시작을 하는 겁니다. 우리끼리 하기는 벅차니 향촌 유지들을 찾아뵙고 부탁드려서 섬사람들의 힘을 빌기로 하지요. 힘겨운 절량기라 하니 어떤 방법으로든 식량은 우리가 대는 걸로 하구요."
　김통정은 후련하게 자기 속의 생각을 다 털어놔 버렸다.
　그 날 그들의 위치에서 바라본 바다는 비어 있었다. 그들은 그렇게 빈 바다를 바라보며 비로소 바다 빛깔이 수시로 변한다는 것을 깨닫고 있었다. 그 날 바다 빛깔은 하얀 천을 마냥 펴놓은 것처럼 흰 색깔이었다.

토성 쌓기와 신화 만들기

 군막을 바로 항파두리 분지 안으로 옮겼다. 그리고 바로 흙성을 쌓는 작업이 시작됐다. 삼별초 군사들은 가까운 마을들에 방을 붙였다. 성 쌓는 일을 도와주면 대신 식량을 배급해 주겠다는 내용이었다. 이 방을 내붙인 것은 예상대로 주효했다. 사방에서 장정들이 모여들기 시작했는데, 그들 중에는 돌을 다룰 줄 아는 돌챙이들과 흙일에 이력이 난 일군들도 있었다.
 우선은 바다 쪽을 향한 북쪽 성을 쌓는 일부터 시작했다. 대중한 성 자리에 밧줄을 매고 거기서 가까운 거리의 언덕과 오름을 허물어 흙을 옮겨오는 작업이었다. 사람들은 나대라는 연장으로 나무를 잘라 척척 '산태'라고 부르는 들것을 꾸미고, 멱서리에 흙을 담으며 성 굽으로 날라다 부었다. 어떤 장정은 흙 담은 멱서리의 한 귀퉁이를 잡아서 척 어깨에 메고는 달음박질로 성굽으로 날라다 붓기도 했다. 하루 종일 흙을 파고, 나르는 일을 하노라고 사방은 온통 흙먼지 천지였다. 서너 시간 일을 하고 있으면 얼굴도, 몸도 온통 먼지투성이가 되어서 누가 누군지조차 가려볼 수가 없을 정도가 되었다. 그건 섬사람들이나 삼별초의 가족들이나 매일반이었다.

 성 쌓는 작업은 봄에 시작이 돼서 석 달이 넘도록 계속 되었다. 북쪽 성을 쌓은 다음엔 남쪽 성, 그리고는 동쪽 성을 마저 쌓았다. 서쪽 성은 신왕천이 깊은 계곡을 이루고 있어서 따로 성을 쌓지 않아도 천연 요새가 되었다. 다 쌓아놓고 보니까 성안은 아늑한 동네가 되고 연병장까지 마련되어 있었다.

 그 안 심장 부위에 궁궐을 짓는 작업이 거의 동시에 이뤄지고 있었다. 궁궐이라고 해봤자 그리 크지 않은 규모의 기와집이었는데, 벽돌 대신 제주 돌을 깎아 담을 쌓고 제주 흙으로 기와를 구워서 지붕을 이었다. 이 일에는 군사들 중에 기술 있는 장인들이 동원되었다. 그리고 궁궐을 다 지은 다음엔 그 주위에 다시 돌을 날라다 정방형으로 이번에는 석성石城을 쌓았다. 그러고 보니 작은 성 안에 궁궐이 들어앉은 꼴이 되었는데, 이 작업이 끝나자 우선 김통정 부인이 진도에서 안고 온 작은 불상을 그 중심에 모시는 의식을 가졌다.

 역사를 하는 동안 삼별초는 동원된 인부들의 식량을 대노라고 했으나 어떤 때는 그것이 원만치 못했었던 듯 이런 후일담도 전해온다. 고된 노동에 굶주려 배가 고팠던 인부들은 똥을 싸놓고 그걸 다시 먹으려고 돌아다보면 어느새 다른 사람이 먹어 버렸더라는 웃지 못할 이야기였다.

　성을 쌓고 궁궐을 짓는 일을 감독하면서 김통정과 유존혁의 고민은 늘 어떻게 하면 적은 인원으로 몽골이나 고려와 같은 대국과 맞서느냐 하는 큰 숙제였다.

　"어떻게 해야 될까요?"

　어려운 문제에 부닥치면 김통정은 유존혁에게로 가서 자문을 구했다.

　"새와 같은 미물들도 자기 새끼를 위해서는 몸을 부풀려 크게 보이게 하거든요. 우리는 지금 있는 것으로 되도록 크게 보이게 해야 하는 것입니다. 이제 나는 나이가 들었으니 장군께서 모든 책임을 지고 앞장을 서시지요. 나는 뒤에서 밀어드리고 뒷받침이나 할 것입니다."

　"무슨 말씀을 그리 하십니까? 저는 오로지 상서좌승 어르신만 믿고 이 섬에서의 일을 계획하고 있습니다. 모두가 산다 해도 우리 두 사람은 이미 죽었어야 할 목숨들 아닙니까. 제발 끝까지 시중의 자리에서 저를 지켜주시고 도와주셔야 합니다. 제가 이제 누굴 믿겠습니까?"

　"도울 수 있는 것은 돕지요. 그걸 안 하겠다는 말이 아니라 대표성을 분명히 하자는 말입니다. 그것이 일 추진에도 좋습니다."

　"무슨 뜻인지 알겠습니다."

　"성이 완성되었으니 이번에는 민가에서 재를 얻어오게 해서 성 주위에 뿌리고 유사시에 말을 달려서 하늘이 충천하게 교란작전을 펴는 것입니다. 바다에서 오는 적들이 그것만 보고도 놀래 자빠지게. 이 섬에는 마치 식량을 쌓아놓은 듯한 오름들이 도처에 있으니 그것들로 눈을 속이는 짓도 해볼 만 합니다. 띠로 이엉을 만들어 오름 하나를 아주 덮어버리는 것이야요. 그것들을 먼데서 보면 틀림없이 군량미로 보일 것입니다."

"그런 꾀가 먹혀들겠습니까?"

"그렇지 않으면 어쩌자는 것입니까? 다 전술이란 게 옛날부터 그런 식이었습니다. 다 알고 보면 별 것 아니지만…"

유존혁은 어떻게든 이 사람으로 하여 자신을 갖게 해야 한다는 생각이었다.

섬에서 살아가면서 자세히 관찰하니까 섬에서는 사계가 분명했다. 5월에 섬으로 들어올 때 큰산은 보랏빛이더니 여름이 되면서 좀 더 색깔이 짙어지고 검푸른 색으로 치장이 되었다. 그런가 하면 한때는 야산에 피어난 꽃 색깔로 하여 온 산이 붉게 물든 때도 있었다. 그러더니 가을이 되면서 산은 억새의 물결로 출렁거리고 있었다. 산 중턱 교목지대에서는 단풍 든 나무들로 하여 연한 갈색을 띠고 있기도 했다. 그리고 머잖아 첫서리가 내리고 나면 저 산은 몇 달 동안 머리에 흰 눈을 쓰고 겨울을 나게 될 것이었다.

그들에게 하루 중 산을 바라보는 것은 큰 위안의 시간이었다. 김통정은 힘들 때 고개를 들어 산을 바라보았다. 그러면 그 산이 그에게 무슨 말이라도 했다. 그것은 어떤 땐 위안이거나 격려였으며, 그리고 어떤 땐 호된 질책으로도 돌아왔다.

김통정은 궁궐 공사가 다 끝났으므로 아내와 아이를 궁궐로 옮겼다. 유존혁과 그의 딸 현랑 아가씨도 같은 울타리 안의 다른 건물로 옮겨왔다. 그들과 같은 공간에서 지내는 것도 그에게는 위안되었다. 현랑 아가씨가 어디서 눈길만 보내오는 걸 느껴도 온몸에 힘이 솟구치고 생기가 돌아왔다.

오늘은 부 생원이 여기까지 올라오려나. 언제나 만나면 지혜를 빌려주는 그를 만나는 것도 그에게는 큰 격려가 됐다. 그는 말이 많은 편은 아니었지만 한 마디 한 마디 하는 말을 듣고 있으면 그것이 이치에 맞아떨어졌다.

그런데 여기 섬사람들은 살아가는 지혜도 남달랐다. 부 생원은 이미 큰아들을 장가 들여 마당 하나 사이의 밖거리로 딴 살림을 내보내고 있었다.

"올 겨울에는 둘째를 다시 장가 들이고 모커리로 내보낼 작정입니다."

지난 번 만났을 때 부 생원은 지나가는 말처럼 그에게 말했었다.

그들은 마당 하나를 사이에 두고 살아가면서도 저마다 취사를 달리하고 있었다. 이런 식은 대륙지방에서는 생각할 수도 없는 일이었다. 그런데 이곳 사람들은 어른들로부터 이런 살림을 솔선수범 해 지키고 있었다.

"여기서는 자립만이 살아갈 수 있는 방법이라 마씀. 대륙지방의 대가족 제도를 모르는 바 아니며, 나도 그렇게 살아온 적이 있었수다. 그러나 여기서 그렇게 살려고 하다가는 모두 같이 몰살하기 십

상이라 마씀, 여기서는 어른이건 아이이건 저마다 제 살아갈 길을 찾아 나서는 수밖에 없수다."

그 말을 들으며 김통정은 무수히 고개를 끄덕이고 있었다. 그 생존 방법이 알알이 가슴에 와 닿았기 때문이다. 아직 덜 익은 보리 이삭을 잘라다 불에 익혀 먹는 사람들에게 대가족 제도란 허울좋은 형식이고, 함께 몰사하기 꼭 알맞은 제도일 것이었다. 그런데 섬사람들이 살아가는 방식은 가히 혁명적이었다. 그들은 낯설고 물 설은 이 땅에 와서 잡초들처럼 뿌리를 내리고 잘도 견디며 뻗어가고 있는 형국이었다.

"제주에는 옛날부터 살아온 원주민 외에 신라와 백제가 망할 때 떠들어온 유민들이 섞여 있습니다. 여기저기 부딪치며 어렵게 살아온 사람들이라 눈치가 늘어 있을 것입니다."

"아, 그 말을 들으니까 이해가 갑니다. 아, 그래서 그런 눈치를 보였던 것이로군요…"

김통정은 이제까지 섬사람들을 대하며 느꼈던 벌어진 틈의 이유를 비로소 알 것 같았다.

"고려 초기에 태조의 세력이 강해지자 탐라에서는 사신을 보내어 토산물을 바치기 시작해서 마씸. 또 후삼국이 통일되자 제주에서는 예대로 태자를 입조 시킵니다. 이때 고려에서는 그때까지의 자치권을 인정하고 그들에게 벼슬을 내립니다. 그러나 따로 정사政事를 감독하기 위하여 변방이나 나루터에 파견하는 구당사勾當使를 파견하지요. 이때부터 사실은 자치권이 상실된 거나 다름없습지요."

"그저 언제나 힘이 없고 작은 나라들은 서러움을 당했으니까요."

"그 이래로 이 섬의 성주나 호족들에게는 무관 벼슬을 주어서 무마하는 한편, 변방 해상을 지키는 구실을 맡긴 거지요. 따지고 보면 불쌍하게 당하기만 해온 사람들입니다."

"토산물은 도대체 어떤 걸 바쳤습니까?"

김통정은 이 섬에 무슨 토산물이 있을까 궁금해서 물었다.

"처음에는 팔관회八關會 때 토산물을 바치기 시작한 것이 전례가 되어 버렸어 마씀. 처음 바치기 시작한 것은 귤이었습니다. 귤을 한 해 1백 포씩 바쳤습지요. 그 후에 우황牛黃과 우각牛角, 우피牛皮 거북이 껍질, 소라 알맹이, 비자, 해조류 같은 것을 바칩니다. 그 후에는 귀한 진주도 바치고, 이웃 나라와 무역할 배도 지어 바치지요. 얼마 없어 또 말을 바치기 시작하지요. 그러니 종노릇이 별겁니까? 이게 다 종노릇이지…"

"예로부터 양반은 너무 잘 살고, 백성은 못사는 것이 문제입니다. 우리나라는…"

"숙종이 왕이 되었을 때는 왕권을 강화하려는 생각으로 탐라를 탐라군耽羅郡으로 고치고 직접 관원을 파견하여 민정을 담당하게 하지요. 그렇게 바쳐도 모자랐던 거라 마씀. 그리고 이 무렵부터 현령縣令과 현위縣尉가 와서 섬을 다스리기 시작합니다. 이 사람들을 서울에서 왔다고 경래관京來官이라고 불렀습지요. 탐라 현령의 녹봉이 일년에 26석 10두이고, 현위는 20석을 받았습니다. 그러니 이런 벼슬아치들은 아무리 가난한 사람이라 해도 곧 부자가 되게 마련이었습지요. 백성들이 콩과 말로 세공을 바쳤으니까요."

"백성들 고난이 말이 아니었겠군요?"

"섬이 변방이라 감독도 소홀했으니 별 짓거리들을 다 했겠지예. 그러니 경래관의 포악한 정치에 대한 모반과 민란도 쉴 사이가 없었습니다. 의종 조에는 양수良守라는 사람이 주동이 되어 경래관을 내쫓은 사건이 일어납니다. 그 사람들이 그랬습지요. 만약 최척경崔陟卿이 다시 수령이 되어 온다면 우리는 해산하겠다. 고려 조정이 이 사람들의 요구대로 최척경을 제주 현령으로 다시 내려 보냅니다. 아마 이 사람은 대단한 청백리였던가 봐 예."

"그 시대에 그런 사람이 다 있었군요?"

"민란은 시기마다 여러 차례 발생했습니다. 그리고 민란 후에는 반드시 장두들을 모두 처형 했습지요. 백성들에게 다시는 그러지 말라는 조치였지만 정상 파악이 안 된 것은 이제까지도 백성들에게 한으로 남아 있지요."

그들은 한참 아무 말도 못하고 있었다.

"저기 길게 밭 돌담이 보이지요? 고종 연간에 이 고장에 김구金坵라는 판관이 온 적이 있어 마씀. 그가 와보니까 힘 있고 권세 있는 사람들이 약한 백성들의 땅을 야금야금 갉아먹고 있는 거였어 예. 이건 안 되겠다, 그래서 밭에 돌로 담장을 두르게 했다는 거 아닙니까. 허긴 그런 현관들이 있어서 이 정도나마 지탱이 되는 것일 수도 있습지요. 허나 이 섬사람들은 아무래도 너무 슬픈 백성들입니다."

"지금도 포악한 놈들이 있다면 내 가만 두지 않을 터입니다!"

김통정은 한마디 내뱉곤 말을 달려 억새가 들판으로 나갔다. 한라산 야산지대에는 오름마다 온통 억새의 물결을 이루고 있었다. 그것들은 바람이 불 때마다 몸을 눕혔다가는 이내 다시 일어나는 동작을 반복하고 있었다. 처음 팰 때 보랏빛이었던 억새꽃은 어느새 허옇게 색깔이 변하고 있었다. 그것들은 차츰 더 색깔이 바래지면서 바람이 불 때마다 그 씨앗들을 날려 온 섬을 덮을 것이었다.

'우리도 저럴 수만 있다면…'

그는 마음 속으로 빌고 있었다. 억새처럼 질긴 생명력을 우리 속에도 심어 주옵소서. 그것은 간절한 기도였다.

그리고 이제 머잖아 겨울이 온다고 생각하니까 이 섬에서 맞을 첫 겨울이 두려움으로 다가왔다. 너무 오래 성 쌓는 일에만 매달려 온 것은 아닌가. 식량은 얼마나 남아 있는가. 돌아가면 그것부터 확인을 해야겠구나. 그는 속으로 다짐했다.

높은 데서 내려다보니까 가깝게 도두리 포구와 외도포, 군항포, 애월포 등이 발아래 내려다 보였다. 더 멀리는 귀덕포와 명월포 등이 있는 걸 그는 알고 있었다.

'이제부터 외도 포구를 조공포로 바꿀 것이다. 저 포구를 통해 전라와 경상도까지도 조공을 받아 와야지. 그래야 우리 군사들을 먹여 살릴 수가 있지. 군사들뿐만 아니라 여름내 성을 쌓는데 도와준 백성들도 굶길 수는 없지.'

그는 말 위에서 뿌드득 소리가 나게 어금니를 깨물었다.

바다를 에운 수평선은 높은 기슭으로 올라갈수록 따라 올라왔다.

따라 올라와서는 이마 가득 섬을 에워 놓고 있었다. 그 숱한 세월 동안 저것은 얼마나 질곡이 되어왔을 것인가. 그는 눈이 시게 아득한 수평선을 바라보고 있었다.

다시 그에게 진도의 마지막 항전 기억이 되살아났다. 그는 한 동안 눈을 감으면 그 때의 일이 떠올랐다. 당할 수 없는 일을 당했다는 것이 그의 생각이었다. 그리고 그는 스스로 어떤 지점에 도달했다. 그래. 문제는 철저한 방비 밖에 없어.

그는 애월 포구에 목성木城을 쌓고, 온 섬을 둘러 요소 요소에 환해장성環海長成을 쌓을 구상을 했다. 그 생각이 정리되자 그는 말을 달려 항파두리로 돌아왔다. 섬사람들이 겨우내 짐승에게 먹일 건초를 베어 말리는 듯 향긋한 건초 냄새가 코끝에 와서 닿았다.

김통정은 그날 저녁에 긴급히 부장 이상의 회의를 소집했다. 유존혁을 상좌에 모시고, 이문경과 강달구를 주변에 앉혔다. 그리고 성을 쌓는데 공적을 세운 오인절吳仁節을 새로 영입했다. 그는 뚝심이 있고 충성심이 대단한 인물이었다. 맨 나중에 배방실이가 쭈볏거리며 들어왔다.

"그 동안 성을 쌓고, 궁궐을 짓노라고 고생들이 많았습니다. 우리가 이 섬에 들어온 지도 어언 거의 1년이 되어 갑니다. 오늘 저는 야산엘 올랐었는데, 몇 가지 구상한 것이 있습니다. 우선 오늘로 이문경, 강달구, 오인절을 새로운 장수로 임명을 하려 합니다."

김통정은 우선 이렇게 운을 떼었다.

"내 언젠가 얘기한 바 있지만 이 일은 대단히 잘하는 것이오. 이제 우리가 책임을 분담해서 일을 추진하지 않으면 안 될 때가 되었기 때문입니다."

유존혁이 김통정의 말을 뒷받침하는 말로 거들었다.

"그래서 소장이 구상하는 바는 우리가 앞서 진도에서도 수비가 완벽하지 못해서 당했던 만큼 이번에는 보다 철저히 방위 수단을 강구해야 하리라는 것입니다. 우리의 중요 항구인 애월 포구의 주변에는 나무로 목성을 쌓을 것입니다. 그리고 섬의 해안을 따라서는 앞서 관군들이 손을 댔던 것이긴 하지만 바다를 에워 환해장성을 쌓을 것입니다. 이 중요한 일을 섬사람들을 데리고 이문경 장군이 맡아 주세요."

김통정이 돌아다보니까 이문경은 홧홧 단 얼굴로 그를 쳐다보고 있었다.

"예. 명령대로 하겠습니다."

그가 대답했다.

"그리고 이제부터 우리는 수세에서 적극적인 공세로 나갈 것입니다. 강달구와 오인절 장군은 앞으로 남해안은 물론 전라, 경상도까지 깊숙히 쳐들어가서 우리에게 필요한 물자들을 조공 받아와야 합니다. 앞으로는 군사들뿐만 아니라 우리를 도와주는 섬의 백성들도 우리가 먹여 살릴 것입니다. 이 점 명심하도록…"

"예!"

두 장수가 힘차게 대답했다.

"마지막으로 배방실이는 오늘부터 나의 부장이 돼서 상호간에 연락을 책임 맡게 될 것입니다. 뛰어난 재치로 자기 임무를 잘 처리해 줄 것으로 압니다."

유존혁은 그가 강화도를 떠나올 때부터 물구나무를 서는 재주를 보여준 것이 생각나는 듯 빙긋이 웃음을 깨물고 있었다.

"나는 일일이 모든 일을 감독하지는 않겠습니다. 각자 맡은 장군들이 스스로 알아서 해주면 고맙겠고, 그러나 서로 유기적 관계를 유지하는 게 좋다고 생각합니다. 이런 여러 일에 대해서 상서 좌승 어른께서 한 말씀 해주시면 고맙겠습니다."

김통정은 다시 바통을 유존혁에게로 넘겼다.

"모든 일이 잘 맡겨졌으니 이 늙은이가 할 말이 뭐 있겠오? 다만 한 가지 우리는 식구가 단출합니다. 누가 좀 더 어려운 일을 하고, 누가 덜 어려운 일을 하느냐, 그런 생각을 가지면 안될 것입니다. 어쨌든 맡겨진 일들은 모두 우리가 하지 않으면 안될 일들입니다. 그러니 누가 뭐라고 하기 전에 잘 진행이 되도록 길을 터놓읍시다. 우리가 할 일은 물이 제 골을 따라 흘러가듯이 흘러가게 하는 것입니다. 이제 다들 책임자들이니까…"

그는 각자의 책임을 강조하고 말을 마쳤다.

그때 밖에서 음식 장만을 하며 안에서 일이 진행되는 것을 엿듣고 있던 김통정의 부인과 현랑이 함께 음식과 술을 가지고 안으로 들어왔다.

"오늘은 기쁜 날이니 술이라도 한잔 하시면서 얘기를 나누시지요."
 "아, 마침 잘 됐오. 이리 가지고 들어오시오."
 김통정이 일어나 두 사람을 맞았다. 배방실이 스읍, 하고 장난스럽게 입맛을 다시며 어깨를 으쓱 치켰다.

다시 반격

〈고려사〉 원종 세가 13년(1272) 6월의 기록에 다음과 같은 기록이 나와 있다.

"때에 적들(삼별초)이 제주에 들어와 내, 외성을 쌓았는지라 그 험하고 견고함을 믿고 나날이 창궐하여 노략을 일삼음으로 연해 지방이 적막하여졌다."

여기서 독자들이 취할 점은 "연해 지방이 적막하여졌다"는 마지막 구절일 것이다.

그리고 같은 해 11월 조에는 또 다음과 같이 쓰고 있다.

"역적의 남은 무리들이 제주로 도망해 들어가 여러 섬과 포구 사이를 횡행하는 상태인데, 앞으로 육지로 나올 염려가 있으므로 이를 진멸하여 주기 바랍니다."

이 것은 고려 조정에서 몽골의 황제에게 청원한 내용이다. 우리는 여기서 "진멸하여 주기 바란다"는 구절에 주목할 필요가 있다.

역사상 우리 민족은 강대국의 힘을 빌어서 상대방 동족을 살상한 예가 드물지 않게 있다. 그것은 신라가 당나라를 들여온 것으로부터 최근의 현대사에까지도 이어진다. 부끄럽고 안타까운 일이다. 이런 상황에서 삼별초는 같은 해 3월부터 다시 군사활동을 시작한다.

"처음이니까 너무 무리하지 말고, 우선 양식들을 많이 가져올 수 있었으면 좋겠구나. 군사들도 그렇지만 백성들이 너무 어려워졌어."

군항포에서 배를 띄워 보내며 김통정은 강달구 장군의 손을 잡고 말했다.

"염려 마세요. 제가 누구 밑에서 잔뼈가 굵었습니까? …잘하고 오겠습니다."

"그래. 강 장군만 믿어. 어서 배를 띄우게. 마침 바람이 알맞게 부는구만…"

"예. 이런 바람을 만나면 노를 안 젓고도 하루에 해남까지 가는 건 식은 죽 먹깁니다."

수부들이 각자 자기 위치에 달라붙어 닻을 걷고, 장대로 배를 포구 밖으로 밀어내고 있었다. 강달구는 그 배 위에서 멀어지면서도 바위 위에 서있는 김통정 장군을 우러러 보고 있다. 그 동안 성을 쌓고, 궁궐을 짓노라고 많이 야위어진 모습이었다.

'저 어른에게 너무 큰짐을 지워서는 안 되는데…'

그는 멀어지는 배 위에서 혼자 속으로 뇌었다. 예상대로 항해는 순조로웠다. 진도 바다를 건널 때는 허겁지겁 제주로 도망치던 순가의 기억이 떠올라 기분이 이상했다. 강달구는 그답게 그런 기억들을 지우며 보다 깊숙이 배를 타고 연안으로 들어갔다. 그리고 해남과 해제(海際: 지금의 무안군) 일대를 휘젓고 다녀도 아무것도 거치는 것이 없었다. 그런데 그들이 전라도 회녕군會寧郡의 한 포구에 이르렀을 때였다. 마침 조운선漕運船 서너 척이 포구에 정박해 있는 것이 보였다.

"정지! 배를 정지 시켜라!"

강달구가 숨죽인 목청으로 말했다. 배가 속도를 줄이며 검은 바위 옆으로 가서 착 달라붙었다.

"척후병, 육지로 올라가서 지키는 군사들이 얼마나 되는지 알아보고 오너라."

척후병 몇 놈이 날렵하게 육지로 뛰어 오르고 나머지 군사들은 배 안에서 대기했다. 수비병이 대여섯이면 그까짓 것 처치하면 그만이지만 그 수가 많을 때는 문제가 된다. 군사로 동원된 다음에 몸에 익힌 것이지만 행동하는 시간보다는 기다리는 시간이 훨씬 더 지루하고 힘들다는 것을 그는 잘 알고 있었다. 이슥하게 시간이 지났을 때 언덕 위로 기어올랐던 척후병들이 돌아왔다.

"수병이 세 놈 있었는데, 바로 처치했습니다!"

"잘했다! 가자!"

그들이 들이닥쳤을 때 조운선 인부들은 더러는 달아나고, 더러는 저항을 해보려다가 그들의 기세에 눌려서 손을 들고 말았다.

"자, 여러분. 우리들은 제주 삼별초 정부의 용맹한 군인들이다. 투항하면 살겠거니와 저항하면 죽음이 있을 뿐이다!"

강달구가 썩 나서며 소리질렀다. 그리고 그들이 이내 무기를 버리고 있었으므로 강달구가 다시 소리쳐 물었다.

"어디로 가는 배냐?"

"예. 세곡을 싣고 개경으로 가는 배들입니다."

"그래. 잘됐다. 이 세곡은 이제부터 우리가 징수한다!"

그때 선창으로 내려갔던 병사가 올라와서 물었다.

"선원들은 어떻게 할깝쇼?"

달구가 대답했다.

"선실에 감금하라! 그들도 데리고 간다!"

삼별초 병사들은 조운선의 선원들을 선실로 몰아넣고 밖으로 문을 채워 버렸다. 그리고 조운선 네 척에 배마다 감시병들이 배치되었다.

"자, 그만하면 이번 전과는 괜찮은 셈이다. 이제 돌아가는 일만 남았다. 서둘러라!"

강달구는 그가 떠나올 때 김통정 장군이 부탁하던 무리하지 말라던 말과 되도록 식량을 많이 가지고 오라는 말을 다시 한번 떠올렸다. 그들은 무사히 제주 바다를 건너 이번에는 외도포구로 들어왔다.

그들은 들어오면서 먼 바다에서부터 둥둥 북을 울렸다. 그것은 그만큼 전과를 거두고 돌아온다는 신호였다. 항파두리성 위에서 바다만 바라보고 있던 김통정과 유존혁 등은 말을 달려 외도포로 내달렸다. 그들은 우선 떠날 때 두 척이던 배가 여섯 척으로 늘어나 있는 것을 바라보고 있었다.

외도포구는 상류에서 흐르는 내를 따라 형성된 포구로 밀물인 때는 배가 깊숙이 안에까지 들어갈 수 있었다. 강달구가 탄 배가 맨 앞장에 서서 의기양양하게 내를 따라 들어와 개선했다.

"오늘부터 이 포구는 외도포가 아니라 조공포朝貢浦다! 내가 그 이름을 부쳐준다!"

유존혁이 자랑스럽게 말했다.

"조공포, 이름이 그럴 듯합니다!"

김통정이 맞장구를 쳤다.

"수고했다. 강달구 장군! 역시 자네는 이름 값을 하는구나."

배에서 뛰어내리는 강달구의 손을 잡으며 김통정이 격려했다.

"다 장군님께서 걱정해주신 덕분이지요. 한 포구에서 저 네 척의 배가 작업을 하고 있는 것 아닙니까. 조운선의 선원들도 다 데리고 왔습니다."

"잘했다. 그 사람들도 우리와 같이 활동하면 되니까. 우리 군사 중에서 다친 사람은 아무도 없었더냐?"

"네 우리 측의 피해는 전무합니다."

"천만 다행한 일이다. 싸움에는 피아 간에 손해가 있게 마련인데, 그렇게 이길 수 있다는 건 명장만의 수완이다. 강달구 장군, 자네는 명장의 소질을 타고났어!"

김통정은 모처럼 신바람이 났다.

"자, 오늘 저녁은 음식과 술을 내어 병사들을 위로하고, 내일은 백성들을 모아 양곡을 조금씩이라도 나눠주기로 하자. 우리가 성 쌓는 일로 섬사람들을 너무 다그쳤어. 그 값을 갚도록 해야지."

그는 뺏어온 곡식을 나눌 작정도 하고 있었다.

"장군, 그 생각은 참 잘한 것이오. 우리가 이제 섬사람들과 살아도 같이 살고 죽어도 같이 죽는 수밖에 없게 되었습니다."

유존혁도 한 마디 거들었다.

얼마 없어 바닷가에서 환해장성을 쌓던 이문경 장군도 달려왔다.

"강달구 장군, 수고가 많았오. 첫길에 대단한 전과를 거두고 돌아왔군요?"

"우리가 거둔 전과가 모두에게 도움이 된다니 기쁩니다. 힘이 솟는데요."

젊은 두 장군은 오래 손을 마주잡고 있었다.

조공포로 들어온 조공들은 병사들이 마차로, 혹은 등짐으로 져서 바로 항파두리 성내로 옮겨졌다. 포로로 잡아온 선원들은 일단 항파두리 성안의 감옥소로 옮겨져 감금됐다.

그 날 저녁 늦게 약속대로 항파두리성 안에서는 삼별초 가족들이 마련한 축하 연회가 성대하게 벌어졌다. 이제까지는 어떤 모임에서나 음식도, 술도 모자랐는데, 이날만은 모든 게 넘쳐났다. 섬사람의 대표로는 부 생원도 초대되었다. 오랜만에 성안은 횃불과 화톳불을 한껏 밝히고, 흥청거렸다. 더구나 그 동안은 삭막한 군인들 모습만

다시 반격 255

눈에 띄더니 이 날은 궁궐에서 나온 여인들의 무색 옷들이 간간 나부껴서 가을철 산의 단풍처럼 사람들 마음에 흥취를 한껏 돋구고 있었다.

연이어 5월에는 다시 전라도 해안으로 진출하여 목포木浦를 치고, 역시 조운선 13척을 나포하는 큰 전과를 올렸다. 강달구의 부대가 당당하게 조운선 열세 척을 이끌고 다시 조공포로 들어올 때 삼별초의 장군과 병사들은 모두 포구 가에 나가서 힘찬 박수를 보내고 있었다. 저마다 손에 들고 있는 병장기들을 흔들어대며 신나게 만세도 불렀다.

다시 그 부대는 여세를 몰아 탐진현耽津縣까지 쳐들어갔다.

이렇듯 삼별초 부대는 그 해 봄, 3월과 5월 사이에 고려의 조운선 20척과 쌀 3천2백여 석을 빼앗아 왔다. 이런 과정에 12명의 고려 수군이 죽고, 삼별초에 붙잡혀 온 자도 24명이나 되었다.

삼별초 쪽에서도 전혀 피해가 없었던 것은 아니었다. 이 무렵 경상도 감영에서 삼별초의 첩자 두 명을 붙잡은 사건이 있었다. 강달구 부대의 척후병들이었다. 전라도 감영에서는 즉시 이 첩자들에 대한 문초를 시작했다. 태장을 치고, 형틀에 묶어 주리를 틀고, 인두로 등대기를 지져도 그들은 입을 열지 않았다.

"그 놈들의 입에서 바른 말이 나올 때까지 몹시 주리를 틀어라!"

경상도 관찰사가 발을 구르며 소리쳤으나 '모르쇠'로 일관하던 그들은 마침내 기절을 하더니 소금에 절인 파김치처럼 죽어 나자빠졌다. 그리고 두 놈 다 아무리 물을 끼얹어도 끝내 깨어나지 않았다.

"즉시 개경으로 파발마를 띄워라! 이는 필시 제주 삼별초의 첩자들이 틀림 없다!"

이 사건은 바로 개경으로 보고가 됐다. 이 무렵 삼별초는 전라도를 중심으로 한 서남해안 일대에서 군사행동을 펴는 한편 경상도 지역 진출을 위한 첩보 활동을 강화하고 있던 참이었다.

개경 정부도 이 같은 추세에 맞추어 그 해 3월 전함병량도감戰艦兵糧都監을 설치하기에 이른다. 이 기구는 장차 대 일본 정벌과 함께 삼별초 군에 대한 대비책을 목적으로 세워진 것이었다.

그리고 6월, 전라도 지휘사가 개경에 다음과 같은 보고를 했다.

"삼별초의 전선 여섯 척이 안행량安行梁을 거쳐 북상하고 있습니다."

이 보고를 받은 개경의 관리들이 동요하고 인심이 흉흉해졌다.

이 무렵에 고려의 낭장 이유비李有庇가 몽골에 다음과 같이 긴 글을 써서 보냈다. 그 내용으로 미뤄 이 무렵의 삼별초 활동과 고려군의 사정을 짐작케 하는 바 있다.

>탐라의 역적들이 금년 3월과 4월에 회령, 함평, 해남 3현의 포구를 침공하였고, 5월에는 회령, 탐진 두 현을 공격하였습니다. 전후하여 약탈당한 선박이 25척, 양곡 3천2백여 석, 피살자 12명, 납치 당한 자도 24명입니다. 노효제盧孝悌라는 자는 역적에 붙었다가 지난 14일에 도망쳐 와서 말하는데, 역적은 390명이 11처의 배에 나눠 타고 경상도와 전라도의 공미 운반 선박을 빼

다시 반격 257

앗고자 연안 포구를 공격한다고 합니다.

그러니 장차 전라도의 전선 만드는 곳을 침공하지 않을까 염려됩니다.

작년 9월 고윤대高允大 등 6명이 김방경의 휘하에 귀순하였는데, 흔도가 여러 차례 불러서 군중에 억류하였습니다. 탐라 사람들이 이런 사실을 알면 어찌하겠습니까. 지금 귀순을 시키려고 하는 판이니 그런 일이 없도록 하여 주소서.

우리나라 군인들은 일찍부터 활과 갑옷을 회수 당해서 군인이라 할지라도 맨주먹과 알몸이나 다름없으니 싸움에 임하여 매우 불리합니다. 엎드려 바라옵기는 위威는 어리석은 자를 먼저 치는 것이며, 덕德은 살아있는 자를 굳건히 함을 숭상하는 것입니다. 경상도 몽골군 2천 명과 전라도 기사 수백 명을 저희에게 나눠주시면 배 만드는 장소를 지킬 뿐 아니라 가까운 바다를 방어할 수 있을 것입니다.

게다가 삼별초 군은 6월경에 이르러 제2단계로 활동 영역을 확대시키고, 공격의 강도를 높여 나갔다. 이 지역의 공격에 앞서 김통정은 저녁 무렵에 그의 군막으로 강달구를 불렀다. 그 자리에는 유존혁도 함께 하고 있었다.

"강 장군, 그 동안의 전과에 대해 대단히 고마워하고 있다. 이건 뚝심 있는 강달구 장군만이 거둘 수 있는 전과라고 나는 생각하지. 우리가 서해 연안 깊숙이 쳐들어가는 것은 다 그럴만한 이유가 있다는 걸 장군은 알지?"

"알고말고요. 개경으로 연결되는 모든 조운로를 광범위하게 차단하면서 개경 측에 위협을 가하자는 것 아닙니까? 왜 그걸 제가 모르겠어요."

"그뿐만이 아니다. 지금 우리에겐 사람이 필요해. 힘을 합쳐 줄 사람이 필요하단 말이야. 될 수 있으면 그런 사람들을 붙잡아 오는 것도 마음을 쓰란 말이야."

"순순히 따라와 주면 그보다 더 좋은 일은 없겠지만 그렇지 않으면 묶어서라도 데려와야지 어쩌겠어. 쓰려고 보면 인재만큼 어려운 것이 없어."

유존혁도 거들었다.

"예. 명심하겠습니다. 이번에는 그럴만한 인물들을 꼭 데리고 오겠습니다."

강달구는 시원시원하게 대답했다.

"자, 내일 새벽 출정이니 푹 자둬야지."

"예. 걱정 마십시오."

그들은 군막 밖으로 나와 헤어졌다. 구름 걷힌 밤하늘에는 신선한 초승달이 별과 함께 반짝이고 있었다.

삼별초는 다시 출정하여 이미 익혀둔 서해 연안을 따라 북상했다. 심지어 경기도 연안까지 진출했는데, 삼별초의 이 같은 움직임에 대하여 개경의 민심은 더욱 동요되어 있었다. 삼별초 군은 서해 연안을 오르내리며 삼남지방에서 개경으로 연결되는 조운로를 면밀하게 살피는 한편 조공물의 탈취 기회를 엿보고 있었다. 그러던 중 그 해

8월에는 전라도에서 개경으로 올라가는 조공미 8백 석을 다시 손쉽게 탈취하는 전과를 올린다.

이 지경이 되자 개경정부는 야단이 났다. 임금이 대신들을 불러모아 대책회의를 열었다.

"또 다시 우리 조운선이 적들에게 넘어가 전라도에서 올라오는 공미 8백 석이 저들의 손으로 들어갔오. 이렇게 되면 여러분, 대신들에게 돌아갈 조공미가 바닥이 나게 되는 겁니다. 사안이 아주 심각하게 됐어요."

원종은 보고를 받고 잠을 잘 못 이뤘는지 얼굴 표정이 말이 아니었다.

"전하 너무 심려 마옵소서. 소신이 바로 경상도 주둔 몽골군을 전라도로 투입해 달라고 요청을 하겠습니다."

상서병부령이 먼저 나서서 대책을 내놨다.

"그래요. 그것도 한 방법이겠어요."

"전하, 소신에게는 다른 계책이 또 있습니다."

이번에는 종2품 지문하성사知門下省事가 나섰다.

"무슨 계책인지 뜸들이지 말고 어서 말해 보시오."

"우리에게 라유羅裕 장군이 있습니다. 이 사람은 꾀가 있을 뿐 아니라 전라도에 아주 익숙한 장군입니다. 그에게 병력 1천 5백만 붙여 전라도로 내려 보낸다면 삼별초 정도는 꼼짝 못할 것입니다."

"그것도 좋겠오. 가능한 모든 방안을 동원해서 저들에게 뺏기는 조공이 없도록 서둘러 조치를 취하시오."

임금은 급했던지 신하들의 청을 모두 몰아 승인해서 그대로 이루어졌다.

그러나 삼별초의 공격은 그치지 않았다. 그 무렵 서해 고란도孤瀾島에서는 대 삼별초전은 물론 앞으로 대 일본 정벌 수행을 위한 조선기지가 가동되고 있었다. 이 작업은 홍주(지금의 홍성) 부사를 책임관으로 전국에서 조선 기술자들이 몰려들고, 홍주와 결성(홍성), 남포(보령) 등 인근 군현 백성들이 총동원되어 진행되고 있었다. 이 정보를 첩보부대가 강달구 장군에게 가지고 왔을 때 그는 부르르 등을 떨었다.

"나쁜 놈들, 우리를 치려고 배를 짓고 있는 것이로구나. 그냥 둘 수 없다!"

"장군, 그러나 거기에는 전함이 여러 척 포진하고 있습니다."

"여러 척 있을수록 좋지. 우리를 치러 갈 전함은 불화살을 쏘아 모두 불태워 버려야 한다. 조선 기술자들은 살려 놓으면 계속해서 배를 지을 터인즉 닥치는 대로 몰살을 하란 말이다. 알았느냐?"

그러나 이 작전에는 현지 주민들의 수가 많고, 그들의 저항이 만만치 않을 것 같다는 보고였다. 그래서 이 공격은 밤이 되기를 기다렸다가 밤중에 개시되었다. 준비했던 불화살을 전함을 향해 쏘아대니까 주변 하늘이 불길로 대낮같이 밝아졌다. 그런 가운데 전함 대여섯 척이 순식간에 불이 붙어 불길이 하늘로 솟구쳤다. 그 틈에 군막으로 들이닥친 강달구 일행은 조선관造船官의 임무를 맡은 홍주부사 이행검李行儉을 비롯하여 결성과 남포의 감무監務들을 사로잡아 포박했다.

작전을 마치고 돌아가면서 강달구는 배에 깃발을 여러 개 내걸었다. 중요한 인물을 태우고 간다는 뜻이었다. 그 뜻이 전해졌는지 배가 다시 조공포로 돌아왔을 때 포구에는 김통정과 유존혁 등 삼별초의 거두들이 나와 그들을 맞았다. 포박 당한 이행검과 남포의 감무들이 군사들에게 이끌려 먼저 배에서 내렸다. 그들은 나포된 데다 며칠 배질에 행색이 말이 아니었다. 그러나 유존혁은 그들 중 이행검의 얼굴을 곧 알아보았다.

"아니, 이게 누구신가? 청주, 곡주, 풍주의 수령을 역임하면서 염간廉簡으로 소문이 나있는 이행검 대감이 아니신가?"

"나는 당신이 누군지 모릅니다. 그런데 당신이 날 어떻게 아시유?"

이행검은 행색이 초라한 중에도 의연하게 받아치는 여유를 보였다.

"누가 이 어른들을 묶었느냐? 당장 풀어드려라!"

김통정이 명령했다. 그들 곁에 섰던 병사들이 달려들어 포승줄을 풀어 주었다.

"먼길에 고생이 많았오. 그러나 여기도 다 사람 사는 곳인즉 너무 걱정하지 말아요. 우리를 도와주시오. 우리와 함께 해상왕국을 건설해 봅시다."

김통정이 그들의 손을 마주 잡았다. 목적지에 닿으면 어떻게 될지 몰라 겁을 집어먹고 있던 그들은 이런 대접에 마음이 많이 풀린 모양이었다. 이런 과정을 거쳐 이행검은 나중 삼별초 진영에서 아주 중요한 직책인 인사 업무까지도 맡아 처리한 것으로 알려지고 있다.

삼별초 군의 공세는 계속되어 개경에서 비교적 가까운 지역인 부평에 있던 안남도호부安南都護府에 침입, 부사 공유孔愉와 그 가족들을 사로잡아 왔다. 공유와 그의 가족들도 삼별초로부터 일정한 대접을 받았으며, 제주 삼별초가 함락 되었을 때 개경으로 다시 돌아갔던 것으로 알려지고 있다.

1, 2차의 공격을 벌이면서 삼별초는 첩보 활동을 통해 경상도의 금주金州(지금의 김해) 지방에 대대적인 몽골군의 거점이 있다는 것을 파악하고 있었다. 그들은 일본 등 정동역征東役의 추진을 위해 경상도 연해 지역 일원에 대대적인 군사를 집합시켜놓고 있었다. 삼별초는 이미 염탐군 두 사람을 그곳에 파견했다가 붙잡혀 죽임을 당하고도 꾸준히 그곳의 동태 파악을 계속하고 있었다.

금주 주둔 몽골군의 병력 규모는 정확히 알 수는 없었으나 적은 규모가 아닌 것만은 분명했다. 그것은 개경 정부가 삼별초의 공격으로 열세에 처한 전라도 연안 지역의 방어에 이곳의 군인들을 투입해 주기를 건의한 것만 봐도 알 수가 있었다. 원종 13년 6월에 개경 정부는 이유비李有庇 편의 표문을 통해 경상도 지역 몽골군 2천 병력을 전라도 연안 지역 방어에 투입해 줄 것을 요청하고 있었던 것이다.

"그러나 우리의 목표가 분명한 이상 경상도 지역이라고 그냥 놔둘 수는 없지요."

평소 김통정의 소신은 굳었다.

"내버리자는 얘기는 아니지요. 다만 신중하자는 것입니다. 몽골은 어쨌든 우리에게 버거운 상대임이 분명합니다."

유존혁은 몽골에 대해서만은 신중론자였다.

"이제 더 이상 전라도와 서해에서는 수확도 없으므로 어차피 올 겨울에는 그쪽을 칠 수밖에 없습니다. 호랑이를 잡으려면 호랑이 굴로 들어가는 수밖에 없잖습니까?"

"그건 나도 인정을 합니다. 그러나 그것마저도 신중하게 하셔야 합니다."

"명심하겠습니다. 그렇게 지시도 하겠구요."

이런 가운데 삼별초는 제3차의 군사활동으로 1272년(원종 13) 11월에 차가운 하늬바람을 맞으며 합포(合浦:지금의 마산)에 침입하기에 이른다. 이때는 강달구의 부대와 함께 이문경의 부대도 출격을 했다. 그들 부대는 어스름 녘에 합포 연안에 닿았는데, 다행히 섬들이 많아 배를 숨기는 데 어렵지 않았다. 섬 기슭에 배를 숨기고 먼저 여섯 사람으로 구성된 척후부대를 상륙시켰다. 그들은 밤이 이슥해서야 배 있는 곳으로 돌아왔다.

"이 항구에 매어있는 전함은 엄청나게 많습니다!"

"엄청나게 많다니 몇 척이나 된다는 말이냐?"

"열 척, 아니 스무 척도 더 될 것 같습니다."

"전함은 일단 끌고 갈 수가 없으니 불태우는 걸 원칙으로 한다. 다만 사람은 가려 포박하고 데리고 간다. 왜냐면 그들을 통해 정확한 정보를 더 얻어내야 하기 때문이다. 공격은 별자리를 보아 자정 직전에 한다. 목적이 완수되면 즉각 퇴각한다!"

강달구는 간단명료하게 작전지시를 했다. 이날 밤 그들은 합포항에서 새로 건조했거나 정박해 있는 전함 20여 척에 불화살을 쏘아 불을 지르고 뛰쳐나오는 몽골의 봉졸 네 명을 사로잡았다. 전혀 무방비 속에 당한 일이라 그들은 별 저항도 하지 못했다.

경상도에 첫 출격의 대승으로 삼별초의 의기는 충천했다. 여세를 몰아 같은 달 삼별초는 거제현을 치고 전함 세 척을 불태웠으며, 거제 현령을 포로로 붙잡아갔다.

이 무렵 삼별초 선단이 경기도 지방의 영흥도靈興島에 정박해 있으면서 부근을 횡행하므로 개경에서 위험을 느껴 몽골 원수 흔도忻都에게 50기騎를 응원해 달라고 청하여 궁궐을 지키게 했다.

해가 바뀌어 이듬해 1월이 되었다. 이때까지도 삼별초는 공격을 늦추지 않았다. 삼별초 군사들의 배 10여 척이 전라도의 낙안군樂安郡을 침입했기 때문에 전라도 방호장군 문경수文景秀가 이를 조정에 보고했다. 또 이번에는 합포로 쳐들어가 전함 32척을 불태우고 저항하는 몽골병 10여 명을 죽여버렸다. 같은 해 3월에는 전라도 연안의 탐진耽津에 쳐들어가 방수산원防守散員 정국보鄭國甫 등 15인을 죽이고 낭장 오단吳旦 등 11인을 사로잡는 전과를 올렸다.

이렇듯 경상도 지역에 대한 본격적인 공격은 원종 13년 11월 합포로부터 시작되어 인근의 거제도 등에 미쳤으며, 특히 합포의 경우는 정박중인 전함 20척과 다시 32척을 불태우고, 몽골병을 잡아가는 등 일본 등 정동역과 관련된 몽골군을 직접 공격 대상으로 삼았다.

원종 12년(1271) 5월 제주로 들어온 삼별초군은 그 후 내부 정비를 끝내고 전라도 연안에서부터 개경에 가까운 서해 중부 연안, 그리고 몽골의 주둔지인 경상도 연안 지역으로 차츰 군사 활동 영역을 넓혀 나갔다. 심지어 군현의 관아를 습격하고 수령을 포로로 잡아가는 등 본토의 여러 지역을 위협하고 고려조정을 긴장하게 만들었다.

더구나 일본 등 동역을 정벌하려는 의지를 갖고 있는 몽골군에게 그 무렵 삼별초야말로 눈에 가시 같은 존재가 아닐 수 없었다.

김통정과 김방경

　삼별초 김통정에 대해서 고려 시대의 사료에는 '해적 김통정'이라고 부르고 있으나, 상대적으로 그로 하여 일인지하 만인지상의 자리에까지 오른 한 사람이 있었으니 그가 김방경이다. 이 두 사람은 같은 시·공간에 태어났으나 죽을 때까지 숙명적으로 대치해 있었다.
　거기다 이 두 사람에 대해서는 전해오는 전설과 전기가 많기도 하다. 여기, 이 대목에서는 두 사람에 대한 기록들을 가감 없이 들추어내어 그들의 인간 됨을 독자들로 하여 판단하게 하고자 한다.

　삼별초의 김통정 장군에게는 그의 출신을 알아보게 하는 설화 한 토막이 전해온다. 고려 적 어느 집에 한 과부가 살고 있었는데, 아무 일도 없었는데 날이 갈수록 허리가 점점 굵어지는 것이 아닌가. 배가 불러오자 동네 사람들이 눈치를 채고, 수군거리게 됐다.

"어떻게 남편도 없는 아낙네가 아이를 밸 수 있는가? 재주도 좋은 여편네다."

"누가 아니래. 참 세상에 요사스런 일도 다 있네…"

이 지경이 되자 과부로서는 변명을 아니 할 수 없었다.

"매일 저녁 잘 때면 문을 꼭꼭 잠그고 자는데도 어디로야 들어오는지 엉뚱한 남자가 들어와서 같이 잠을 자다가는 돌아갑니다. 성님네들, 이 일을 어찌해야 합니까?"

"그거 참 별일이여. 그런데 그게 누군지 알아내는 한 방법이 있긴 하다."

동네에서 꾀가 많기로 유명한 여편네가 거들고 나섰다.

"그게 어떤 방도입니까?"

"오늘밤에도 다시 그 남자가 찾아오거든 미리 실패를 준비했다가 몸에 묶어 두면 알 도리가 있을 것이다."

듣고 보니 그 방법이 그럴 듯했다. 과부는 미리 실패를 준비해 뒀다가 그날 밤 사내가 왔다가 돌아갈 때 사내의 몸뚱이에 실을 묶어 두었다. 그리고 날이 새어 실이 간 데를 찾아보니 실은 창문 구멍을 통하여 밖으로 나가 말에서 내릴 때 밟는 노둣돌 밑으로 들어가 있는 게 아닌가. 과부는 섬쩍지근하면서도 그 돌을 굴리고 보니까 큰 지렁이 한 마리 가로누워 있는데, 그 허리에 실이 묶여 있는 것이 아닌가. 이로써 이 지렁이가 밤마다 와서 잠자리를 같이 하고 갔다는 증거가 되었다.

과부는 지렁이를 보자 우선 징그러워서 오늘밤도 찾아오면 어쩌나 하는 생각에서 돌멩이를 들어 짓이겨 버렸다.

그런데 그로부터 과부의 허리는 점점 굵어져서 마침내 옥동자를 낳았다. 아이는 온몸에 비늘이 있고 겨드랑이에 자그만 날개가 돋아나고 있었다. 그 당시에는 날개가 돋은 아이는 장차 역적질을 한다고 해서 관가에서 무조건 잡아가던 때였다.

과부는 그런 사실을 일체 숨기고 아이를 고이 길렀다. 동네 사람들은 이 아이가 지렁이와 정을 통하고 낳았다 해서 '진통정', 혹은 '질통정'이라고 불렀다. 이 아이는 나중 김씨 가문에서 길러지게 되는데, 그 집에서 진이나 질이 김씨와 다를 바 없다고 해서 김통정이라고 부르기 시작했다.

김통정은 자라면서 활을 잘 쏘고, 하늘을 나는 도술을 부렸다. 그는 몽골에 잡혀갔다 돌아와서는 신의군에 들어가 나중 삼별초의 우두머리가 된다. 삼별초가 진도에서 호되게 깨진 다음에 그는 삼별초의 대장이 되어서 제주로 들어왔는데, 애월면 동귀리 군냉이로 상륙했다. 그들이 들어왔기 때문에 그 후부터 "군인들이 들어온 포구"라고 해서 '군항포'라는 이름이 붙은 것이었다.

김통정은 산 쪽으로 군사상 적지를 찾아 올라가 항파두리에 내외성을 쌓고, 내성 안에 궁궐을 지어서 '해상왕국'이라 불렀다. 성을 다 쌓은 다음 김통정 장군은 백성들에게 세금을 받되 돈이나 쌀을 받지 아니하고 반드시 재 닷 되와 대빗자루 하나씩을 받았다. 이 재를 모아 뒀다가 토성 주위에 돌아가며 뿌렸다. 그리고 외적이 수평선 쪽에 나타나면 말꼬리에 빗자루를 매달고 성 주위를 맴돌게 했다. 그래서 재가 충천하여 오르면 적들은 방향을 잡지 못하고 그대로 돌아가곤 했다.

어느 해 김방경 장군이 거느리는 고려군이 김통정을 잡으러 내려왔다. 말꼬리에 빗자루를 매달고 연막을 올려봤으나 김방경 장군도 도술에 능해 놓으니 일이 위태롭게 되었다. 김통정 장군은 사태가 위급함을 알고 화급하게 사람들을 성안으로 들여놓고 성의 철문을 닫아버렸다. 이때 너무 급히 서두르는 바람에 아기 업개(업저지) 하나를 그만 문밖에 내버린 채 문을 닫고 말았다.

김방경 장군은 토성까지 진격해 와서 입성을 기도했으나 성이 너무 높고 철문이 잠겨 있어 들어갈 수가 없었다. 그래서 방법을 찾아 성 주위를 뱅뱅 감돌고 있었다. 그때 성밖의 아기 업개가 장군이 하는 꼴이 우스워서 해해거리며 웃으면서 장군에게 물었다.

"어떵헤연 장군님은 성굽만 뱅뱅 돕니까?"

장군이 대답했다.

"성 안으로 들어갈 도리가 없으니 그 방도를 찾는 중이다."

"무사 방도가 어서 마씀. 저 쇠문 아래 풀무를 걸어놓고 두 이레, 열 나흘만 불어 봅서. 어떵 되느니?"

아기 업개 말에 김방경 장군은 무릎을 탁 치고 풀무를 걸어놓고 불기 시작했다. 아니나다를까 열 나흘이 되어가니 철문이 벌겋게 달아올라 녹아 내렸다. 이로부터 제주에는 "애기업개 말도 들으라"는 속담이 생겨났다.

철문을 무너뜨리고 김방경 장군의 군사가 몰려들자 김통정 장군은 깔고 앉았던 쇠방석을 바다 위로 내던졌다. 쇠방석은 물마루 위에 가 떨어졌다. 김통정 장군은 곧 날개를 펴서 그 위로 날아가 앉아 버렸다.

김방경 장군은 이번에도 애기업개에게 도움을 청했다. 애기업개는 이번에도 묘책을 일러주었다.

"장수 하나는 새로 변하고, 하나는 모기로 변하면 잡을 수가 있을 거우다."

김방경의 부하 장수들은 곧 새와 모기로 변해서 쇠방석 위로 날아갔다. 김통정 장군은 난데없는 새와 모기가 날아오는 것을 보고 심상치 않은 생각이 들어서 곧 쇠방석을 떠서 고성리 마을 서편에 있는 굴그미라는 내川로 날아왔다. 새와 모기로 변한 김방경 군의 장수들도 뒤따라 왔는데, 새는 김통정 장군의 투구 위에 가 앉고, 모기는 얼굴 주위를 맴돌며 앵앵거렸다.

김통정 장군은 갑자기 비통한 심사가 되어 '이 새는 나를 살리려는 새냐, 죽이려는 새냐?' 중얼거리며 고개를 젖혔다. 그러자 목 부위 비늘에 틈이 생겼다. 그 순간 모기로 변한 김방경의 장수가 칼을 빼어 김통정 장군의 목을 찔렀다. 그리고 벌어지는 모가지에 얼른 재를 뿌려 마주 붙지 못하게 했다.

이때 김통정 장군은 "내 백성이랑 물이나 먹고 살아라"고 부르짖으며 군화軍靴 신은 발로 바위를 쾅 찍었다. 순간 그 바위에 신발 자국이 움푹 패이고, 거기서 금세 샘이 솟아나 흘렀다. 이 바위틈에서 솟기 시작한 물은 지금도 계속 솟는데, 이 샘 이름을 '햇부리' 혹은 '햇자국'이라고 부른다. 세월이 흐르면서 이 동네 사람들이 '장수물'이라고 고쳐 부르게 됐다.

김통정 장군을 죽인 김방경 장군은 곧 토성 안으로 달려들어 김통정 장군의 처를 잡아냈다. 토성 안 붉은오름 뒤쪽에는 약 3정보 가량 되는 평지가 있는데, 여기는 당시 연못을 파서 김통정 장군이 뱃놀이를 하던 곳이다.

"물 위에 길마를 띄우고, 그 위에 저 여자를 끌어다 앉혀라!"

김방경 장군이 명령했다. 여자는 곧 엷은 속옷 차림으로 길마 위에 앉혀졌다. 김방경 장군은 그녀가 아기를 배었는지 그것을 확인하고자 했던 것이다. 여자를 길마 위에 걸터앉게 했더니 물에는 뚜렷하게 뱃속의 아이 그림자가 비쳤다.

곧 밑으로 불을 때어 태워 죽이니 매 새끼 아홉 마리가 죽어 떨어졌다. 김통정 장군의 자식들이 매 새끼로 잉태된 것이었다. 김통정의 처도 죽으니 피가 그 일대에 흘러내려 흙이 붉게 물들었다. 그래서 그 밭이 흙붉은밭이 됐다.

김통정 장군은 토성을 뛰어 내릴 때 아기 업개의 말 때문에 죽게 된 것을 알았다. 그는 성밖으로 뛰어 나가며 안오름에 서있는 애기 업개를 발길로 한 대 걷어 차고 날아갔다. 애기 업개는 그 자리에서 피를 토하고 죽었는데, 그 피가 번져 지금도 안오름의 흙도 붉은 색깔이다.

김통정 장군이 화살을 쏘아 맞춘 바위가 지금도 토성 남쪽에 남아 있다. 거기에는 화살도 박혀 있었으나 여러 해 전에 누군가 빼어가 버렸다고 한다. 그에 대한 전설은 지금도 토성 주위에 토성의 흔적만큼이나 숱하게 널려 있다.

최근 항파두리를 비롯한 제주의 야산은 가을이 들면서 온통 파도치는 억새의 물결을 이루고 있다. 그러나 삼별초 이전에 제주에는 억새가 없었다고 한다. 그런데 김통정 장군은 싸움이 붙었을 때 고려군의 말 발길에 걸리게 하기 위한 조치로 억새의 씨앗을 진도에서 들여다가 뿌렸다는 전설이 전해온다. 그러나 그 효험이 어땠는지는 알려지지 않고 있다. 그는 싸움이 끝난 오랜 후에 제주의 야산에서 해골로 발견되지만 지금도 북제주군 애월읍 고내당高內堂에는 그의 신이 모셔져 있다.

고려 시대 정사인 〈고려사〉에는 장황하게 김방경의 전기가 전해 내려오는데, 여기에 그 전기를 되도록 옛 문장대로 옮겨보겠다.

강화도에서 삼별초가 남천을 할 때 영흥도까지 쫓아간 바 있었으며, 진도에서 삼별초를 칠 때 선봉장의 역할을 맡았고, 제주를 칠 때도 원수였던 고려 장군 김방경은 참으로 삼별초와 인연이 질긴 사람이었다.

그의 자는 본연이며, 본관은 안동 김씨, 신라 경순왕의 후손이었다.

그의 아버지 김효인은 성품이 강직한 사람으로 어려서부터 학문에 뜻을 두고 글씨를 잘 썼기 때문에 젊어서 과거에 급제했다. 그 후 벼슬이 병부상서와 한림학사에까지 이르렀다. 김방경의 어머니는 그를 배었을 때 여러 번 꿈에 구름과 안개를 들여 마시는 꿈을 꾸었다.

"구름과 기가 항상 내 입과 코에 서려 있으니 이 아이는 신선들 가운데서 내려온 듯합니다."

그녀는 시부모들에게도 이런 말을 서슴지 않았다.

김방경은 태어난 후 어려서 할아버지 김민성의 집에서 자랐는데, 이 아이는 자기 생각에 맞지 않는 일이 있으면 거리에 나가 드러누워 울기가 일쑤였다.

'허, 그 녀석!'

할아버지가 걱정스러워 바라보고 있으면 지나가는 소와 말들이 아이를 피하여 지나다니는 것이 아닌가. 그거 참 이상한 일이로고. 그의 조부는 그 일을 혼자 기억하고 있었다.

그의 나이 열여섯 살이 되었을 때 그는 벼슬한 조상 혜택의 음직蔭職으로 산원 겸 식목녹사로 임명되었다. 당시 시중 최종준이 그의 충직함을 사랑하여 융숭하게 대우했으며 무슨 일이 있으면 모두 그에게 맡겼다. 그 후 그는 여러 관직을 거쳐 감찰어사가 되어 우창右倉을 관할하게 되었는데, 누구의 청탁도 받아주지 않았다. 이런 처사는 창고의 물건을 자기 것처럼 쓰던 관리들에게는 눈에 가시가 될 수밖에 없었다. 그래서 그는 마침내 참소의 대상이 되었다.

"이번에 온 어사는 앞서 왔던 어사와 달리 공무를 잘 돌보지 않는 것 같습니다."

그때 마침 김방경이 들어왔으므로 그 말을 듣고 있던 권신이 그를 붙들고 꾸짖었다. 그러자 김방경이 대답했다.

"먼저 번 어사처럼 하면 나도 편합니다. 그러나 나는 나라 창고의 저축을 늘리고자 하기 때문에 여러 사람의 말을 다 들어줄 수가 없습니다."

그래서 1라운드는 김방경의 승리로 끝났다.

그 후 그가 서북면 병마판관이 되었을 때 몽골군이 침공해왔기 때문에 여러 성에서 위도로 들어가서 관청을 유지하고, 백성을 보호하게 됐다. 위도는 평탄한 땅으로 경작할만한 지경이 10여 리 가량 되었으나 조수가 밀려들기 때문에 그냥 내버리고 있었다. 그가 백성들에게 방파제를 쌓게 하고 개간을 시켰다. 백성들이 처음에는 힘들어했으나 가을이 되어 곡식이 잘 되었으므로 그 덕택에 살아갈 수가 있었다. 또 섬에는 우물이나 샘이 없어서 육지로 나가 물을 길어왔는데, 가끔 물 길러 나간 사람들이 몽골군에게 붙잡혀 가는 일이 있었다. 김방경은 못을 만들어 빗물을 가두어 뒀다가 먹게 했으므로 그런 걱정이 사라졌다.

그 후 김방경이 서울에 들어와서 견룡행수가 되었다. 당시는 금위들이 서로 앞을 다투어 권세 있는 자들에게 가서 빌붙어 지냈기 때문에 왕궁 수비가 아주 안일하고 해이해져 있었다. 그는 이런 일을 아주 못마땅하게 여겨서 몸이 아파도 휴가를 얻지 않고 자기 일에 충실했다. 어사중승의 벼슬을 지내게 되자 법률을 고수했으며, 누구에게도 아첨하지 않았다.

원종 4년에 그는 지어사대사가 되었다. 이 시기에는 좌승선으로 있던 유천우가 오랫동안 권세를 잡고 있었다. 양반과 관료들이 그에게 아첨하지 않는 자가 없었다.

하루는 김방경이 말을 타고 가는데, 길 위에서 유천우와 조우했다. 그러나 그는 말을 탄 채로 고개를 숙여 인사를 했을 뿐이었다. 유천우는 벼르던 참이라 그의 말을 세우고 힐난했다.

"나에게는 3품 이하 관원들이 모두 피해 가는데, 자네만 하필 왜 그러는가?"

김방경이 대답했다.

"자네와 나는 똑 같은 3품 관인데, 왜 내가 말에서 내려야 하는가?"

한참 실랑이를 하다가 김방경은 시간이 많이 흘렀으므로 결판도 내지 않고 그냥 가버렸다.

유천우는 이 일을 매우 언짢게 생각하고 그 후부터 김방경 일가의 벼슬길뿐 아니라 여러 가지 일을 방해하기 시작했다.

진도의 삼별초를 공격하게 되었을 때, 그가 상장군으로 임명되자 어떤 일이 있어서 중방의 장교 하나를 곤장으로 다스리게 되었는데 부하 중에 그를 미워하는 사람이 권신에게 고소했기 때문에 그가 남경 유수로 밀려난 일도 있었다.

원종 10년에 무인 임연이 왕을 폐립했다. 이때 마침 세자는 원나라로부터 돌아오던 길에 의주에 이르러 있었는데, 국가에 정변이 생긴 소식을 듣고 다시 원나라로 들어가 황제에게 이 사연을 고해 바쳤다. 원나라 황제 세조는 알탈아불화 등을 파견하여 국내에 있던 여러 신하들을 훈유하게 했다. 그리고 그가 다시 원나라로 돌아가게 됐을 때 김방경은 황제에게 올리는 글을 가지고 그와 함께 원나라로 들어갔다.

세자가 원나라 황제에게 군대 파견을 요청하였으므로 몽골 장수 몽가독이 군사들을 인솔하여 떠나려고 했다. 중서성에서 세자를 찾아가서 말했다.

"몽가독이 만약 서경에 오래 주둔해 있으면서 대군이 오기를 기다리게 된다면 이미 황제의 명령을 거역한 임연은 필연코 주둔 군대의 양식을 제공하지 않을 것입니다. 그러니 세자께서는 임연과 같은 무리가 아닌 자로 여기 관여케 해야 할 것입니다."

세자는 그런 인물이 누가 있을까 여러 방면으로 찾게 되었다. 그때 시중 이장용이 김방경을 천거한다.

"김방경은 두 번이나 북쪽 지방을 다스려서 그 지방 민심을 얻었으니 이 사람이면 능히 해낼 수 있을 것입니다."

세자가 시중의 말을 듣고 김방경에게 이 일을 맡겼다. 김방경은 그 일을 맡으면서 조건을 제시했다.

"원군이 서경에 도착하여 만일 대동강을 넘는다면 개경마저도 소란해져 장차 변이 일어날 염려가 있습니다. 그러니 대동강을 넘지 않도록 지시해 두는 것이 좋을 듯합니다."

대신들이 모두들 그 의견을 좋게 받아들이고, 몽골 황제도 그게 좋겠다고 수락했다.

김방경 일행이 동경에 이르렀을 때 원종은 이미 왕위에 다시 올라 있었고, 다시 원나라에 입조入朝하게 된다는 말을 듣고 거기 머물면서 왕이 오기를 기다리고 있었다.

이 무렵 최탄과 한신이 반란을 일으켜 여러 고을의 수령을 죽였으나 박주의 장관인 강분과 연주의 장관인 권천 두 사람은 되레 예의에 맞게 대우했다. 그것은 이 두 사람이 모두 김방경의 매부들이었기 때문이었다.

이 해에 김방경이 몽가독과 함께 서경으로 왔다. 그러자 서경 지방 원로들이 앞을 다투어 찾아와서 김방경을 대접하고자 했다.

"공이 여기 있었더라면 어찌 최탄, 한신 같은 자의 반란이 일어날 수 있었겠습니까?"

최탄과 한신의 무리들도 그를 찾아와서 인사를 드렸다. 이들 무리는 고려가 허한 틈을 타서 몽골 군대를 이용하여 변란을 일으키려고 은밀히 계략을 꾸미면서 몽가득에게 많은 뇌물을 주어 그의 환심을 사두고 있었다.

이에 앞서 임연은 왕이 황제에게 보고하여 몽골 군대를 청해올 것을 염려하여 그것을 막으려고 지유 지보대智甫大에게 명하여 야별초를 인솔하여 황주黃州에 주둔시키고, 신의군은 초도椒島에 주둔시켜 놓고 있었다. 이 정보를 아는 최탄 등이 몰래 배를 준비하고 몽가독을 꾀었다.

"임연의 무리가 장차 관인과 원나라의 군대들을 죽이고 제주도로 들어가려는 것이 분명 합니다. 청컨대 어른께서는 사냥하러 나간다고 널리 소문을 내고 고려 군인들의 왕래하는 통로를 정찰하여 서로 통하도록 하면 우리는 군대를 배에 태워 보음도와 말도로 공격해 들어갈 터이니 그때 어른이 군대를 이끌고 착량 부근으로 나가 있으면 그들이 진격도 퇴각도 못할 것입니다. 그들의 실정을 잘 알게 된 후에 황제께 구체적으로 아뢴다면 개경을 탈취하는 것은 문제가 아닙니다. 그렇게 되면 그곳의 재물들과 젊은 남녀들이 모두 당신 것이 될 것입니다."

그러나 언제나 기는 놈 위에 나는 놈이 있게 마련이었다. 최탄의 내상으로 있던 오득공이 이런 계략을 엿듣고 가만히 김방경에게 첩보를 제공했다.

이튿날 아침에 김방경이 몽가독의 숙소인 객관의 문 앞에 가 서 있는데 군사들이 정렬해있고, 최탄의 무리들도 의기양양해 출정 태세를 하고 있었다. 숙소에서 사냥꾼 차림으로 나온 몽가독이 김방경에게 말했다.

"오랫동안 객사에 있으니 심심해서 견딜 수가 없구만. 사냥을 나가려고 하는데, 장군도 함께 가시겠오?"

그 말에는 대답하지 않고 김방경이 되물었다.

"어디서 사냥을 하시려는 데요?"

"대동강을 건너서 황주, 봉주로 해서 초도로 들어갈까 하오마는…"

"장군도 황제의 명령을 들었을 텐데, 어찌 강을 건너겠다는 말이요?"

"몽골 사람에게는 활쏘기와 사냥이 예삿일로 황제가 그것까지 막지는 않을 것이오. 그런데 왜 장군이 막으려는 것이오?"

"소장은 사냥하는 것을 막으려는 것이 아니라 다만 강을 건너는 것을 막으려는 것뿐이오. 정 사냥을 하시려거든 거기까지 안 가도 할 데가 많지 않소?"

"만약 대동강을 건너가는 것이 죄가 된다면 나 혼자 당할 테니 걱정 마시오."

몽가독이 버럭 역정을 냈다.

"소장이 여기를 지키고 있는데 장군이 강을 건너갈 수는 없습니다. 정 그렇다면 먼저 황제께 아뢰어 승낙을 받으세요."

김방경은 가만히 지대보 등에게 사람을 보내어 군사들을 인솔하고 물러가라고 일러두고 있었다. 이에 이르자 몽가독은 김방경의 충직성이 천성이라는 것을 깨닫게 되어 모든 일을 털어놓게 됐다.

"왕경을 멸망시키려는 자가 어찌 최탄의 무리뿐이겠오?"

이로부터 참소하는 말들이 원나라에 들어가지 않게 됐으며, 나라는 평안을 유지할 수 있었다.

그 해 여름 삼별초가 반란을 일으켜 남하할 때 왕은 참지정사 신사전을 초토사로 삼고, 김방경에게도 군사를 주어 몽골의 송 만호의 군대 1천 명과 함께 삼별초를 추격하라고 명령했다. 그들은 즉시 출동하여 삼별초의 배가 영흥도에 정박하고 있는 데까지 쫓아갔다.

"자, 지금이 공격할 때입니다!"

김방경이 공격을 제의했다. 그러나 송만호는 겁이 많은 사람이었다.

"공격까지 할 건 뭐 있나? 가만히 놔두면 저들대로 물러갈텐데……"

그 말대로 삼별초 군사들은 앞서 간 부대를 따라 달아나 버렸다. 그런데 그들 가운데서 억지로 따라가던 남녀노소 천여 명이 도망쳐 나와 그들 쪽에 합류했다.

"이 역적의 무리들을 모조리 포박하라!"

송만호는 좋은 기회라고 여기고 그들을 모두 포로로 잡아 데리고 돌아갔다. 그들 중에는 오랜 후까지 돌아오지 못한 사람들도 있었다.

삼별초가 진도에 들어가 그곳을 거점으로 삼고 여러 고을을 노략질하였으나 신사전은 토벌할 생각조차 하지 않았다.

"내가 이미 재상이 되었는데, 그들을 토벌하는데 성공한다 해도 그 이상 무슨 벼슬을 얻을 수 있단 말인가?"

그는 참 안일무사한 사람이었다. 그는 나주에 이르렀을 때 삼별초가 육지로 나왔다는 소문을 듣고 황급히 달아나 서울로 돌아가 쳐렸다. 같은 시기에 진주 부사 이빈 역시 진주성을 포기하고 도망쳐 버렸기 때문에 나중 송 만호와 신사전은 모두 면직을 당했다.

김방경은 신사전의 후임으로 초토사로 임명이 되었으니 삼별초와의 질긴 인연의 끈이 이때로부터 비롯되었다. 그는 1천여 군사를 거느리고 몽골 원수 아해와 더불어 삼별초를 토벌하게 된다.

삼별초는 나주 성을 포위하고, 또 군사들을 보내어 전주 성까지 공격하고 있었다. 나주 사람들이 못 견뎌서 전주 사람들에게 차라리 항복해 버리는 것이 낫지 않겠느냐고 의논하게 되었는데 전주 사람들은 결정을 못 내리고 있었다.

초토사로 임명을 받고 전주로 내려가는 도중에 이 말을 전해들은 김방경은 먼저 전주로 공문을 보냈다.

"며칠 후면 군사 1천을 거느리고 입성할 터이니 속히 군량미를 준비하고 대기하기 바란다."

전주 사람들이 이 편지를 나주 사람들에게 보이게 되고, 그 소식을 들은 삼별초는 포위망을 풀고 돌아가 버렸다. 이 무렵부터 삼별초가 제멋대로 노략질을 못하게 되었다.

김방경이 아해와 더불어 삼견원에 주둔하고 진도를 건너다보면서 진을 쳤다. 삼별초들은 약탈해 간 선박들에다 모두 괴상한 모양의 동물들을 그려 넣었다. 그 배들이 강을 덮을 듯이 많고 그림자가 물 위에 비쳐 어른거렸다. 삼별초는 싸울 때마다 먼저 북을 치고 고함을 지르면서 돌진해오곤 하여 서로 승부가 엇갈리며 여러 날을 대치하고 있었다.

그러던 하루 반남 사람 홍찬, 홍기 형제가 아해의 군막에 몰래 들어가 김방경을 참소했다.

"김방경과 공유의 무리가 비밀리에 적들과 내통하고 있습니다. 그렇지 않고서야 싸움이 이리 지지부진할 수가 있습니까?"

그러나 개경으로 압송하여 대질신문 결과 홍찬 등의 참소가 부러 꾸민 것임이 드러났다. 다루가치가 김방경을 풀어주며 왕에게 말했다.

"참소한 자들의 말한 바는 허망하여 이 자들을 응당 감옥에 가두어야 할 것입니다."

왕은 즉시 다루가치에게 청하여 다시 김방경을 상장군의 벼슬을 주어 삼견원으로 내려보냈다.

김방경이 삼견원에 이르러 보니 삼별초의 기세는 더욱 높아져 성 위에서 북을 울리고, 아우성을 치며, 큰 소리로 기세를 돋우고 있었다. 그러자 아해는 겁을 내어 나주로 퇴각할 작전을 꾸미고 있었다.

"이러다가 내가 제명에 못살지. 우리는 나주로 물러가려 하오."

"그건 안 됩니다. 원수께서 만약 퇴각한다면 그것은 우리의 약점을 보여주는 것이 됩니다. 적들이 승승장구하여 들이닥치면 누가 그 창 끝을 당해낼 수 있습니까? 또 황제께서 그 책임을 물으면 무엇이라 대답하겠습니까?"

아해는 결국 퇴각하지 못하고 눌러앉을 수밖에 없었다.

그 무렵 김방경은 적은 수의 군사만을 거느리고 적진으로 공격해 들어갔다. 삼별초 군사들이 전함을 타고 역습해 오자 다른 군인들은 모두 달아나 버렸다.

"결전을 늦출 수는 없다. 오늘이 결전의 날이다!"

김방경은 부르짖으며 적진으로 뛰어들었다. 삼별초 무리들이 그가 탄 배를 에워싸고 사방에서 조이며 자기들 진영 쪽으로 몰고 갔다. 김방경과 군사들이 죽을 힘을 다하여 싸웠으나 화살도 돌도 다 떨어지고, 또 군사들이 화살을 맞아 일어나지도 못했다. 김방경이 탄 배가 거의 진도에 가 닿을 무렵이었다. 삼별초의 군인 하나가 칼날을 세우고 달려들자 김방경의 부하 김천록이 짧은 창으로 그를 찔러 쓰러뜨렸다.

"차라리 물고기 밥이 될지언정 어찌 적들의 손에 죽겠느냐?"

김방경이 일어나면서 소리치고 바다에 몸을 던지려고 했다. 그러자 시위병 허송연, 허만지가 그를 말렸다. 이때 부상당한 군사들이 장군이 위급함을 보고 소리를 지르며 일어나 싸웠으며 김방경은 자세를 바로 잡아 지휘하기 시작했다.

이 시점에 삼견원 쪽에서 양동무 장군이 전함을 타고 돌격해 왔기 때문에 싸움이 누그러지게 되어 김방경의 배는 포위망을 뚫고 돌아갈 수 있었다. 김방경은 장군 안세정과 공유 등이 싸움을 수수방관한 죄를 물어 그들의 목을 베려했으나 아해가 말려서 뜻을 이루지 못했다. 이듬해 왕이 안세정과 공유의 관직을 박탈하고, 또 아해가 위축되어 비겁하게 싸우지 않았던 사실을 황제에게 보고했다. 황제는 아해를 파직하고, 흔도를 대신 임명했으며, 홍찬 등을 참형에 처할 것을 조서로 명령했다.

김방경이 흔도와 더불어 전략을 토의하고 진도를 공격하여 함락시켰다. 진도가 함락되고 삼별초가 제주로 달아났을 때 왕은 개경으로 입성하는 김방경을 사신을 보내어 교외에서 맞이하고, 그의 공적을 평가하여 수태위 중서시랑 평장사의 벼슬을 더하여 주었다.

그가 제주의 삼별초를 칠 때는 김방경을 행영중군병마 원수로 삼아서 군사들을 통솔하게 했다. 일설에는 왕이 그에게 지휘관의 상징인 월(鉞: 도끼)을 내렸다고도 전한다.

그가 제주의 삼별초를 토멸하고 개선할 때도 왕은 광평공廣平公 혜譓로 하여 교외에 나가서 위로하려고 승선 박항朴恒을 보내어 그 다음날에 들어오도록 했다. 그러나 김방경은 즉시 길을 재촉하여 그 날로 궁궐에 들어가 왕을 뵈었다.

왕이 아주 후하게 위로해주고 특별히 홍정(紅鞓: 붉은 가죽띠)을 그에게 주었으며, 장사들에게도 대규모의 연회를 베풀어주었다. 그리고 드디어 김방경을 시중侍中으로 삼았다.

그 해 가을에 김방경은 몽골 황제의 명을 받고 원나라로 갔다. 황제는 문지기를 시켜서 그를 안내하도록 하고 김방경을 승상丞相의 다음 자리에 앉혔다. 그런 다음 자기의 음식을 걷어서 그에게 내려주는 등 극진한 대접을 했다. 또 금으로 장식한 말안장과 채단으로 만든 옷과 금은을 내렸다. 이런 총애와 우대는 그때까지 다른 사람이 받아본 바 없었던 것이었다.

원종 15년에 황제는 일본을 정벌하고자 글을 보내어 김방경과 홍다구에게 전함을 만드는 것을 감독하도록 했다. 김방경은 동남도도독사東南道都督使가 되어 먼저 전라도로 가서 원나라 중서성의 공문을 기초로 고려에서 만드는 방식대로 전선들을 건조하게 지시했다.

그 해에 원종이 승하하고 충렬왕이 즉위했다.

김방경은 중군을 통솔하고, 삼익군三翼軍을 이끌어 일본 정벌에 나서게 된다. 몽골군과 한군 2만5천, 고려군 8천, 초공梢工 인해引海 수수水手를 합하여 6천7백 명과 전함 9백 척을 거느리고 합포에 머물러 있으면서 여진군이 합류하기를 기다렸다. 그러나 여진군이 제때 도착하지 않았으므로 곧 출발하여 대마도에 들어가 숱한 일본 군사를 죽였다.

삼랑포三郞浦에서는 왜군이 진격해 와서 중군을 치게 되자 김방경은 심어놓은 나무처럼 조금도 물러서지 않았다. 되레 화살을 하나 뽑아 쏘며 소리를 높여 크게 외치니 왜군들이 놀라 달아나 버렸다. 여러 장수들이 힘을 합쳐 싸웠으므로 널브러진 시체가 "삼을 베어 눕힌 것과 같았다"고 사서에는 표현하고 있다.

"병법에 군대가 천리가 되는 먼 곳까지 나아가서 싸우게 되면 진격하는 기세를 꺾을 수 없을 만큼 강하다고 합니다. 지금 우리 군사들이 수적으로는 적지만 벌써 적진에 들어와 싸우게 됐으니 이것은 곧 맹명孟明이 배를 불사르고 회음淮陰에서 강을 등지고 진을 친 격입니다. 그러니 끝까지 싸우도록 합시다."

김방경이 제의했으나 몽골 장수 홀돈의 생각은 달랐다.

"병법에 적은 수효의 군사들이 강하게 덤비다가는 결국 많은 수의 군사들에게 붙잡히게 된다고 했오. 그러니 피로하고 물자가 부족한 군사들로 무모하게 덤비다가는 승산이 없으니 그만 군대를 돌려 돌아갑시다."

그때 마침 화살이 날아와 한 장수를 쓰러뜨렸으므로 결국 돌아오게 되었다.

그들이 회선할 즈음 밤에 세찬 풍랑이 일어 전함들이 바위와 언덕에 부딪쳐 파손하고 병사들도 많이 죽었다. 그러나 싸우고 돌아온 김방경에게 왕은 직급을 더하고, 호두금패虎頭金牌를 내려 치하했다.

그러나 그의 만년은 전쟁 중에 그에게 불만을 품었던 부하들의 음모를 꾸며 모해함으로 끊임없이 시달린다. 그것은 그의 강직한 성격 탓이기도 했는데, 이 무렵 몽골과의 틈바구니에서 시달리는 그를 보고 있으면 당시 고려의 상징적 모습을 보는 것만 같아 안쓰럽다.

다음에 위득유와 노진의, 김복대 등이 몽골 장수 흔도에게 참소한 고발장의 내용을 들여다보자.

"김방경이 그의 아들 김흔, 사위 조변, 의남 한회유 및 공유, 나유, 안사정, 김천록 등 400여 명과 더불어 왕, 공주 및 다루가치를 없애고, 강화도에 들어가서 반역하려고 음모하고 있습니다. 또 일본 정벌 이후 군사 기자재들은 모두 응당 관가에 납부해야 함에도 불구하고 김방경과 그의 친족들은 모두 자기 집에 감추어 두었습니다. 또 전함을 건조하여 반남, 곤미, 진도 3현에다 두고 무리를 모아 반역을 음모하고 있습니다. 자기 집이 다루가치의 숙소와 가깝기 때문에 불편하여 고류동으로 이사를 갔으며, 국가에서는 때마침 여러 섬의 백성들에게 육지 깊이 들어와서 살 것을 명령했지만, 김방경 부자는 이에 복종하지 않고 백성들을 해변에 살게 했습니다. 또 동정東征 당시 해전에 익숙하지 못한 자들로 초공이나 수수로 삼아 전투에서 불리한 결과를 초래케 했습니다. 아들 김흔을 진주의 수령으로 삼고, 막객幕客(비장) 전유를 경산부의 수령으로 삼았으며, 의남(안적재)을 합포의 수비장으로 삼고, 한회유에게는 병선을 장악하는 일을 맡게 하여 정변을 일으킬 때 보조를 맞추어 일어나게끔 준비했습니다"

무려 여덟 가지의 조항이었다.

도대체 누가 이런 치밀한 거미줄을 빠져나갈 수가 있겠는가.

김통정을 그 시대의 아웃사이더라고 한다면 김방경은 충직한 인사이더의 위치를 고수하고 있었다. 그러나 이런 장군의 만년은 자신의 견마지성犬馬之誠에 따른 뒤치다꺼리로 하루도 평안한 날이 없었다. 그는 나중엔 전장에 나가지 못할 정도로 나이가 들어서 부를 때마다 사양했으나 그의 지나온 이력 때문에 기회 있을 때마다 전장으로 내쳐지곤 했다. 그는 싸움에서 많이 이겼지만 그러나 그의 일생은 싸움으로 점철되어 있었다 해도 지나친 평가는 아니다.

그리고……, 충렬왕 26년 병사하니 그의 나이 89세…

슬픈 군인, 삼별초의 최후

　제주 거점 삼별초군의 군사활동이 반도 전역에 미치게 되자 고려 조정에서는 다시 한 번 긴장했다. 원종은 바로 대신들을 궁궐로 불러모아 대책회의가 열렸다.
　"도대체 이 일을 어떻게 하면 좋겠소? 이제는 조공미 뿐 아니라 사람까지 무작위로 잡아가니 이러다가는 짐도 잡아가지 않으리라고 누가 장담하겠오? 대신들은 도대체 무엇을 하는 사람들이요?"
　초장부터 원종의 목소리는 격앙되어 있었다.
　"전하…"
　좌복시左僕射가 임금을 불렀다.
　"어서 말을 해보시오. 무슨 말을 하려는 것이오?"
　임금의 역정에 움찔했던 좌복시가 대답했다.

"우선은 날뛰는 저들을 잠재우는 것이 중요한 듯 하옵니다."

"그건 나도 알아요. 그러니 그 계책이 뭐냔 말이요?"

"전하, 소신의 생각에도 우선은 저들을 회유하는 것이 우선이라고 사료되옵니다."

이번에는 우상시右尙侍가 나섰다.

"그 말이 그 말 아니요? 그러니 구체적인 방안을 제시하란 말이에요."

임금은 오늘따라 몹시 조급해져 있었다.

"우리에게 합문부사閤門副使 금훈琴熏이 있습니다. 이 사람이 언변도 좋거니와 계략도 뛰어난 사람으로 알고 있습니다. 이 사람을 '제주역적초유사濟州逆賊招諭使'로 임명을 하고, 그에게 부하를 주어서 제주로 보내면 무슨 수가 있을 것입니다."

상서병부령이 이거야말로 계책이라는 듯이 자기 소신을 밝혔다.

"그거 지당한 말씀입니다. 그 사람이면 무슨 수를 낼 것입니다. 전하."

처음 말을 꺼낸 좌복시도 거들었다.

이렇게 해서 명을 받은 제주역적초유사 금훈과 이정李貞 등 일행은 그 해 바다 빛깔도 유난히 푸른 4월 15일에 해남을 출발했으나 그러나 바다라는 데가 사람 마음대로 되질 않아서 파도가 높아 보마도甫麻島에 이르러 정박할 수밖에 없었다. 그런데 이 섬은 이미 삼별초 군이 점령해 놓은 거점이어서 바로 그들에게 들키고 말았다. 삼별초 강달구의 부하들인 김희취金希就 오인봉吳仁鳳 전우田祐 등이 배가 들어오는 것을 숨어서 지켜보며 포구에 닿기만을 기다리고 있었다. 배가 포구에 닿자마자 그들은 배 위로 뛰어 올라 창과 칼로 위협하며 삽시에 그들을 포박하고 말았다.

"우리는 임금님이 보낸 제주초유사들이다. 우리를 해쳐서는 큰 화를 면치 못할 것이니 우리를 삼별초의 수령에게로 안내하라."

금훈이 소리쳤으나 삼별초의 군사들은 코웃음을 쳤다.

"알았다구. 우리 말을 잘 들으면 그렇게 하지."

그들은 그 정도의 바람과 파도쯤 아무것도 아닌 일상으로 여기는 것 같았다. 그 밤으로 배를 띄워 다시 어딘지 모른 곳으로 그들을 데려가는 것이 아닌가. 날이 밝아서야 도착지를 확인할 수 있었는데, 그곳은 추자도의 삼별초 진지였다. 추자도 삼별초 지대에서는 초유사 일행을 일단 감금시킨 다음 사람을 보내어 제주 본부로부터의 반응을 기다렸다.

김통정은 추자도에서 온 전통을 가지고 일단 유존혁 좌승을 찾아가 만났다.

"오늘 추자도에서 이 같은 전갈이 왔습니다. 개경에서 금훈이라는 초유사를 우리에게 보낸 모양입니다."

"있을 수 있는 일이오. 우리가 고란도, 합포까지 가서 전함을 불지르고, 사람들을 잡아왔으니 저들이 가만히 보고만 있질 못했을 터이오."

유존혁이 고개를 끄덕였다.

"어르신의 생각에는 이 일을 어찌 하는 게 좋겠습니까?"

"우리가 진도에서도 당한 일이지만 저들은 언제나 오른 손을 내밀어 잡으려 하면서 왼손으로 쪽박을 깨고 있어요. 그러니 도통 믿을 수가 있어야지요. 내 생각에는 개경 측은 어쨌건 최종적으로는 우리를 분쇄하려고 할 것입니다. 지금 저들의 행위는 시간을 벌려는 것으로 볼 수밖에 없어요."

유존혁은 어디까지나 신중했다.

"그러면 어찌 하면 좋겠습니까?"

"사람을 다치게 할 것까지는 없으니 쫓아버리도록 하는 건 어떨지요?"

"그럼, 그리 하도록 조치를 취하겠습니다."

김통정은 곧바로 군막으로 돌아와서 "사람을 해하지는 말되 그들을 쫓아 보내라"는 전갈을 써서 보냈다. 추자도의 삼별초들은 그들의 배를 띄워 보내면서 깃대에 삼별초의 깃발을 꽂아 보냈다. 그 무렵 다도해를 지나는 데는 그밖에 왕래 수단이 없었기 때문이다.

4월 15일에 제주를 향해 떠났던 금훈은 그 달 29일에 개경으로 돌아갔으며, 이번에는 그가 보고 겪은 상황들을 상세히 보고하기 위하여 몽골로 떠나지 않으면 안 되었다. 이미 이런 사안마저도 고려 자체에서 처리하기보다는 하나하나 몽골의 지시를 받고 있었음을 알아보게 하는 대목이다.

금훈으로부터 보고를 받은 몽골 측은 마음이 급해졌다. 그들은 일찍부터 고려를 교두보로 하여 대 남송전과 일본 정벌을 꿈꾸고 있었기 때문이다. 그리고 몽골 조정의 판단은 이제는 고려의 반몽 세력이 웅거하고 있는 제주에 대해 더 참을 수 없으며 물리적, 군사활동을 할 수밖에 없다는 판단을 내리기에 이른다. 몽골 측의 생각으로 제주는 단순한 반몽 세력의 거점일 뿐 아니라 지정학적으로 남송과 일본까지 연결하는 해상 요충으로 필수적이라고 여겨졌기 때문이다.

초유에 대한 삼별초의 냉담한 반응이 확인되면서 몽골은 시위친군侍衛親軍 왕금王斉을 고려에 파견하여 이미 주둔 중인 '승냥이' 홍다구와 함께 제주 공략을 구체적으로 논의하도록 조치했다.

"황제는 소장을 보내며 고려에 잔존한 항몽 세력을 완전히 정리해야 한다고 말씀하셨오."

왕금이 홍다구를 만나서 한 첫마디가 이랬다.

"열심히 하노라고 했으나 뜻에 미치지 못하여 황송합니다."

홍다구는 그가 황제를 들먹거리는 게 속으로 마땅찮았으나 머리를 조아릴 수밖에 없었다.

"그러나 제게 한 가지 꾀가 있습니다."

홍다구는 역시 계략의 명수였다.

"그게 무엇입니까?"

"제가 그 동안 파악해둔 것인데, 제주에 가있는 삼별초의 두령에게 가까운 친족들이 있습니다. 가령 김통정에게는 김찬이라는 친조카가 있지요. 섬에 있는 그것들도 분명 외롭고 참담해 있을 터인데, 허를 찌르자는 것이지요. 우리 속담에 피는 물보다 진하다는 말이 있어요, 이들을 보내보면 분명 뭔가 수확이 있을 것입니다."

"듣자 하니 그 말에 일리가 있습니다. 제가 황제께 건의할 터이니 그리 하도록 서두르세요."

그래서 그 사안은 바로 몽골 황제에게 보고가 되고, 그 해 8월에 김통정의 조카인 낭장 김찬金贊과 유존혁의 처조카인 이소李邵, 그리고 삼별초의 장군 오인절吳仁節의 친족인 오환吳桓 오문吳文 오백吳伯을 동행시켜서 한꺼번에 제주에 들여보냈다.

그들 역시 다도해를 지나 제주바다에 이르렀을 때 바다를 지키던 삼별초 군에게 나포되어 군항포를 거쳐 항파두리까지 안내되었다. 다른 사람들은 모두 군막 밖에 기다리도록 하고 김찬만이 안내를 받아 김통정의 군막으로 들어갔다.

"숙부님, 제가 찬입니다. 저를 알아보시겠습니까?"

김찬은 김통정의 의자 앞에 무릎을 꿇고 눈물부터 쏟았다. 젊어서 김통정은 휘파람을 잘 불던 정이 깊은 사람이었다. 풀 이파리 하나를 가지고도 곧잘 소리를 낼 줄 알았다. 그러나 숙부는 그 동안의 풍상을 헤아리게 하는 듯 나이가 들고, 표정도 많이 굳어져 있었다.

"왜 내가 너를 몰라? 그런데 어쩌다가 네가 여기까지 오게 됐느냐?"

김통정은 꿇어 엎드린 조카의 모습을 보자 속에서 부글부글 끓어오르는 것이 있었다.

"숙부님, 이제라도 늦지 않았으니 돌아서기만 하면 우리 모두가 잘 살 수가 있습니다. 몽골 장군이 그걸 약속했어요. 숙부님, 여길 그만 두고 우리 같이 돌아가십시다."

조카는 숙부의 아랫도리라도 붙잡을 듯이 사정했다.

"이놈아, 너도 남자니까 내 사정을 알 거야. 부하와 그의 가족들을 다 죽이고 나만 호강을 하며 잘 살라는 말이냐? 그럴 수는 없다. 다만 나는 형님과 형수님을 생각해서 네 목숨만은 살려 주마. 그러나 너와 동행한 모든 사람들은 불행하게도 오늘 처형이 될 것이다."

숙부는 표정 하나 변하지 않고 말하더니 일어나 밖으로 나가버렸다. 김찬은 갑자기 숙부가 옛날 사람이 아니라 변해도 너무 변했다고 생각했다.

그리고 그의 말대로 그 날 오후에 회유 차 왔던 일행 여섯 사람은 항파두리 토성 밖 네거리로 내쳐져 삼별초 군인들과 가족들이 지켜보는 가운데 참수됐다. 그것은 삼별초 지도부의 결연한 의지의 표현이기도 했는데, 그로 하여 항파두리 토성 어귀 네거리 일대가 한때 피바다가 되었다.

두 차례의 회유 정책에 실패한 몽골군은 1272년(원종 13) 11월 일본 정벌에 앞선 정지작업으로 제주의 삼별초 세력에 대한 일대 토벌작전을 세우게 된다. 즉시 고려 궁궐에서는 몽골의 장수들과 개경 정부의 군사참모들의 연석회의가 열렸다. 이 회의에는 몽골군 장수로 흔도忻都와 사추史樞, 홍다구洪茶丘와 정온鄭鼠 등이 참여했으며, 개경 측에서는 원종 임금과 김방경, 송분宋玢 등 장수들과 관련 대신들이 참석했다. 회의는 초장부터 몽골 측의 고압적 자세로 시작되었다.

"임금께서는 분하지도 않습니까? 우리는 두 차례나 회유사를 보냈는데 저들은 코방귀를 뀌고 있습니다. 이럴 수는 없는 일입니다."

"그러게 말입니다. 짐이 부덕해서 그렇습니다."

"그런 공치사를 듣자는 것이 아닙니다. 이제 우리는 저들을 토벌할 수밖에 없게 되었는데, 우리는 둔전군屯田軍 2천 명과 한군漢軍 2천에 특별히 무위군武衛軍 2천 명을 추가할 생각이에요. 그 대신 고려에서도 6천의 병력을 동원해야 합니다. 그래야 우리가 진도 함락을 했던 1만2천 군과 비슷한 병력이 됩니다. 그 정도의 병력이 아니고는 이번 작전에서 승리할 수가 없어요."

갑작스런 병력 6천 명 동원이 어디 그리 쉬운 일인가. 원종은 멍하니 장군들 어깨만 내려다보며 앉아 있었다.

"거기다 제주 섬까지 그 많은 병력이 이동해야 하니 실한 수부水夫들을 3천 명은 동원해야 합니다. 이 점을 명심해 두세요."

몽골군 장수들은 시위하듯 하고는 먼저 회의장을 빠져나가 버렸다. 그들이 나가는 뒷모습을 바라보며 원종의 입에서는 푸욱, 한숨이 나왔다.

"장차 이 일을 어찌하면 좋단 말이오?"

"할 수 없습니다. 제주 삼별초의 토벌은 우리로서도 필연적으로 다급한 것입니다. 그러니 이 기회가 어쩌면 잘 된 것일 수도 있습니다."

김방경이 나서서 임금을 달랬다.

"누가 그걸 몰라서 하는 말이오? 도대체 그 방책이 무엇이냐 하는 것이지요."

"군사의 충원을 위해서 우선 초군별감抄軍別監을 각도에 내려보내 독려하는 한편 경상도 등지의 병선 건조작업도 현장을 돌아볼 필요가 있겠습니다."

"대신들은 김 장군의 말을 잘 들어서 이번 일에 한치도 차질 없도록 하시오!"

"예. 전하!"

이로써 제주 삼별초 토벌을 위한 군사적 준비들이 진행되기 시작했다. 해를 넘겨서 이듬해 정월에는 다루가치 마강馬絳이 고려 대장군 송분과 함께 병선 상황을 돌아봤다. 고려군의 지휘를 맡은 김방경은 철저한 사람이었다. 그는 이번 토벌에 드는 군량미는 경상도로부터 조달하도록 하고, 여몽연합군은 영산강 중류에 있는 나주의 반남현潘南縣에 집결하도록 작전을 세워놓고 있었다.

그러나 그가 세운 작전은 처음부터 삐걱거렸다. 군사들을 제주로 수송할 병선을 경기도와 경상도 지역에서도 징발했던 것인데, 경기도 지역에서 건조한 병선은 서해를 따라 남하하는 도중 가야소도伽耶召島 근방에서 한꺼번에 20척이 침몰하는 큰 사고가 일어났다. 게다가 이 사고로 남경 판관과 인주 부사를 포함한 115명이 익사했다.

덩달아 경상도 병선 역시 집결지로 옮기던 중 27척이 한꺼번에 파선, 침몰했다. 풍랑을 만났다고는 하나 이런 어이없는 사고는 갑작스런 병선 건조작업에 기술상의 문제가 따른 때문이라는 것이 중론이었다.

'결국 이번 참에 수송 병선은 전라도에서 건조한 160척으로 충당

하는 수밖에 없겠구나.'

김방경 장군은 혼자 결정을 내릴 수밖에 없었다.

제주는 수륙 2천리 길이었다. 〈동국여지승람〉 제주목 산천조에도 그렇게 쓰여 있었다. "제주엘 가는 자가 나주를 떠나면 무안, 대굴포, 영암, 화무지와도, 그리고 해남 어란진을 거쳐 추자도에 이른다. … 그 거리는 주야 3일 과정이나 된다."

라고 했다. 이 기록을 참고하여 여몽연합군은 반남현에서 영산강을 따라 내려가 비슷한 과정을 거쳐 추자도에 이르렀을 것이다. 제주 공격진용은 진도 함락 때와 같이 중군과 좌·우군 등 3군으로 편성되어 있었다.

"지금 우리가 도착하게 되는 추자도는 작년 3월 개경에서 파견한 금훈 등 제주역적초유사 일행이 삼별초 군에게 붙잡혀 억류됐던 곳이다. 그들의 전략 거점인 만큼 각별히 유의해야 할 것이야."

김방경은 추자도 도착에 앞서 부하 장수들에게 당부하는 걸 잊지 않았다. 작은 저항이라도 있으리라고 여겼으나 웬일인지 예상 밖으로 아무 저항도 없었다.

"놈들이 우리가 오는 정보를 미리 알고 이미 철수한 듯 합니다. 겁을 집어먹을 만도 하지요."

대장군 송분이 말했다.

"그런 것 같소. 그러나 방심은 금물입니다."

여몽연합군은 일단 상하 추자도의 포구에 160척 병선들을 나눠 정박하고 일단 한숨을 돌리기로 작정했다.

그런데 밤중에 돌연히 거센 바람이 불고 풍랑이 일어났다. 정박했던 배들이 풀려나 방향도 모르게 치닫고 있었다. 날이 밝으면서 사방을 살펴보니 어느새 관탈섬冠脫島를 지나고 있는 게 아닌가. 바람과 파도는 여전히 세차고 파도 널름거리는 바다 가운데서 김방경의 부대는 진퇴양난이었다. 그는 경기도와 경상도에서 병선을 운반하다가 파선했을 때처럼 문득 불길한 예감을 떨쳐버릴 수가 없었다.

그는 파도가 몰아오는 이물에 나가 하늘을 우러러 빌었다.

"나라의 안위가 이번 토벌에 달려있는데, 이 일을 어찌하면 좋겠습니까?. 오늘 일의 성패는 나에게 달려 있사오니 신이시여, 소장을 도우소서!"

홍다구는 꾀가 많고, 승부욕이 강한 장수였다.

"장군, 제가 먼저 양동작전으로 적을 칠 터이니 주력부대를 이끌고 반대 방향으로 상륙하십시오!"

그가 이끄는 좌군은 30척 병선으로 항파두리성 서북편에 떨어진 비양도飛揚島를 교두보로 하여 배에 짚을 가득 실은 다음 불을 피우고 명월 해변으로 상륙을 시도했다. 그의 계략에 따라 김방경은 주력부대를 인솔하여 모래사장이 넓어 상륙하기 쉬운 함덕포구로 공격해 들어갔다.

항파두리성 망루에서 김통정과 유존혁은 적선들이 마치 메뚜기 무리처럼 쳐들어오는 것을 지켜보고 있었다. 그 배들은 세찬 바람과 거친 파도를 타고 차츰 섬으로 다가오고 있었다. 드디어 비양도 쪽

배들에서 불길이 타오르기 시작했다. 김통정은 그것을 적들의 본격적인 공격 신호로 알아차렸다.

"결단의 때가 온 듯합니다."

김통정은 혼잣말처럼 뇌었다. 그는 떨쳐버리려 하는데도 자꾸만 진도 공함 직전의 일들이 떠올라 머리가 어지러웠다. 그는 머리를 털어 달려드는 생각들을 날려 버렸다.

"김 장군, 평상심을 버리지 마세요!"

유존혁은 단 한마디 이 말을 했다.

나주 반남현에 여몽연합군이 집결하고 있다는 군사 정보는 강달구의 부대에 의하여 진작 보고가 되어 있었다.

"전국에서 배들이 모여들고, 군인들도 집결하고 있습니다. 몽골놈들 뿐 아니라 뙤놈의 군사들도 섞여 있는 걸 보았습니다. 놈들은 틀림없이 영산강을 타고 내려와 이 섬으로 오려는 것이 분명합니다."

"알았다. 우리도 충분히 대비를 하고 있지 않으냐?"

김통정은 그렇게 떨고 있는 부하들을 달랬었다. 그런데 막상 몰려오는 배들을 보니까 그도 마음 속으로 떨고 있었다.

"신이시여, 죽는 것은 각오가 되어 있으나 제발 참패만은 면하게 해 주십시오!"

그는 소리내어 중얼거렸다. 그리고 그는 삼별초 병사들이 집결해 있는 광장으로 천천히 내려갔다. 토성 주변은 무성한 띠 밭이라 이미 삘기들이 세어서 바람이 불 때마다 파도처럼 허옇게 출렁이고 있었다. 그런 위에 재를 뿌려놓고 세 마리의 말을 탄 군사들이 말을 달려 하늘로 재를 흩날리고 있었다. 그러나 바람이 거세게 불기 때문에 그것들은 바로 누워버렸다.

그는 연병장에 마련된 단 위로 올라갔다.

"자, 삼별초의 의기 남아 여러분! 우리에게 또 한번의 위기가 오고 있다. 그러나 위기는 곧 기회라는 것을 기억하라! 지금 적들이 우리를 향하여 개미떼처럼 몰려오고 있는 것이 보인다. 그러나 삼별초 군사 여러분, 우리는 그 동안 성을 쌓고, 훈련을 계속하는 등 충분한 대비책을 해놓았으므로 두려워 할 것은 없다. 우리는 강화도 항파강을 건너와서 진도를 거쳐 여기까지 오는 동안 목숨을 부지하기 위하여 비겁한 적은 없다. 다만 우리는 개경 정부와는 달리 우리의 힘, 우리의 손으로 이 나라를 지키려고 버티어왔던 것이다. 그것이 죄라고 한다면 맘대로 단죄하게 내버려두자! 자, 드디어 우리에게 결전의 때가 왔다! 이길 수 없다면 마지막 한 사람까지 싸우다가 조국의 새벽 이슬로 사라지자! 여러분, 삼별초 만세! 항파두리 만세!"

"삼별초 만세! 항파두리 만세!"

광장에 모인 군사들이 팔을 높이 쳐들고 만세를 따라 불렀다.

"이문경 장군의 좌군은 적정을 살피면서 동편으로 가라!"

"옛!"

"강달구의 우군은 나를 따르라! 우리가 가는 곳은 적들이 오고 있는 명월 포구다! 적이 한 놈도 이 섬에 발을 못 붙이도록 몸을 던져 섬을 방어하라!"

"아아!"

군사들은 장수들을 좇아 두 갈래로 나뉘었다. 김통정도 말에 올라 채찍을 한 번 휘두르고 명월포를 향하여 내달렸다.

한편 흔도의 우군은 애월 해변 일대의 애월포, 군항포, 귀일포 등지에서 삼별초 군의 유인작전을 벌리고 있었다. 애월항에는 나무로 성을 쌓아 놓았으나 앞서 상륙한 병사들 여럿이 달려들어 몇 번 밀고 당기자 한편으로 쏠리며 그대로 무너지고 말았다. 홍다구의 배는 계속 불을 피우면서 더 가까이 다가오지 않았다. 이런 양동작전은 이미 진도를 칠 때도 크게 효과를 봤던 작전이었다. 한참 지체한 다음에야 그들은 명월포로 상륙을 시도했다.

삼별초 지휘부는 명월항으로 나가서 용감하게 싸웠으나 창과 칼만으로 불화살을 쏘는 적을 감당하기 어려웠다. 김통정과 강달구 장군이 앞장서서 독려했으나 진도에서 불화살에 한 번 놀랐던 군사들은 아무도 앞으로 나가려 하지 않았다. 그들은 상재방의 공격에 밀려갔던 길을 바람에 날리듯 쫓기고 쫓기며 항파두리성 주변까지 밀려왔다.

김방경의 중군이 함덕 포구로 들어올 때도 저항이 만만찮았다. 연합군이 배에서 내려 상륙하려 하면 삼별초 군인들이 바위들 사이에 복병을 배치해 두었다가 소리치며 뛰쳐나가 그들을 맞아 싸웠다. 삼별초 군사들은 수가 적었으나 의기는 충천해 있었다. 그들은 목숨을 아까워하지 않고 달려드는 통에 처음에는 관군들이 불리한 싸움을 싸우고 있었다. 이때 대정隊正 고세화高世和가 적진을 뚫고 돌진하자 대오가 흩어지기 시작했다. 장군 라유羅裕도 선봉대를 거느리고 뒤따라 맹렬하게 공격하니 삼별초 수비대는 중과부적으로 함덕 방어선이 무너지기 시작했다.

상륙에 성공한 김방경은 뒤따라오는 군사들에게 소리쳐 독려했다.

"우리의 목표는 저 서쪽에 있는 적의 근거지 항파두리성이다! 그쪽으로 진군하라!"

그러나 삼별초는 듣던 대로 아주 용맹한 병사들이었다. 밀리고 밀리면서도 자리를 내주는 걸 지연시키고 있었다.

방어군인 삼별초는 마침내 항파두리의 근거리 배후인 귀일리의 파군봉破軍峰에서 일전을 준비하고 있었다. 이 봉우리는 야산지대에 있는 야트막한 오름이었다. 여기 삼별초군은 매복했다가 함덕 쪽에서 몰려온 여몽연합군을 맞아 백병전을 벌였다.

"이 고지를 놓치면 바로 항파두리다! 우리는 이 고지를 뺏길 수 없다!"

이문경 장군은 부하들을 격려하며 힘든 싸움을 싸우고 있었다.

그러나 어느새 애월포로 들어온 흔도의 군대도 이 오름까지 쫓아와 연합전선을 구축하고 있었다. 그들은 이제 인해전술로 밀고 들어왔다.

이런 소용돌이 속에 명월에서부터 삼별초 군을 추격하여 올라와서 삼별초 군 지휘부를 먼저 공격해 들어간 것은 약삭빠른 홍다구

부대였다. 그들 몽골군이 삼별초 군을 뒤따라 토성을 넘어 들어가 불화살을 연거푸 궁궐을 향하여 쏘았으므로 그것들이 건물에 떨어져 불이 붙었다. 궁궐 안은 삽시에 불바다를 이루었다. 궁궐이 불타는 것을 바라보며 삼별초 무리들이 크게 상심하여 전의를 잃기 시작했다.

성이 함락될 때 유성장留城長 김원윤金元允 김윤서金允叙 등이 필사적으로 방어하고자 했으나 중과부적으로 성은 마침내 방어가 무너지고 말았다.

그 시각 김통정의 처 이화선李華仙은 남장을 하고 아들과 함께 결사대 70명을 거느리고 성을 탈출했다.

화살이 날으는 것이 멎고, 창과 칼이 부딪치는 소리가 멀어질 즈음에 김방경이 휘하 장병을 거느리고 입성하는데, 삼별초 가족들의 울음소리가 온 성안에 울려 퍼졌다. 김방경이 그런 대중 앞으로 썩 나서며 그들에게 말했다.

"여러분은 두려워하지 말라. 다만 역적의 괴수는 처단하지 않을 수 없으나 협박 때문에 따라온 사람은 죄를 묻지 않을 것이다!"

그들의 처리는 신속하게 이뤄졌다. 유성장 김원윤, 김윤서 등 주모자 6명을 사로잡아 궁궐 옆의 흙붉은밭에서 목을 베었다.

그러나 혈안이 되어 유존혁을 찾던 군인들은 그가 자기 방 안에서 독을 마시고 똑바로 누워있는 것을 확인했을 뿐이었다. 그의 딸 현랑 아가씨도 그 옆방에서 엎어져 가슴에서 피를 흘리며 죽어 있었다. 그녀를 뒤집어 놓고서야 그녀의 심장 부위에 은장도가 꽂혀

있는 것을 병사들은 확인할 수 있었다. 그녀의 가슴에 꽂혀있는 것은 서해 상에서 김통정이 그녀에게 건네준 은장도였다.

"에이, 지독한…"

손을 머리에 이고 항복한 삼별초 군인과 그 가족들의 수는 1천3백여 명이나 되었다. 김방경은 부하들에게 지시했다.

"이 자들을 애월포과 군항포 등을 통하여 여러 척의 배에 나누어 태우고 육지로 떠나도록 하라!"

"예. 그리 하겠습니다."

이로부터 포로를 수송하는 긴 행렬이 항파두리성에서 바닷가까지 구불구불 이어졌다.

양동작전에 속아 명월포까지 갔다가 돌아온 김통정은 그 시간 70여 명의 부하들과 함께 항파두리에서 직통으로 올라간 한라산 기슭 붉은오름赤岳으로 피해 있었다. 거기서도 불타는 항파두리성이 시야에 들어왔다.

허위단심 그곳까지 남편을 찾아 간 이화선은 김통정에게 항파두리성의 함락 소식을 알려주었다.

"문제는 그 불화살이었어요. 불화살이 날아와 궁궐을 태워 버렸어요."

"아아, 어찌하여 우리에게는 그만한 화공이 없더란 말인가?"

김통정은 가슴을 치며 탄식했다.

"저희들이 부족해서 그랬습니다. 그러나 한 번의 실수는 병가의 상사라고 하지 않았습니까? 우리에게는 아직 싸울 여력이 남아 있습니다."

"그래. 싸워야지. 죽어도 싸우다가 죽어야지!"

김통정은 남아있는 장수들의 면면을 살펴보며 재기를 다짐했다.

"선봉장 이문경은 남은 군사들을 모으도록 하시오. 중군장 이순공李順恭은 병기를 마련하라! 그리고 좌익장 조시적曺時適은 군마를 징발하라! 우리는 이제 마지막 결사대라는 것을 잊지 말라!"

명을 받고 이문경이 대답했다.

"김방경이나 흔도는 이름난 장수들이므로 꾀로써 잡을 수밖에 없습니다. 우리처럼 작은 병력으로 싸우려면 산악에 진을 치고 그들을 유인하여 계략으로 싸우는 것이 상책이라고 생각합니다."

"그건 이 장군 말이 옳다. 그렇게 하도록 하자!"

그들 마지막 결사대는 5월 6일, 송아지를 잡아 출사제出師祭를 올리고 여몽연합군에 최후의 도전을 했다. 여몽연합군 측에서는 송보연宋甫演을 선봉장으로 삼아 총공격해왔다. 그들의 숫자가 삼배, 오배도 더 될 것 같았다. 한라산 기슭은 마침 진달래가 붉게 피어 온 산야를 물들여 놓고 있었는데, 결국은 백병전이 붙어 양쪽 군인들이 흘린 피로 더욱 붉게 물들었다. 삼별초의 마지막 장수들인 이문경, 김혁정金革正 등도 분전하다가 장렬한 최후를 맞았다. 김통정의 부관 배방실도 가슴에 칼자국을 /자로 맞고 자빠져 있었다. 김통정은 이런 처참한 장면을 목도하며 남은 장수들의 이름을 부르다가 기진맥진하여 산중으로 퇴각하는 수밖에 없었다.

그 무렵 삼별초의 군인, 이기李奇가 흔도의 진영에 붙잡혀 들어갔다. 흔도는 이 병사로부터 삼별초의 설진設陣의 정보를 알고싶어 모진 고문을 가했다.

"그것만 불어라. 네 목숨은 내가 보장한다."

흔도는 직접 고문을 하며 어떤 때는 달랬다.

그런데도 잠잠하더니 이놈이 고개를 떨어뜨리며 입으로 피를 흘리는 것이 아닌가. 고개를 제쳐 보니 혀를 깨물고 죽어 있었다.

"에이, 지독한 종내기들!"

흔도는 고개를 내흔들었다.

삼별초 마지막 장수들인 이순공, 조시적 등도 포로가 되었으나 끝까지 불복하여 결국 참살을 당했다.

산 속에 둘만 남은 김통정 장군 부부는 아들의 생사조차 알 길이 없었다. 아들의 이름을 너무 불러서 이화선은 목이 쉬어 있었다. 그들은 상처 입은 짐승들처럼 서로 부축하고 있었다.

"여보. 우리에게 이제 아무도 싸워 줄 장수가 없어요."

남장한 이화선이 말했다. 그녀는 얼굴에 스친 자국들이 있었으나 여전히 예뻤다.

"그래. 우리만 남았군. 오랜 세월 후에 사람들이 우리가 여기서 죽은 사실을 알기는 알까?"

"왜 모르겠어요. 당신은 끝까지 훌륭한 장군이었어요. 그것을 나만은 압니다."

"당신은 이제 죽어도 여한이 없지?"

"몽골에 노예로 끌려가 비굴하게 사는 것보다는 떳떳하게 죽고 싶어요. 당신 옆에서 이렇게…"

"그래요. 우리는 죽어서 이 세상에서 못다 이룬 것을 다른 세상에서 이루도록 합시다. 잘 가요. 나도 곧 따라갈 테니까…"

김통정은 날선 칼끝에 힘을 주었다. 날카로운 칼끝이 아내의 심장 부위를 깊숙이 찌르고 들어갔다. 미미한 요동이 느껴지고, 아내의 몸이 잠잠해질 때를 기다려 그는 아내에게 댔던 칼끝으로 자기 심장을 겨누었다. 봄 햇살이 나른한 오후였다. 어디서 아련히 뻐꾸기 우는 소리가 들려왔다.

같은 시각 부 생원은 말 위에 사내아이 하나를 태우고 귀일리 자기 집 마당으로 들이닥쳤다. 그는 말을 세우고 노둣돌에 발을 디디면서 마중 나온 아내에게 명령하듯 말했다.

"이 아이는 오늘부터 우리 아이입니! 내 방으로 들여 누이도록 하시오!"

아낙이 사방을 한 번 휘둘러보더니 아이 등을 감싸 듯 하고는 안으로 들어갔다. 그제야 부 생원은 자기 온몸이 땀으로 젖어있는 것을 깨달았다. 이 아이는 부 생원의 집에서 자라나며 부씨夫氏로 성을 바꾼다. 그리고 이 아이는 사연 많은 제주의 다른 성씨들처럼 마침내 제주의 입도조入島祖가 되었다.

김방경은 먼저 섬을 떠나면서 송보연 장군에게 군사 1천 명을 주어 뒷수습을 하게 했다. 그들은 그 해 윤 6월에 붉은오름 기슭 진달래 밭에서 김통정과 그 부인의 시신을 확인했다. 김방경이 이끄는 군대는 나주에 이르러 삼별초의 주동자 35명을 선별하여 목베고, 지방 군사들을 해산시켰다. 마침내 삼별초는 고종 18년(1231) 이래 42년 간 항몽 혈투사의 막을 내렸다.

에필로그

 삼별초가 평정되고 고려군과 한군은 떠나갔으나 몽골 장수 흔도는 500명의 군사와 함께 섬에 남아서 미적거리고 있었다.
 "우리는 오늘 오후에 배를 타고 떠나려고 합니다. 같이 출발합시다."
 김방경이 흔도의 군막을 찾아가서 권유했으나 흔도는 만만디였다.
 "걱정 말고 먼저 떠나세요. 우리는 아직 일이 좀 남아 있어요."
 "무슨 일이 남아 있다는 말입니까? 처리할 일들은 우리 아이들이 다 했는데……."
 "너무 그러지 말아요. 우리 아이들도 목숨을 걸고 싸웠는데 이 풍광 좋은 곳에서 며칠 쉬게 하면 안 됩니까?"
 "그런 뜻으로 한 말은 아닙니다. 그럼 천천히 오세요. 저희는 먼저 떠납니다."

 김방경의 부대는 그 날 오후에 예정대로 배를 띄웠다. 그때까지도 고려로서는 그들을 남겨둔 것이 화근이 되리라는 것을 예상하지 못하고 있었다. 그러나 몽골로서는 삼별초의 제주 토벌을 구상할 때부터 이미 계획된 점거였다.

 예정된 수순으로 한 달 후에는 몽골에서 제주 지방을 다스릴 다루가치가 파견된다.

 이에 앞서 몽골은 일본 정벌을 위하여 전선 1천 척을 건조하도록 고려에 명하는데, 이때 이미 제주가 평정되었으므로 "제주에서도 전선 1백 척을 만들라"고 강압적으로 나왔다. 그것은 순 억지였다. 당시 제주 인구는 먹을 것을 준다고 불러모아도 모이는 장정의 수가 불과 1만2백여 명으로 그나마 삼별초의 후유증으로 지칠 대로 지쳐 있었다.

 그러나 어디 명령이라 아니 들을 수가 있으랴. 백성들은 한라산 정상 부근까지 올라가 구상나무를 베어 내리고, 배를 짓는 일에 동원된 까닭에 그 해 농사는 폐농廢農을 할 수밖에 없었다.

 그리고 몽골의 다루가치들은 유목민의 성정대로 고려 조정에 대해 나날이 가혹해져갔다. 그들은 임금까지도 협박했다.

 "잔말 말고 탐라 백성들이 배를 지으면서 먹을 것과 제주에 주둔해 있는 우리 군인들이 먹을 것까지 식량 4만 석을 제주로 보내도록 하시오. 이것은 황제의 명령입니다!"

이 무렵 고려에서는 물자 증발이 심하여 대신들의 재물마저 바닥이 날 정도였다. 마침내는 관리들이 사재를 털어서 대어도 몽골인들의 요구를 채우기 힘들 정도가 되었다. 태부주부太府注簿 강위찬姜渭贊과 문습규文習圭 같은 사람은 재산을 다 털어 먹고도 견딜 수가 없어 임금께 사직을 시켜달라고 조를 정도였다.

"이대로는 도무지 살아갈 방도가 없으니 제발 사직을 시켜 주시옵소서."

그러나 왕은 단호했다.

"너희만 사직해서 잘 살겠다는 말이냐? 안 된다. 모두가 힘든 때이니 참고 견디도록 해라!"

그들은 결국 왕의 명령도 어긴 채 머리를 깎고 도망쳐 버렸다. 그들만 도망간 것이 아니었다.

제주 백성들 중에도 삼별초의 성 쌓는 일 등에 부역한 것이 두렵고, 배 만드는 고역을 견디지 못하여 섬을 빠져 달아나는 사람들이 많았다. 그러므로 조정에서는 도망간 제주 사람을 찾아내는 새로운 관직을 제정하여 관원을 임명할 정도였다. 이름하여 탐라도루인물추고색耽羅逃漏人物推考色. 이들이 섬 밖으로 달아난 제주 사람들을 찾아 남해안 일대를 혈안이 되어 돌아다녔다.

1274년(원종 15) 6월에 몽골에서는 실리백失里伯을 탐라 초토사招討使로, 윤방보尹邦寶를 부사로 임명하여 보냈다. 이때 몽골은 제주 산 모시苧布 1백 필을 징수해 갔다. 그리고 두 해 뒤 6월에는 임유간林維幹을 제주로 보내어 진주를 구해오라고 했는데, 그는 제주로 와서

에필로그 313

민간에 있는 진주 1백여 개를 징발해 갔다.

그밖에도 향장목香樟木, 목의木衣, 말린 고기인 포脯, 오소리의 털가죽인 환피貛皮, 들고양이 가죽인 야묘피夜猫皮, 누런 고양이 가죽인 황묘피黃猫皮, 포피麅皮 같은 것들까지 필요에 따라서 징발해 갔다.

1276년(충렬왕 2) 7월에 초토사를 군민총관부軍民總管府로 정비하고, 탑라치塔剌赤를 다루가치로 보냈다. 그리고 이 때 말 160필을 들여다가 지금의 성산읍 수산리인 수산평水山坪에 풀어놓으니 이것이 제주에 몽골 목장의 시초가 됐다.

제주는 광활한 한라산 기슭에 기후가 따뜻하고 맹수가 없으며, 바다로 자연 울타리가 둘려 있어 그들이 목적하는 말 방목장으로는 안성맞춤이었다. 더구나 방목지 사이에는 비 올 때만 물이 흐르는 바닥 깊은 내들이 있어서 짐승들을 자연스럽게 그 안에 에울 수 있었다. 이런 목장에 풀은 이른봄 바닷가의 뚝새풀과 큰방가지똥 같은 무리부터 새싹이 돋기 시작해서 차츰 큰 산 꼭대기 쪽으로 서서히 번져갔으므로 짐승들도 풀을 따라 고산지대로 거슬러 올랐다. 이렇듯 좋은 환경에서 짐승들은 저들끼리 가족을 이뤄 새끼를 치며 자라갔다.

몽골의 다루가치들은 차츰 섬의 동서에 아막阿幕을 짓고, 단사관斷事官이나 만호萬戶로 이를 관리하게 했으며, 제주 사람들을 테우리牧子 삼아 짐승들을 돌보는 일을 하게 했다.

이로써 제주 섬은 그 후 1세기 동안 몽골에 말을 길러 바쳐야

하는 고역을 견뎌내야 했으며, 제주섬은 몽골의 목장으로 전락하고 만다. ♣

〈끝〉

아아, 삼별초三別抄

2005년 11월 25일 1판 1쇄 인쇄
2005년 11월 30일 1판 1쇄 발행

지은이 오 성 찬
펴낸이 한 봉 숙
펴낸곳 푸른사상사

등록 제2-2876호
서울시 중구 을지로3가 296-10 장양B/D 701호
대표전화 02) 2268-8706(7) 팩시밀리 02) 2268-8708
메일 prun21c@yahoo.co.kr / prun21c@hanmail.net
홈페이지 //www.prun21c.com

ⓒ 2005, 오성찬
값 10,000원
ISBN 895640-409-7-03810

☞ 저자와의 협의에 의해 인지는 생략함.
♣ 푸른사상에서는 항상 양서보급을 위해 노력하겠습니다.